70后实力派 · 张暄作品系列

1200公里

张暄 著

山西出版传媒集团
北岳文艺出版社
BEIYUE LITERATURE & ART PUBLISHING HOUSE
· 太原 ·

图书在版编目（CIP）数据

1200公里 / 张暄著. — 太原 : 北岳文艺出版社，2023.7

ISBN 978-7-5378-6728-3

Ⅰ. ①1… Ⅱ. ①张… Ⅲ. ①中篇小说－小说集－中国－当代②短篇小说－小说集－中国－当代 Ⅳ. ①I247.7

中国国家版本馆CIP数据核字(2023)第102905号

1200公里

张暄　著

//

出品人
郭文礼

责任编辑
庞咏平

装帧设计
萨福书衣坊

印装监制
郭　勇

出版发行　山西出版传媒集团·北岳文艺出版社
地　　址　山西省太原市并州南路57号
邮　　编　030012
电　　话　0351-5628696(发行部)
　　　　　0351-5628688(总编室)
传　　真　0351-5628680
经 销 商　新华书店
印刷装订　山西人民印刷有限责任公司

开　　本　787mm × 1092mm　1/32
字　　数　252千字
印　　张　10.5
版　　次　2023年7月第1版
印　　次　2023年7月山西第1次印刷
书　　号　ISBN 978-7-5378-6728-3
定　　价　59.80元

目　录

去从之间 |

耿冲很久没来岳七七这里了。店门口，一个弯腰给家具打蜡的女孩，包裹在职业工裙里撅着的小巧浑圆的臀部，让他心扑通了一下，也让他再次羞赧地确认了此行意图。女孩没见过，应该是新来的导购。她余光瞟见他，迅速直起身子把裙子抚平，让脸上挂上了笑容。耿冲摆摆手："我找你们老板。"女孩咔咔踩着高跟鞋迎他往里走。前面是一架屏风，快到拐角处，女孩喊道："杨总，有人找。"一听她喊杨总，耿冲知道搞错了。果然，里面坐着岳七七的老公杨猛。

杨猛见过耿冲，职业性地冲他笑笑。在茶台前坐下，他从烟盒里抽出一支烟递给耿冲。耿冲摇摇头，看烟盒，是"中华"。耿冲说："以前在你们这里买过家具。"杨猛说："知道知道。"耿冲问："七七呢？"杨猛说："她在那边，你先坐，我去叫她。"耿冲说："不急不急。"迅速接上一句："生意怎么样？"杨猛说："还行。"

耿冲说："以前来过几次，没怎么见你，都是七七在。"杨猛说："这里没个啥，有七七一个人就够了。"然后盯住耿冲的眼睛，笑着反问道："不是吗？"这句话听起来意味深长的，耿冲尴尬地笑笑，说：

“当然当然，七七能干。”杨猛收回目光，起身，说：“你稍等，我喊七七过来。”

耿冲用耳朵追寻杨猛过到门口处，听见他说：“去喊七七过来。”一个女孩说：“好。”——不知是不是刚才那位。过了三两分钟，就有脚步往这边来，他听到岳七七问，“谁？”被问的人还没回答，岳七七和杨猛先后从屏风处闪出身来。见是他，岳七七嫣然一笑：“哇，你很久没来了。”面对杨猛，耿冲不知该回应个什么，就笑笑。杨猛友善地朝他摆下手，说“你们聊”，转身走了。耿冲起起身，想说句“一起坐”的话，到底没说出来，看岳七七的眼睛，尚未消退的笑意里有一丝给予他的平静的安慰，他重又坐下的身子这才真正坐定。

岳七七一袭浅粉色及地长裙袅袅娜娜从耿冲身边飘过的时候，耿冲闻到一股淡淡的骚动身心的奇香。他怀疑是身后哪组家具散发出的味道。这里有许多家具，材质名贵，细细闻来，都有某种说不出名堂的异香。岳七七绕身过去，坐在刚才杨猛坐的位子上，给他沏茶。

耿冲问：“刚才你在哪里？”

岳七七说：“我把隔壁店也盘下了啊。”

耿冲疑惑：“哪家？”

“蔡小雯原来那家啊。”

“啊，你好厉害！”

“这没什么啊。”

耿冲就笑。岳七七也笑了，说：“不是吗，这没什么啊。”她说话的那种轻松口气，和杨猛刚才的神态一模一样。耿冲就想，他们夫妻年纪轻轻，果然都是很厉害的。

岳七七问：“没去蔡小雯那里？”

耿冲说：“没。”然后故意用带有讨好意味的口气说：“有将近一年没来这里了，这不，来了也是先看你。”

岳七七对他的殷勤不屑一顾，说：“听说她到处借钱。”

这句话让耿冲的心咯噔一下。

岳七七把盖碗里焖好的茶往公道杯里倒，又说：“听说和老公也闹得很僵，好几次老公找到店里来闹事。”

耿冲说：“哦。”

说这些话时，岳七七目光专注在茶上，这才抬起眼，冲耿冲笑一下：“不过蔡小雯比以前漂亮多了，你一会儿过去看看。”

耿冲说：“没觉得啊。”赶紧补充：“她经常在朋友圈发自拍，真没觉得——我倒是觉得你比以前漂亮多了。真的。”

“我以前也不丑啊。”岳七七咯咯咯笑了起来。耿冲生怕她的笑惊来杨猛。

耿冲问：“她为何借钱？”

“店维持不下去了吧。一开始就没做好，据说口碑很差，总有客户找上门来算后账。其实，做店长和做老板还是不一样的。蔡小雯是个好店长，这不，隔壁店在她离开后，不到一年，换了好几任店长，到底还是干不下去了，让我捡了好，把店面扩大了。蔡小雯在下面更糟，可能一开始资金就不足，开店就露出寒酸相。这么下去，估计也维持不了多久。人就是这样，都觉得老板好，其实不是人人能当的。”

“她找你借钱了么？”耿冲问。

“那倒不至于。”

“找我借了。”

岳七七瞪大了眼睛：“你借给她了？”

“都是朋友，她开口了，我总不能不借吧。”他还想对岳七七说的是，假如你开口了，我也会借给你的。想到岳七七财大气粗，他这么说，反倒矫情了。

“你尽量想办法找她要回来吧。时间太久，怕要都要不回来了。”

耿冲说：“嗯。我一会过她那儿转转，看她怎么说。”

岳七七给他递茶，胳膊伸过来的时候，刚才那种熟悉的奇香又飘进耿冲鼻子。他确认是岳七七身上的味道，说：“好香。”

“茶？”

“你。”

岳七七嫣然一笑：“哦，新买的香水。前段时间我去法国了。”

耿冲说：“哦。刚才就闻到了，我还以为是家具的味道。”

“真能从某些红木里提炼出香水，应该也是不错的，比如缅花之类。”

岳七七说这句话时，耿冲走了神，他脑海里突然幻化出杨猛躺在岳七七身边揽着她的景象。

他在心里摇摇头，叹口气，语气却故意地轻快：“你老公对你挺放心啊，居然留你一个人和我在这里聊天。”

“这正常啊。”又说：“人是看不住的。蔡小雯老公盯得紧，蔡小雯不照例那样？”

耿冲说：“嗯。”

“嗯什么？”

“你老公很好。”

这句话之后，聊天突然变得泄气。他关于杨猛的这个判断，突然让他心头一阵失落。

没话找话的意味愈加显明，耿冲便说：“我到蔡小雯那里一趟。”

岳七七送他到店门口，店门口的女孩已增至四个，包括刚才他不认识的那个。另外三个，他都算是熟悉，她们也露出了熟人之间的那种笑容。与之前不同的是，她们都停下手头的活计，把双手按压腹前，一起朝耿冲轻轻鞠了个躬，笑着朗声说道："欢迎再来!"这种阵仗，耿冲一下难以适应，赶紧仓促点头以示回礼并趋步离开。然后悲哀地想，他到底只是这里的一个客户。

到楼下，蔡小雯店里一个人也没有。他给蔡小雯发微信："你在哪里?"没回。以前，遇到这种情况，他通常会直接走掉的。今天，钱的事梗在心头，他就把电话打过去。蔡小雯接起来，仍是他熟悉的欢喜口音："耿哥，你好稀罕啦，怎么想起给我打电话?"

"我在你店里。"

"哦哦，我在外地，晚上才能回去。耿哥你没事吧?"

"没事，就过来看看。你店里咋一个店员也没有?"

蔡小雯没回答他的问题："我回去联系你吧，很久没见耿哥了，回去约你吃饭。"

"不用了，你先忙吧。"耿冲摁掉了电话。

他又待了一小会儿，店里依然一个人也没有。

蔡小雯有一双漂亮的大长腿。这双大长腿通常矗立在鞋跟很细鞋面很简约的高跟鞋上，这样，由于力的加持，让它们看上去更加笔直。双腿并拢，几乎没有缝隙。光看腰部以下，几乎可以推断这是人世间最漂亮的那种女子。目光上移，小腹、胸部、脖颈仍在验证着这种判断，但一到面容，就大打折扣了，不能全赖五官某部分比例有那么一点略微失调，关键是有许多任化妆品掩盖不了的不多却也显得星星点点的雀斑。对女人来说，这是深可悲戚的事情。对看这个女人的男人也是。

耿冲是装修房子买家具时认识蔡小雯的，她是一家家具店的店长。

甫一见面，他在内心为那些雀斑也为蔡小雯深表遗憾。这并不妨碍他对她产生那种只有男人懂的亲近欲望。

认识蔡小雯后不久，耿冲又认识了岳七七。两家店毗邻，从这家店踱去那家店，从那家店再踱来这家店，是耿冲那段时间经常做的事情。

不同的是，岳七七是那家店的老板。在最初耿冲的模糊认识里，蔡小雯和岳七七没啥差别，从讨价还价时话语里的口气，蔡小雯似乎比岳七七还慷慨，还说话管用。关于店长和老板的区别，是耿冲后来才逐渐理清的。

岳七七模样初看上去很普通，细看，有耐看的地方。那时耿冲的目光和精力还是多放在家具上，还没有足够的耐心去细看岳七七。她年龄比蔡小雯年轻些，一副少女还没长开的模样。但蔡小雯包裹在一步裙里的美腿，是不消细看就夺人眼球并让人心旌摇动的。

蔡小雯卖的是普通家具，岳七七卖的是红木家具。最终，为省钱计，也为容貌生发出来的说不清道不明的种种计，耿冲选择了蔡小雯的家具，也由此建立了彼此间那种熟人般的友谊。

蔡小雯说，纵使卖给他这么多家具，她也没赚他多少钱。这话不可全信。搁给其他人，也许根本就不信。但耿冲乐得相信，并把之作为蔡小雯对他的某种情谊，尽管他们刚刚认识，但也不妨碍他对人际关系尤其男女关系的乐观理解。接下来的事情是，他要扩大这种情谊。

房子装修好后，耿冲时不时还会来蔡小雯这里坐坐，喝茶，扯闲话。

蔡小雯不在的时候，耿冲也偶尔会过到岳七七那边闲坐一会。起初，耿冲有些惭愧，因为他当初没有选择岳七七的家具，一件也没选。但岳七七完全没把这个当回事，照例对他有着像他们初见面时的那种热情。坐下来喝茶，茶叶和茶具也比蔡小雯那边高级得多，连水都是用的“农夫山泉”。还有茶点，各式各样的玲珑小吃。也就是在这边喝茶吃茶点的过程中，耿冲一遍又一遍细看了岳七七，这才发现岳七七面容和妆容都是没有瑕疵的。更为熟悉之后，耿冲也会和岳七七开一些较之蔡小雯略微含蓄点的不大不小的玩笑，岳七七也会被他逗乐。岳七七的面孔有着类如西方美女的一些特征，那是由一些变幻的线条构成的轮廓，丰润却不失骨感。她的笑如音符般跳跃在这些线条之上，略一浮现便倏忽疾逝，较之蔡小雯过于浑圆的鹅蛋脸上过于热情的笑，这种笑更魅惑，更有意蕴，也更能潜入人的心里和梦中。

耿冲拿蔡小雯打头阵，与时俱进地，也小心翼翼地，把战果一次次向前推进，让那种有着暧昧性质的调笑更有意味，更加深入。然后，削弱一层，再拿岳七七做试验。对他的半真半假，半正经不正经，两个人都是兵来将挡水来土掩，却又都是一副欢喜模样。

当然，所有的深入，都会控制在一个限度之内，仿佛一场春雨，看似可喜，到庄稼地里查看，也只是湿了薄薄一层地皮。

耿冲开过的最具半真半假性质的一句玩笑是：“小雯，假如……我只是说假如……假如我突然情不自禁抱住了你，你会咋样?”

蔡小雯喜灿灿地说：“耿哥，我知道你不是那种人啦。”

耿冲不止一次设想过那种场面。他如果真那样做，觉得从背后抱住她感觉更好。

如果耿冲的玩笑开得足够高级，足够迎合岳七七的胃口，她也有喜灿灿的时候。但她的喜灿灿，其中又有着一些耿冲能够分辨出的不容他过分造次的意味。他也就不敢造次。不敢造次的心痒痒着，徒增了岳七七更多魅力。

很长一段时间，家具城成了耿冲的“后宫”。

岳七七说蔡小雯老公经常来店里闹事的时候，耿冲想起一桩往事。那时，他刚和她们两个熟稔起来。

某晚，大概凌晨两点的时候，耿冲被突如其来的手机铃声惊醒。

打电话的是一个陌生男子，话音焦躁而愤怒。他问耿冲："你是谁?"

耿冲从睡梦中回回神，反问："你是谁?"

那边说："你下午给我老婆打电话没有?"

这句话一下子把耿冲彻底惊醒了。他问："你老婆是谁?"

"蔡小雯。"

"打了，找她买家具。咋了?""咋了"两个字，耿冲加重了语气，兼具坦荡与责备的口吻。

果然，那边语气软了下来，很委屈很无辜地低声补问道："你晚上和她喝酒没?"

"我干嘛和她喝酒啊? 买个家具就请她喝酒，我傻啊?"

"那算了，打扰了。"

耿冲本来还想趁势多责备他几句，好显示自己的清白，那边已经匆匆挂掉了电话。

那时耿冲和姜敏敏还没彻底分居，但已经在不同的卧室睡觉了，耿冲庆幸姜敏敏没躺在自己身边。曾经某晚，姜敏敏的一个闺蜜因为询问一件事情，直接给耿冲打了个电话，姜敏敏醋意大发，责问耿冲闺蜜为什么不先打给自己而是直接打给他，耿冲心里没鬼却也无法解释，两个人为此大吵了一架。

这只是无数次吵架中耿冲记忆最为深刻的一次。便想，即使她此刻躺在身边也无所谓的，反正两个人不为这事，也要为别的事吵架。

每天都吵。

当日下午，耿冲到蔡小雯那里闲坐，蔡小雯不在，过到岳七七那边，也不在，他这才给蔡小雯打了个电话。蔡小雯说她给客户送货上门安装家具，回来会很晚。耿冲本想给岳七七也打个电话的，突然觉得此举无聊，就转身走人了。

出来后，看着外面白花花的阳光，耿冲觉得自己特无聊，不是此刻心情状态的无聊，而是从内到外每个毛孔里散发出的生命的无聊。自己为什么要到这里来？来了又能怎样？即使那些最最闪亮的时刻，事后看来，无非还是无聊。而且，这种无聊，反倒照耀得其余那些无聊更加无聊。耿冲这才觉得，自己的生活过于单调乏味了，似乎只有这里，才是他偶尔能够光顾并乐得得过且过的乐园，哪怕如此的食之无味。

还有，无论在蔡小雯那里，还是在岳七七那里，即使调笑尺度最大她们呼应也最热烈的时候，他的身心都不能彻底舒展，总有一种偷偷摸摸的紧张感和压迫感。这种感觉从何而来，他也说不清楚。倒不像以前那样，他偶尔到他的某个女同学女同事那里闲坐，总担心姜敏敏把电话打过来问他在哪里，和谁。本来很正常的事情，一见手机屏幕上姜敏敏的名字，他就慌张了，于是回话便支支吾吾，弄得一切果真可疑起来。如今，除了非说不可的急事，姜敏敏几乎不会给他打电话。他以这个事实和推断安慰自己，可心里仍旧鬼祟，感觉自己被一股无形的力量挤压着，越到后来，越不自在，恨不得立即从对面美女身边逃掉，进入那种虽然更加无聊却也有着一些心安理得的清爽状态。

夜半蔡小雯老公的这个电话，给了耿冲一些警醒。他告诫自己，蔡小雯那里，不是想去就去的地方。她有这样的老公，他得避嫌。

于是后来，就去得少了。

也不再打电话，只偶尔发微信。

倒是蔡小雯会给他主动发微信："耿哥，最近怎么不见你过来啊？"

他也有岳七七的微信，岳七七却从来没有主动理会过他。

和她们再度走动频繁起来，是耿冲和姜敏敏彻底分居，也是他有了第二套房子后。此间间隔了三年。第一套房子，算是他和姜敏敏共同装修的，只是耿冲花的心思和跑的路途更多些。第二套房子，是耿冲单位的团购房，房子分下来后，耿冲便着手装修。耿冲原本想知会姜敏敏一声，不是征求她的意见，只是知会一声，后来觉得似无必要，两个人已经到了懒得多说一句话的地步了，那样做只会让对方觉得自己是自作多情。装修工的电话总会不时打过来，同居一个屋檐下，谁说什么话，即使故意避开，也影影绰绰会被对方听到。耿冲对此并不避讳，有时还会故意提高声音，煞有介事地以此种方式告知姜敏敏他在装修新房子。第一次被姜敏敏听到的时候，耿冲看到她眼睛确实睁大了一下并放射出他乐得见到并幸灾乐祸的诧异，但后来，就见怪不怪了。自始至终，姜敏敏对此从未吱过一声，也不知她是睁一只眼闭一只眼，还是乐得他如此。谁都清楚，第二套房子装修好后，他们俩算是要彻底分居了。

果然，他们彻底分居了。耿冲住进了第二套新房子。

第二套房子的家具，是耿冲分别从蔡小雯和岳七七两家店采购的，不同的是，这次岳七七那里的份额大得多。他原本是想从岳七七那里采购全部家具的，可她的东西太贵，即使材质最低端的那种，整体加起来对他来说也是一个庞大的数字，他银行卡里的余额不够。所以最后决定，大件撑门面的东西，诸如沙发、床、衣柜之类的，从岳七七那里买。此外的小件东西，从蔡小雯那里买。虽然件数大抵相当，实际花费，岳七七那边比蔡小雯这边多得多。好在，像上次一样，蔡小雯对耿冲这样的选择也未有微词。

他的虚荣，让他没怎么还价。岳七七说，她就几乎没挣他的钱。但岳七七的话让他有丁点不舒服。她说，反正也没多点东西嘛，哪能挣你的钱？好在这句话她是笑着说的，且随后又补了一句“咱朋友嘛”，才让他狠心扔掉了这种不舒服。

这样一来，耿冲与她俩的关系，更近了一层。如今，他已彻无羁绊，空闲的时候，想去就去，根本不担心姜敏敏问他此刻在哪里。

虽然“没多点东西”，但花出去的钱还是增加了胆量，后来他再到家具城，会先去岳七七那边，岳七七不在，才会到蔡小雯这边。起初他这样做，对蔡小雯还有些歉意。可当他过蔡小雯这边，看到她对自己一如既往的热情时，他觉得自己矫情且多虑了。

岳七七那边导购多，顾客也多。但顾客来，岳七七很少起身，只是由导购接待。而且，耿冲在的时候，导购不会轻易过到他们身边，只有遇到问题吃不准或价格拍不了板的时候，导购才会过去请示岳七七，或带领顾客过去和岳七七直接沟通交涉。这种时候，耿冲会觉得自己特别多余，总是犹豫自己要不要借口离开。

蔡小雯那边除了她自己，另外只有一个导购。所以，每有顾客来，蔡小雯总会尽量亲自接待，这样总会把耿冲晾在一边。她这边顾客也不比岳七七那边少，另外那个导购，性格看上去似乎温和得过头，所以显得她总是风风火火地在忙。这种时刻，耿冲的目光便追随着她走来走去的长腿，即使冬天包裹在长裤里，看上去也是一种享受。

一次，耿冲和蔡小雯闲坐，他看到刚刚忙过一阵子的她盘在脑后的一绺头发挣脱发卡脱落开来。他提醒了她。蔡小雯嫣然一笑，过到他身边，背对他坐在他椅子边空出的那一小块地方上，说：“帮我卡进去。”一股独属于女人的混合了洗发水、护肤膏的清香飘进他的鼻子，他的心咚咚跳了起来。耿冲压根儿没想到她会有这样的举动，本能的紧张让他的眼睛赶紧先瞟往别处，看店里有没有顾客进来。幸好没有，那个导购也不知去了什么地方。随后，才把目光移回来。她的后背和后脑近在咫尺，中间一段脖子洁净光滑。脖子上端，有几根纤细的类似绒毛般的头发，看着这几根淡淡的头发，他突然抑制不住自己，把嘴唇凑上去轻轻吻了蔡小雯脖子一下。

蔡小雯一下起身：“耿哥你好坏，让你帮忙，你却占我便宜！”回头，脸上却是笑嘻嘻的。

她声音好大，惊得耿冲又赶紧瞟店门口是否有人。

蔡小雯自己把头发收拾好，在他对面坐定，把头低下，没再说话。店铺里突然很安静，耿冲知道她绝对没有因自己刚才的举动生气，可仍是觉得有点尴尬。一边尴尬，一边又觉得自己刚才还不够勇敢，机会那么好，为什么不从背后抱住她，哪怕就那么短暂的一下。

蔡小雯突然抬起头对耿冲说：“我想自己开个店。”耿冲一愣，这才明白，原来她是在给别人打工。难怪她老是穿家具城统一的工装，而岳七七却是穿自己的衣服。

耿冲说：“那你开呗，自己创业总是好事。”蔡小雯说：“资金不够。”这话让耿冲没法接。他突然庆幸自己刚才没抱住她，甚至，对吻那一下都有点后悔。

蔡小雯笑笑说：“我知道耿哥刚装修了房子，要不耿哥肯定会给我凑点。”耿冲笑笑，认可了她的说法和善意，但心里却在想，假如自己没装修房子，蔡小雯向自己借钱，他会借给她吗？

又过了个把月，蔡小雯果然离开了那家店，在下面一个楼层开了自己的家具店。大概是资金的确欠缺吧，蔡小雯开的店，不仅门面小，产品还特别低端。耿冲替她安慰自己，低端产品，自会有低端需求，她未必不挣钱的。

蔡小雯和岳七七店面分开的好处是，耿冲想去哪家就去哪家，几乎不担心被另一个看到。当然看到也无所谓，他是她们共同的客户。来这里坐坐，没什么大不了的。

经过这几年，最大的变化是，岳七七越来越漂亮了。

蔡小雯开新店后不久，有一天，她把电话打过来。刚刚装修好摆进家具的新房子，正大开着窗户散甲醛，耿冲还暂时屈居在原先的房子里。两人刚结束一场争吵，都还在余怒未消的沉默中，此时接电话肯定是不合适的，耿冲就摁掉手机。几分钟后，蔡小雯又打过来，耿冲再摁掉。耿冲看到，姜敏敏眼睛里露出疑惑的目光。当然，她要保持此时应该有的愤怒和沉默，没说什么。耿冲去卫生间，蹲在马桶上给蔡小雯发微信："怎么了？"

蔡小雯问："耿哥，忙着？"耿冲回："嗯。"蔡小雯发了笑脸："那你闲的时候给我回电话。"

那个吻之后，耿冲总是隐隐地有点担心，怕蔡小雯有什么麻烦事。他的担心，不是为蔡小雯，而是为自己，怕她的麻烦牵扯到自己。

果然，等到一个合适时间，把电话回过去。蔡小雯说："耿哥，这么急找你，却又不知如何向你开口。"

这句话让耿冲一下子明白了，他的担心也验证了。她肯定是找他借钱。

果然，蔡小雯说："耿哥，最近你手头宽裕不？借我点钱用救救急，凑齐了就还你。"

见耿冲在这边沉吟不吭声，蔡小雯说："给你打借条，付利息也行。”

这句话透出的可怜和生分，让耿冲的话脱口而出：“多少？”

“三五万吧。没有的话三两万也行。”

耿冲撒了个谎：“大钱都是你姐掌控着。这样吧，两万行不行，我手头只有两万。”他本来是说“你嫂子”的，突然想起第一次装房子布置家具时有一次姜敏敏也在，蔡小雯是唤她“姐”的。

“两万也好。我给你打借条吧。”

“借条不用了。我给你用支付宝转过去吧。”

借钱这件事，耿冲觉得隐隐地破坏了他和蔡小雯的关系，甚至在一定程度上削弱了他这么长时间以来苦心经营才拥有或臆造的些微权利。于是很长时间，他都没再去过家具城，他不想以债主的身份出现在蔡小雯面前。去得多了，好像提醒对方自己来追债似的。也许对方不这么想，但耿冲怕对方有这种感觉。他觉得自己是个不愿意让人不舒服的人。

那天在岳七七那里坐过后从家具城出来，耿冲想，两万块钱，蔡小雯实在还不了也就算了。反正是自己的钱，和姜敏敏没关系。她管不着！

耿冲这才意识到，虽然他和姜敏敏分居了，姜敏敏的影响并没有消失。比如借钱，姜敏敏是个比较手紧的人，她是决计不肯借钱给别人的，包括她自家的亲戚，甚至姐妹。她不借，也不允许耿冲借。耿冲在内心反对她思维做派习惯的同时，却又在行动上怯她几分，于是也真的很少借钱给别人。偶尔撑不过，也是偷偷地借，少量地借，还生怕被姜敏敏知道了。

在和岳七七闲谈过程中，岳七七说了一句意味深长的话：“蔡小雯可是不简单，也难怪她老公那样。”说这句话的时候，岳七七瞟了耿冲一眼，他也确实被这句话蕴含的别种意味击中了，脸上便闪过一丝不自然却也被岳七七捕捉到的神态。他想到了他的那个吻，如今和岳七七这句话发生碰撞，不消怀疑，那肯定是蔡小雯主动给他制造的亲近机会。还有蔡小雯从当时提出借钱再到真正借钱拉长的战线，似乎都验证了岳七七这句话包含的论断。

这句话之后，岳七七迅速转换了话题。见她迅速转换话题，耿冲意识到她也意识到了什么，就像被岳七七罗织到一张沾满飞虫的网里，自己也成了一只可怜的飞虫，就后悔自己不该向她主动坦承自己借给蔡小雯钱的事，却也无可挽回，无从辩驳。

无事献殷勤，非奸即盗——相比蔡小雯，他削弱一层表现给岳七七的，岳七七自行给他补上了，也许还不止一层——他不知自己是无辜，还是活该。

当晚，果然蔡小雯给他打来电话，说要请他吃饭。耿冲推脱了，心想，都那样了，还在我面前装大户。蔡小雯又问他白天过去真没什么事吧。耿冲说真没。蔡小雯说："过几天去家看你。"

但始终没提还钱的事。

明明白天已经做出放弃的决定了，但蔡小雯压根没提钱的事，还是让耿冲有点不舒服。

过了三四天，耿冲下午下班回家的路上，蔡小雯把电话打了过来："耿哥，在哪呢？"

"路上，回家。"

"请你吃饭呗。"

岳七七给他提供的讯息，让耿冲突然疑窦丛生：蔡小雯为何一而再地请自己吃饭，莫非要再次借钱？

他的话音有点冷：“不用了。”

“是这样，我今天去外地了，给姐带了块丝巾，你现在在哪，路边等我一下，我给你送过去。”

“不用了，我们已经分开了。”

“啊？怎么回事啊，姐多好的人啊！”耿冲听到，蔡小雯在那头的关切惊讶惋惜到了略显夸张的地步——多好的人，你清楚吗？

“这样，你住哪里，老房子？新房子？我直接去你家看你……”然后蔡小雯用他熟悉的那种妩媚声音柔声道：“顺便给你带点饭，你就不用自己做了。”

那柔声，一下子拨旺了耿冲一直压抑着的沉寂的欲望，这种欲望因为此刻添加了少许不满的成分，反而变得更加炽烈。他稍稍迟疑一下说：“好吧，新房子。”

他回到家，在沙发上坐下，居然对蔡小雯的到来有点期盼。而且，随着时间推移，这种期盼越来越急迫。

耿冲环视家里一周，把单身生活由懒惰造成的某些明显痕迹消除掉。整个屋子里，布满了岳七七和蔡小雯的家具。岳七七的东西，虽没几样，但都是大件，撑着他家的门面，高贵，堂皇。对比之下，蔡小雯的东西就显得简陋。这种简陋在蔡小雯即将造访这桩事的催化下，愈加明显。

蔡小雯两手拎了两只满装了大大小小一次性饭盒的食品袋。那些饭盒打开后就变成了琳琅的菜品，一个个摊在岳七七店的阔大茶几上。在紧挨厨房的餐厅那边，有一张蔡小雯店的餐桌，耿冲觉得在那里吃似乎更相宜些，可餐厅的灯坏了有一段时间了，耿冲也一直懒得修，于是只能在客厅吃。

蔡小雯似乎毫不介意。

真的是毫不介意。后来，当蔡小雯终于躺在耿冲家主卧岳七七店的阔大的双人床上时，耿冲才觉得自己多虑且可笑，为何总是注意这些无聊的细枝末节？

那晚，从蔡小雯进门，耿冲便一直害怕又期盼：今晚，他们会发生什么？

从认识蔡小雯和岳七七两人开始，他一直是期盼发生点什么的。

那天他到岳七七那里，岳七七的老公让他明白他和岳七七不会发生什么。她店里那些富丽堂皇散发着沁人馨香氤氲着幽暗色泽的整套整套的名贵家具，更让他确定他们之间不会发生什么。

他这才理清蔡小雯把电话打过来时，他为何告她自己和姜敏敏分了——一个机会的断掉，让另一个机会愈显珍贵——他潜意识里，还是在创造机会。

只是，如果蔡小雯没和自己借钱，而又能如现在般顺理成章，他心中会没有负担——负担不是这两万块钱，他真的没打算让她还。负担是，这么一来，他们之间是否成了交换？——买春一样的交换。而他，是否有乘人之危的嫌疑？

还有，蔡小雯的所有举动，是否在验证着岳七七传递给他的关于她心机的判断？

半个晚上，他们就那么有一搭没一搭地聊着。蔡小雯说话多，耿冲说话少。蔡小雯谈老公，谈生意，谈理想，谈一切她可以向他说的事情，神情幽怨，目光迷离。有一瞬间，在耿冲意识中，蔡小雯化作一张一翕涂了浅色口红的性感双唇。唇色鲜亮，唇形饱满，散发着淡淡的勾引味道。

时间飞逝，越来越晚。耿冲既怕她走，又怕她不走，始终在一个问题的两面上煎熬：如果她要走，他要不要留她？如果她不走，他要不要拒绝她?

蔡小雯终于起身，耿冲的心一下子提到了嗓子眼，却是动手收拾茶几上他们饭后的残局。她弯腰的时候，超短裙衬托出的身体的优美曲线，终于再次完美地显露在了他面前，他终究抗拒不住那双笔直的腿，像无数次设想的一样，从背后抱住了她。她已经拎起饭盒的手松开了——他知道她不会拒绝的，果然，她比他预期的还要主动。

他又想起了他时不时想起的她的那句话：“耿哥，我知道你不是那种人啦。”其实从那一刻起，他就隐约知道她知道他是哪种人，他也知道她是哪种人。

然而，仍旧有耻感。还有罪感。

还有隐隐的不安：如此轻易，如此主动，她是否有更大的利益的盘算?——他毕竟向她承认，他是准单身。

还有，她只对他一个人这样，还是他只是她的猎物之一?

直到两个人都已经赤身裸体的时候，耿冲的耻感和罪感还没有消除。他劝诫自己，他是喜欢蔡小雯的，和他们分别是哪种人没关系；他和蔡小雯走到这一步，和他借给她钱没关系，和她还不上他钱也没关系。他甚至拿婚姻给他们行为的正当性做筹码——如果蔡小雯对他真心，他和她结婚也可以——饶是如此，也不能完全改变由此引发的心不在焉。这些杂念，让他显得比自己了解的自己疲软。蔡小雯好像挺欢愉的，她用大长腿勾着耿冲，亮晶晶的脸上雀斑闪耀。

她身材真美！这让他突然想到了姜敏敏，即使在初婚两个人关系很好的时候，姜敏敏也从不让他看自己的身体，好像怕他发现自己的什么秘密。

他心痛了一下，姜敏敏的面容突然浮现在他眼前，冷面之上，是一双厌恶的冷眼。转瞬间，又成了岳七七的面容，不过是暗含了嘲讽的笑眼。脑海里微弱地掠过一个念头，就像床头的LED灯轻微地闪了一小下：不管怨不怨他，他知道自己把以前的生活过糟了。可这样一来，真的就好么？

耿冲甩甩头，把这些杂念抛出，努力让自己的情绪能够配合此刻蔡小雯的欢愉。就在他即将进入她身体的那一刻，手机铃声骤然响起，惊得他差点从床上跳起来。

他的第一反应，是蔡小雯老公打来的——他后悔这几日自己太不谨慎，与蔡小雯通了几次电话——他甚至担心他已抡着棍子堵在了他家门口。他的身体顷刻间软了，欲望消失得无影无踪。

抓起手机，定睛看来电显示，却是姜敏敏。

手机铃声如此高亢，蔡小雯也被惊着了。耿冲看到她瞪着惶恐而迷茫的眼睛看着他。耿冲给她个眼神，示意她不要发声。他坐起来，身体靠在床背上。他想抓起被巾把身体一部分掩起来，好让尴尬的场面不继续那么尴尬，可被巾在蔡小雯那边。蔡小雯也没有急于抓起就在她手头的被巾，还任由自己那么赤身裸体平躺着，像在宣告某种主权，乌黑的头发摊了半床。然后，头一歪，枕在了他的双腿上，那头发也像一匹绸缎似的被拖动。有那么几根头发丝，弄得耿冲的皮肤有点痒痒，但他没动。

姜敏敏在他手机通讯录里的名称，变换过好几次。他们谈恋爱的时候，就是“姜敏敏”。后来结了婚，姜敏敏看他手机，提出异议，他改成了“老婆”。这种坏处是，只要姜敏敏给他打电话，旁边随便什么人瞟一眼，就知道是他老婆打来的电话，有时时间地方不对劲，就会引来揶揄。后来，他就存成了“敏”，保持了好长时间。两个人关系寡淡后，姜敏敏偶尔给他打电话，看到单字“敏”出现在手机屏幕上，亲昵得那么招摇，他有点臊得慌，就改成“敏敏”。彻底分居后，“敏敏”都会引起他一阵不舒服的反应，就把姓加在了前面。

他思忖姜敏敏为何突然在夜晚给他打电话，犹豫要不要把电话接起来，但只犹豫了几秒钟。

如果他们有孩子，恰巧孩子跟着姜敏敏，这么晚打电话，很可能是孩子发烧了什么的。但他们偏偏没有孩子。

没有孩子，是姜敏敏的原因，也许正是他们夫妻走到这步田地的根本原因，起码姜敏敏是这么认为的。耿冲不觉得是这样，耿冲觉得是姜敏敏过于疑神疑鬼了，好像自己接触每一个女人都要和人家生个孩子似的。

百般努力之后，看姜敏敏那么着急，那么沮丧，那么忧心忡忡，耿冲说，不行咱们领养一个吧。这句话又被姜敏敏过度解读，她认为他这句话，正可昭示他对孩子需求的迫切。当时她没有多说什么，后来，她每每拿这句话作引子，诱发她的歇斯底里。

对于有没有孩子，有没有自己的孩子，耿冲不能说不介意，但绝不至于影响家庭正常生活的，反倒是姜敏敏对此表现出的敏感，让他受不了，也让他们的两口之家逐渐濒临土崩瓦解。

他轻轻点了接通键，姜敏敏恐惧的声音迅疾传了进来：“耿冲你在哪?”

“我在家啊。”说“家”的时候，他略有迟疑，但还是这样说了。

“你快来咱家一趟。”语音尖细，急迫，不容分说。

“咱家”两个字，引起耿冲的轻度不快。他皱下眉头，瞟一眼正仰头噤声瞪大眼睛看着他的蔡小雯，以一种冷冰冰的公事公办的语气说：“怎么了?”

“咱家进了一只动物!”

这句话唬得耿冲一下直起身来——她没说是什么，只说是动物！他脑海里急速幻灯片般交替闪现出豹子、狮子、野猪等野生动物的形象，随后它们又交融在一起，成为一个模糊庞大用一双黑幽幽的眼睛盯着他的怪物。

“啥动物?”耿冲发现，自己的声音居然也有点颤抖。转瞬，理智让这个形象换成了一只狗。

“没见过，尖嘴细尾巴，尾巴很长。很漂亮，我觉得像国家一级保护动物!”

最后这句话让耿冲哑然失笑，连带让他紧张的情绪略微轻松起来。他们以前在一起的时候，姜敏敏也老是说这些煞有介事一本正经听起来又有那么点可笑幼稚突兀的孩子话，她偏偏说得极其认真。

“怎么进去的?”

“不清楚。”

“哦，我这就过去。”

摁掉手机，耿冲说：“我得出去一趟，你就在这里睡。”

蔡小雯仰起头，没说话，只是用一根手指在他的胸部画着圈圈，痒酥酥的感觉驱走了他接电话时混合了多种因素的不安。他叹口气，抚一下蔡小雯的头发，蔡小雯把脑袋从他的腿上抬起来，重又枕回枕头上，仍没说话，一副平静而幽怨的乖乖女模样。

耿冲穿衣服，三下两下就好了。离开卧室时，他嘱咐蔡小雯：“如果我回不来，明早你碰住门走就好了。”

蔡小雯说：“能回就回来吧。”

耿冲沉吟一下说：“嗯。”

看一下时间，晚上11时06分。耿冲驱车过到他们原来的家。小区里停满了车，一个空当也没有，他只好又把车开出去停在马路边。晚上没交警，不会被贴罚单。停车的位置，给了他帮姜敏敏把麻烦解决后当即回去的决心。他脑海里又浮现出临行前蔡小雯的乖乖女模样，还有她的一头长发。她的头发通常是盘在脑后一个发髻，放开来，居然那么长，那么柔顺。

他不适宜地想起一则笑话。问：女人在床上说得最多的一句话是什么？答：你压住我的头发了。可能由于这个笑话的潜在提示吧，他昨晚准备覆在蔡小雯身上的时候，小心翼翼地努力地不去压住她的头发。然而那时，他并没有想起这个笑话。

一楼，远远地就看着里面亮着灯。

敲门，门一下就开了。她一点也不提防！要是别人怎么办？耿冲想批评她两句，想想算了。

姜敏敏手中拿着根拐杖做武器。这根拐杖，耿冲还记得。那时结婚没多久，有一次耿冲随同事去泰山旅游，登山时买了这根拐杖。拐杖很漂亮，登完山后，他并不像他的大多数同事那样随手撂掉，而是带了回来，他想起他乡下的父亲。回到家，姜敏敏也夸这根拐杖漂亮。他随口说“给我爸吧”，结果这句话让姜敏敏生了气，她责问耿冲为什么不给她父亲也买一根。耿冲解释说这是他登完山顺便带回来的，并不是专门送人的礼物。姜敏敏说：“不专门送人，你咋就只想着你爸，却没想到我爸？我爸妈都把这么大一个闺女白白送你了，你咋就一点想不起他们的好？”耿冲说：“一根拐杖至于吗，你想给你爸给就好了。”这句话更加触怒了姜敏敏，一大堆话就跟了出来，说什么耿冲一点也不关心她父母啊，耿冲父母一点也不关心她啊。千般罪过，就围绕这两句话蔓延开来。耿冲也不示弱，开始用例证反击。姜敏敏便用相反的例证驳斥。屁大点的事，居然滚雪球般吵成了他们婚后最大的一场架。这场架的另一后果是，姜敏敏也不好意思把这根拐杖给她父亲了，就任它在卫生间门后立着。直到装修房子时，也不知被谁塞到了哪里，现在又不知如何被姜敏敏找出来握在手里。

这套房子是二手房，他们结婚时没多少钱，别人转给他们时也大体能住，就那样住下了。住了几年，他们手里有了点钱，就想着装修。装修时，他们住进了朋友一所闲置的房子。他们让工人把原来简装的一切包括墙皮全部铲掉，把原先的旧家具全部送人或扔掉。

新家具，就是耿冲从蔡小雯那儿买的。

当时他们谁也没说，可是都觉得，换个环境，他们的婚姻就会焕然一新。

事实上，他们失败了。而且一败再败。

很久没来却无比熟悉的家装和家具，姜敏敏身穿睡衣手中握着的是无比熟悉却早被遗忘的拐杖——也就是在这一刻，耿冲回溯了他们的婚姻历程：从日常琐事口角的一地鸡毛，再到生不出孩子的一地鸡毛，再到姜敏敏对自己男女之事怀疑的一地鸡毛……这一地鸡毛中，在今晚，终于有一根飞升了——耿冲又想起了蔡小雯摊在床上的一头头发。

问在哪儿，说是卧室。主卧。

卧室门关着。姜敏敏说："肯定在里面。在等你这段时间，我一直听见它在里面挠。"

耿冲就把耳朵贴在门上听，什么动静也没有。

姜敏敏又描述了它的模样。面对面，可以用手比画。耿冲根据姜敏敏的比画，大致勾勒出了它的形象：一个猫一样大小的东西，尖嘴尖脸，拖着一条细细长长的尾巴，尾巴和身子一样长。很漂亮，漂亮到像“国家一级保护动物”。

“当然不是猫。”姜敏敏说，“我能傻到连猫都认不出吗?”

虽然是一楼，防盗门装得结实，窗户也封得严实，它决计不可能从门窗进来。耿冲先查看了一下装修房子时预留的那个空调孔。他们家原来没装空调，一楼到底凉快些，可一年中总要热那么几天。所以，当时工人师傅问是否预留空调孔时，耿冲说：“当然。”孔打好后，姜敏敏下班回来，说是多此一举。她的理由是，她宫寒，肯定不能吹空调。宫寒，是一个老中医说的，顺带还给了她一个方子。姜敏敏很虔诚，开始一碗碗地喝汤药。据此调养了好长时间，最后宫寒好了没有也难说定，反正不孕的事实仍旧摆在那里，但从此以后，姜敏敏就把宫寒当成了自己身体的一个标签，需要亮出来的时候就亮出来。于是，那个孔，就用一块泡沫封死了。

另一个可能的通道在阳台。他们这套房子，是老式的那种，阳台上没下水口，无法放洗衣机。装修的时候，计划把阳台做一下改进，就用冲击钻钻开了一个下水口，计划引一条管子到房后马路中央的化粪池。设想简单，实际工程太大，需要把半幅马路挖开很长的一条口子。再大，也可以做，费点工夫罢了。可一听“化粪池”三个字，姜敏敏坚决不干了，她担心“粪”味会从管道里泛上来，何况阳台还连着卧室。耿冲做了解释，说卫生间的下水口也通到了化粪池。姜敏敏顺口以他的解释做证据，说你就没感觉卫生间老是返味，尤其阴天的时候！于是作罢，这个口子用塑料袋团成团封住，这样更严实些。

耿冲小心翼翼推开门，再关上门，蹑手蹑脚在卧室里走一圈，左看右看上看下看，什么都没发现。

老式房子，卧室和阳台之间并不是开放的，中间有半堵墙隔着，安了窗户和门。耿冲把门打开，过到阳台，果然那个下水口封好的那团塑料袋不见了。耿冲回到卧室，关紧阳台门，出到客厅，问姜敏敏："你今晚开过阳台门?"

"嗯。"

"后来没关?"

"这么热的天，睡觉时才关了。"

"你确定还在里面?"

"肯定!"

耿冲理出一条思路，说："这样，你把全部门包括厨房卫生间的都关上，关紧。然后打开家门，再把楼道单元门打开，给它留出一条通道，我把它驱逐出去。"那个下水口太小，它能借此钻进来，却未必能原路再逃出去，所以耿冲没打开阳台门。

姜敏敏照做了。耿冲从地上拿起那根拐杖，打开卧室门，开始用棍子敲击那东西可能隐藏的角角落落。仍旧没有。

姜敏敏看着他敲，说："哎，是不是成仙了!?"

成仙，让他想起狐狸。问："不是狐狸吧?"

姜敏敏摇头："没见过狐狸。"然后问："狐狸不是老大个吗？它这么小。"她又用手比画了一下。

耿冲想想，自己也没见过狐狸，也不能确定狐狸到底有多大。但他印象中，狐狸尾巴是粗的，而非像她说的那样"细长细长"。

耿冲继续用棍子敲，突然姜敏敏尖叫一声："在那儿！窗帘上!"把耿冲吓得打了个激灵，抬头，一个黄色的身子一闪，隐在窗帘后面不见了。

耿冲擦一下额头上的汗，携着怦怦乱跳的心脏壮着胆子慢慢拉开窗帘，从上往下看，什么都没有。把窗帘撩起来，露出墙角，依旧什么都没有。

真成仙了?

墙角过去，是一只床头柜。耿冲把床头柜移开，没有。他看到，因为床背后面的凹形设计，与墙之间是有一条缝隙的。他过到床尾抓住一个床角，采用左右扭动的方式，把床往对面移开一尺左右的距离——床很轻，不费多大力气——推移的过程中，他想到此刻蔡小雯正躺在岳七七的那支极其沉重他曾经尝试挪动却凭自个儿根本无法挪动分毫的床上，脸就烧了起来。

依旧没有。

窗户对面的另一堵墙，是一组衣柜，衣柜紧紧贴着墙壁，它似乎不可能钻到后面。耿冲脱掉鞋子站在床上看看柜顶，依旧什么也没有。

床头的另一侧，是一只梳妆台。耿冲小心翼翼挪开，发现后面有一条口子，这条口子位于梳妆台的抽屉上端，从外面隐隐约约能看到抽屉里的瓶瓶罐罐。耿冲把抽屉抽开，先是看到两只豆粒般大小乌黑的眼睛犀利地瞪着他。未及反应，一团黄色的东西跳了出来，箭一般越过床面又冲向窗帘后面。耿冲大骇，“啊”地大叫一声，一头汗惊了出来。蹿到窗户那边，又不见影子了。

却也基本看清它的模样了，好像是黄鼠狼，尾巴粗而蓬松，并不像姜敏敏说的“细长细长”，而且，一点不漂亮。甚至可以说，很丑陋。

整整一晚上，这家伙就和他捉迷藏。姜敏敏一直守在门口，帮他呐喊助威，有时也带给他一些不必要的惊吓。他们给它留了逃生通道，它却不理会他们的好意，并没有从那条通道冲出去，而是不断地在卧室内与他们较量。有一次它终于钻到床后，一边瑟缩着，一边用那双小眼瞪着耿冲。他看到，它也很恐慌。它的恐慌，让耿冲更加害怕。尽管他脸色煞白，但在姜敏敏面前，仍努力让自己镇定，尽量不让害怕表现出来。耿冲把床挪得更远一些，试着和姜敏敏合力把床背用力推向墙面挤死它。松开床背，它又一次逃向了别处，只留下一股令人窒息的恶臭。

恶臭让他确定是黄鼠狼了，而他也几乎筋疲力尽了。

关紧门，耿冲在客厅沙发上坐下喘息，姜敏敏从厨房给他端来一杯水。窗外，天已蒙蒙亮了。

耿冲突然很沮丧，恨不得即刻离开这里。看看表，快5点了。他知道，蔡小雯此刻应该还在他那里。姜敏敏站在那里看着他，目光里流露出显而易见的关切，但没有说话。她的身体塞在一套已被洗得色泽暗淡的夏季睡衣里，短裤下面是一截已显臃肿的双腿，在灯光照耀下有着一种未带任何肉欲色泽的惨白。他又想起了蔡小雯勾着他身体的滑腻的修长的双腿，猛仰头一口气把那杯水喝完，当即又抡起拐杖走进卧室。

臭味弥漫了整个卧室，耿冲皱一下鼻子，斗志重被激发，继续敲击它可能隐藏的角角落落。这期间，他又目睹了它三次真容，对峙的时候，它整个身子一直在瑟瑟发抖，一次比一次看上去恐惧。它用眼睛瞪着他，不屈不挠把恐惧感染给他。有那么一刻，耿冲突然感到绝望，一些毛骨悚然的感觉升腾出来，像雾气一样笼罩了他的全身。

终于，再一次拉开梳妆台那个抽屉时，耿冲终于看到它跳将出来，越过地面冲向了客厅，随后他听到了姜敏敏的啊啊大叫声。耿冲跑出卧室，却见姜敏敏跑向了厨房那边。原来，姜敏敏给他倒水后，厨房门忘了关紧，留了一条缝隙，它越过客厅冲进了厨房。

沉寂很久的习惯性责备冲动重又在耿冲心头泛起，就像以前无数次面对她的失误那样。只是此刻来不及，他们此刻的关系给予他的权利也不能够。他已经预见到随后的较量中厨房的瓶瓶罐罐被那东西蹚倒的混乱局面。无暇多想，他迅疾跑过去推开厨房门，却见它在地面盘旋一圈，利落地冲上灶台，从姜敏敏亦未掩紧的窗户纱窗缝隙逃走了。

千真万确，逃走了。悬着的心终于落了下来。

耿冲脑海里闪出一些画面，因为她不听他话他对她的指责，以及面对他的指责她的奋力还击。此刻，她的疏忽给事情带来的转机，让耿冲突然明白了些什么。

看表，已经是早晨七点半。他在卫生间胡乱洗了把脸，准备上班去。那里已经没有他的毛巾，姜敏敏把她自己的毛巾递给他，他犹豫一下，接住了。镜子里，他看到了他一夜未睡眼白边缘处淡淡的几条血丝，满头支棱着的蓬乱的头发。还有，些微可怜。

出了单元门，耿冲这才想起车还停在大街上。匆匆往小区外走，手中握着的手机叮当一声，一看，是条短信，姜敏敏发来的：

“晚上过来住吧。”

握着手机的手刚垂下，手机又叮当一声，一看，蔡小雯发来的：

“走了。晚上还过来。”

他盯着这两条短信惶惑半天，抬眼，一个警察扶起他车子的雨刷器，把一张罚单夹在了挡风玻璃前。

2019年9月16日

柯仪说，我带你去街上看美女吧。邵亚威先是瞪大了双眼，随之立即意识到，这才是最具本色的柯仪。他知道柯仪知道他喜欢看美女，但她这个时刻的这个提议，还是略微让他有点抵触。滑到嘴边的“好”字，便吞回去了。这里是她的地盘，他跟随她走就好了。

1200公里的路途，并没有让邵亚威如何疲惫，他可以选择坐飞机、坐高铁，但他还是选择了驾车。恋爱中的人，总有那么一种自虐心理，他们会把这种自虐，去折算成对方并不认同的爱的筹码。早晨4点出发，晚上7点到，除了在服务区吃了一顿潦草的午餐，上了三次卫生间，几乎马不停蹄。他不怎么经常锻炼的身体，还能折腾得动。他并不虚弱。

邵亚威知道柯仪更喜欢健壮的挺拔的有两块胸肌八块腹肌的男孩，对，是男孩，不是男人，或者已经是男人但可被称作男孩的那种，她从来不隐讳这点，就像他也从不隐讳自己喜欢看美女。但他认识她着实太迟了，来不及也没必要改变了。昨晚他在网上看到一句话：我愿意以自己全部的才华换取梁朝伟的颜值。这句话让他哀怜了自己一下，却还不愿苟同，他在意并欣慰自己的才华。他能感受到柯仪也有那么一点点在意并欣慰他的才华。

邵亚威是大学教授，研究现当代文学。四十二岁的大学教授，在单位也属春风得意。三年前，邵亚威离异，女儿由妻子抚养。六个月前，他结识了柯仪。

起初，邵亚威以为柯仪是那家奢侈品店的导购，后来才知道，她就是店主。她的形象，让她看起来更像导购。怎么说呢，就是一个女人该有的模样，没有沾染老板通常端着的矜持习气。

那段时间，邵亚威正追求一个女同事。他不想再婚，只是经常寂寞。当然，要是完全合适，结婚也行。他有许多更重要的事情要做，在取得初步进展后，他打算采取短平快方式，在情人节那天，送她一个包，刺探一下她到底是否接受他。

柯仪看他的时候，稍微眯缝了一下眼睛，被他捕捉到了。那种眼神一言难尽，好像窥透了他内心什么不良企图，或者是对他本人的某些不屑。对柯仪来说，那只是她的一种职业习惯，并无什么明显深意，她只是想确认一下顾客，好给他做有效推荐。最终在能够的优惠下，邵亚伟买下一个一万二千元的包，他觉得这个价位刚刚合适。

女同事到底没把包收下，只收下了他附带的一束鲜花。邵亚威大致明白，他或者得把战线拉长，或者干脆偃旗息鼓。他还没想好怎么做，似乎更倾向于后者。他不再年轻，对许多事情已丧失热情与耐心，何况，前一段婚姻，已经把他折磨够了。摆在面前的一个问题是，这个包该怎么办？因为读硕读博，他结婚迟且草率，女儿年岁尚小，如果女儿好歹满十六岁，他转送女儿得了。

他想到了去退。虽然不大合适，最终还是去了。柯仪没有表现出明显的不快，只是提醒他，他买的时候，就说过除了质量问题，是不能退的。邵亚威挠了挠脑袋，脑海里闪现出帕慕克小说《纯真博物馆》里男主人公退包那个情节。书读过很久，具体记不清了，但还是受它影响，一种类似多情的感觉就泛滥起来，脑袋抽了一下说："反正我留这个包没啥用了，要不送你吧?"

柯仪咯咯咯地笑了。这个妆容精致衣着精美的小个子女人，在笑的那一刻，迷人极了。她也算阅人无数，知道面前这个干净却其貌不扬的男子，说这句话时面容中流露出来的那一点憨厚，证明他不全是开玩笑，必定包含了几分真诚的。她那种欢快的天性就跃跃欲出了，说："你敢送，我就敢收。"邵亚威果然把包递到了她面前。

玩笑归玩笑，柯仪还是把包给他全款退了。这么一来，两个人都发现，自己有那么一丁点儿喜欢对方。他们互加了微信，邵亚威答应柯仪在她不忙的时候请她吃饭，算是对她的酬谢。

晚上，柯仪发来微信："想不想谈谈这个没送出去的包背后的故事?"

邵亚威说："背后没故事，有故事的话就送出去了。"

仍有好奇心，却不便追问。于是，两人打了几句哈哈，聊天结束。

见过几面后，邵亚威和柯仪算是熟悉了。

柯仪三十八岁，已婚，女儿八岁，老公官二代，是一个职位尚可却无实权且无发展的官员，原因是父亲死得早，他性格还怯懦优柔，完全不适应官场。当年，他们是大学校友，他高她两个年级，两人一见钟情，毕业后很快结了婚。婚后，他不顾家庭反对随她去她的城市，终于抗不过家庭的威逼利诱回来，被正在官场高位的父亲安排到政府部门。开始算是一帆风顺，突然父亲心梗死掉，他的上升势头也基本宣告结束。也就是在他最初的黄金时代和万般乞求下，柯仪一时心软，抛下自己的工作来到这个地方并生下女儿，她终于发现自己来得不值。

开奢侈品店，肯定需要很大一笔启动资金，邵亚威怀疑这笔钱是去世的老公公任上积攒的财产。这个问题太敏感，他不能问。结果有一天柯仪自己说道，是她家投的资，她是个真正的富二代。邵亚威说，官二代娶富二代，你们也算般配。柯仪鼻子哼了一下，一副不屑的样子。

邵亚威终于近距离知晓，富家子女到底是什么模样。她太精致了，无论衣着还是妆容，任何时间能看到的她的一切，都无可挑剔。偶尔柯仪感慨，自己唯一的缺陷，是个子太矮了，不到一米六。邵亚威觉得，她的个子刚刚好，恰如其分配得上“精致”二字，如果再高一点，那就得用别的词语形容了。

这种精致，邵亚威怎么看也看不够，尤其她笑起来的时候，简直是一块钻石在闪闪发光啊。柯仪用奢侈品店老板的口气说，所有的精致，都是用钱买来的。不仅费钱，还费时，费力。比如，她睡觉，从来都是仰卧，因为侧卧可能把脸蛋压坏。这真是匪夷所思了。

越接触，邵亚威越觉得柯仪可爱、珍贵。有时柯仪会在微信里告他今天遇到个什么顾客，言谈举止有何特征，短暂接触过程中他们说出来的没说出来的隐含心思。邵亚威总能从文学作品中给她找出一个类似人物，告她这部文学作品的故事梗概。柯仪有了兴趣，就会找来去读，然后围绕作品尤其是人物说出自己的理解，观点新颖、独到、有趣。这简直称得上默契了，比他带的本科生研究生不知强过几倍。所以，他俩是有话说的，有时竟越说越热烈，一个从文本出发命题，一个从经验出发阐释，两人的对话几乎成了文学分析和学术探讨，时间便过得飞快，简直好得不能太好了。

柯仪来重庆看望父母。她到达的第二天，邵亚威驾车追随而来。

不管怎样，他到底是来了，越过了1200公里的距离。邵亚威不知柯仪对他这个举动是否高兴和欢迎。好的是，柯仪接了电话，立即到他入住的酒店见他。

进了房间，刚刚冲过澡换过衣服的邵亚威抱了柯仪，轻吻了她一下脸颊，像往常很多次的这种时刻，她脸上依旧是盈盈的笑意。这让邵亚威的担忧进一步消退。也只是如此，没再进一步，时机还不大合适。此刻，他们一起去吃饭。对，还有看美女。

他喜欢柯仪，想把战果扩大，这是他来重庆的动机。在他对柯仪有了强烈兴趣并生发爱意的最初，他总喜欢利用一切机会向柯仪表白，似乎不如此就无法证明他对她的爱情。柯仪对他所有形式的表白，或嘲笑，或揶揄，或默不作声，或转换话题。他知道这样不好，太早太频地暴露自己的心思，只会让对方兴味索然，只会把自己的位置降低，且一低再低，甚至会让她心烦。可他老是忍不住，老是怕错过所有机会，似乎一次机会的错过，就会痛失全部。这次，他追随她而来，接近表白的登峰造极了。

1200公里的距离，算是天赐。邵亚威把所有的“天赐”都看得很重要，在他看来，那是一种稍纵即逝的东西，必须牢牢抓住，所以，他才有那么多的表白。柯仪给他讲过关于自己的一个1200公里的故事。邵亚威从百度地图上量过他们城市离重庆的距离，正好1200公里。这就是天赐了。

此时，他尚在暑假末期，既无学校束缚，又无家庭干扰，只犹豫了一小阵子，他立即决定赶过来。到了之后，他才告柯仪自己到了。一路上，他设想过柯仪意料之外的欣喜，却更担心她会为此愠怒，所有的感觉全在一念之间，爱情的壮举也可能被误解为死缠烂打，那么他只能灰溜溜地自己回去。所有的不按套路出牌，无非就这两种结果。何况，在来之前，他俩闹过一次不愉快，状况还很糟，糟到邵亚威都想放弃这段感情。眼见的事实是，还好。

柯仪的1200公里，是她去看前男友。那是她婚后的第五年，老公已应家庭召唤抛下她回到本地，她一个人留重庆。偶然在网上认识了一个男孩，孤寂和怨愤让她立即奔现了。那个男孩在广州读研，她驾车十六个小时，到达广州已是凌晨，男孩在他租住的公寓等她。那天的广州真热啊，男孩不顾她浑身正在急剧涌出的滚滚汗珠，两个人就翻滚到了一起。他把她的汗珠吮吸了个遍。

柯仪说，真正接受和喜欢一个人，你会不避美丑，本色示人。他（她）也会不嫌美丑，本色爱人。

当时他们坐在一个咖啡馆里，柯仪和邵亚威说这些话时，眼神飘忽了一下，脸上泛出淡淡的红晕。邵亚威懂，那是对过去某个时刻的留恋和神往。转而，她回过神来，朝邵亚威微微笑了一下，说："抱歉，和你说这些。"

邵亚威没说话，他不知道该说什么，能说什么。他安静地听她讲下去。过于安静也不好，他抬起手，用勺子轻轻搅动了一下咖啡。

柯仪在男生那儿住了三天，白天，男生去学校上课，晚上，两个人在一起。第三天，柯仪要回去了，快上高速的时候，男生发来短信，说他爱她。之后，几乎每个月，或者柯仪坐飞机去见他，或者他飞过来见柯仪。最后一次，是柯仪去见男孩，她到时已是晚上，给男孩发了短信说她到了。她有男孩公寓的钥匙，就自己先进去。有人敲门，她以为是男孩回来了，一开门，发现门口站着一个学生模样的女孩，很年轻。那个女孩看到柯仪，神色慌了一下，马上转身离开。柯仪就给男孩打电话，问怎么回事。男孩很快回来，承认那是他的新女友，并且说，她是处女。柯仪那个伤心啊，当晚，她离开公寓找酒店另住。从此，两个人就断了。

后面的话是补充。上次柯仪离开时，穿了男孩一件鲜艳的带学校LOGO的卫衣回家，她以为他送她了。校服太大也太艳了，但那是他的啊，所以她总是穿在身上。这次回家后，男孩给他发短信，让她把卫衣给他寄回去。她只好寄回了。邵亚威从柯仪的神态感觉到，她对这件衣服的不舍，居然要超过男孩。

柯仪苦笑一下："你知道，我一直不缺钱的。那段时间，我送了他多少礼物啊。他只要无意流露出需要什么东西，我总会拣最贵的给他买，很多件东西，都是轻奢品或干脆是奢侈品。而他，居然最后要把那件衣服要回去。"

邵亚威本来想问后来她开奢侈品店和这个有关系没，但还是问了最关键的问题："你喜欢他什么?"

柯仪沉吟了一下说："身上那股劲儿，年轻，学生气，少年感。"然后又补充道："他其实很渣，在我之前，曾经和两个有夫之妇交往，他把他所有的情史都主动交代了，我竟没有嫉妒，因为当时我拥有他了。"然后苦笑一下说："可笑的是，他居然认为我永远不会嫉妒。"

邵亚威想说，我对你的情史也不会嫉妒——究竟没说出来，还不是时候。

柯仪又说："对了，我留恋他，还因为：'The best sex ever'。"

他英文过关，知道她说的是"史上最棒的性爱"。这句话刺痛了他，但这就是本色的柯仪。

邵亚威发现自己喜欢上柯仪，是从她的忧伤开始的。

解读忧伤，是邵亚威的看家本领，他的硕士毕业论文就是《文学作品中的忧郁气质与忧伤情怀》，那可是十二万字几乎一本书的篇幅。柯仪在讲述1200公里故事时的语调和眼神、落寞与忧伤，唤醒了邵亚威自己许多青春往事，他心疼起她来了——那么热烈欢快的女人，居然也爱过伤过痛过！而她那娇小可人的身子，正适合他抱他暖他关怀啊。

他忘却的一点是，在将近二十年的文学作品对他的浸淫中，过度解读已经成为他的专业习惯，这种思维时不时渗入他的生活，成为他不自察的行为模式和生活习惯。

她要不说最后那句英文多好——文学作品中，也总有这样的败笔——也许不是败笔，那不是更准确地揭示了最为真实的人性？

喜欢归喜欢，邵亚威还是能够发现他与柯仪的差异。他俩通常能达成默契，但许多个人爱好并不一致。比如，他喜欢的歌和电影，柯仪大多不喜欢，柯仪喜欢的歌和电影，他则完全不喜欢。不同的是，柯仪会直截了当说自己不喜欢，邵亚威会装着说自己喜欢。这就是位次关系啊，谁让是他追她呢，他只是在努力不做一只舔狗罢了。饶是如此，有时仍不免沦于舔狗的境遇中。他也认了。

柯仪还有许多让他惊异的古怪之处：咖啡当水，不爱吃肉，小时候，吃饺子只吃皮，吃月饼也只吃皮。邵亚威说，你果然是富家子女，我们小时候见了肉走不动路的。她还喜欢吃报纸，从小喜欢，偷偷吃，气得她爷爷打她，一直到上高中，还是忍不住要吃一点。邵亚威说，这叫异食癖。

至于男人，她喜欢小鲜肉，高大帅气的型男。邵亚威被噎着了，无法接话。

后来，柯仪直接告诉他，她现在正有个小鲜肉男友，劝他不要对自己太上心，却仍然不拒绝和他交往，只是让他界定清楚他们的关系，莫荒废时间浪费感情。偶尔提起小鲜肉，她会说，“那个他”。邵亚威感觉她游刃有余地穿梭在他和“那个他”或者还有更多的“他”之间。

邵亚威静下来想，这女人简直有毒！可这种女人，一旦喜欢上，就很难戒掉，而他已经喜欢上她了。

忧伤只是铺垫，邵亚威发现真正喜欢上柯仪，是从自己的焦灼开始的。

他们偶尔见面，大致频率是半个月一次，平常用微信联系。有时，邵亚威发个微信，柯仪半天都不回复，他就会焦灼起来。他会盯着手机屏幕，一分钟一分钟等待，放在手边的书，拿起又放下，一行都看不进去。半个小时过去了，一个小时过去了，有时三四个小时，柯仪都不回复，他简直要爆炸了。肯定不是店里忙，那种奢侈品店，顾客不多，不会连看手机的工夫都没有的。他只能安慰自己，她或许做美容去了，或者做美发去了，或者开车去外地现在正在高速上不便看手机。后来，他终于发现自己焦灼的原因。他有限的和柯仪的交往让他知道，柯仪和他在一起时，通常是不看手机的，那么就是，此刻，柯仪正和别人在一起，而这个人，很可能是“那个他”。他的焦灼，完全来自猜疑生发的嫉妒。根源找到，那种不舒服的感觉非但没有减弱，反而火烧火燎地燃起来了。

这种猜疑和嫉妒，有一次邵亚威终于明白说了出来。积聚得太久，总会撑不住往外溢。虽然是自己的店，每逢双休日，柯仪通常在家的，说是给心情放放假，其实主要是陪孩子上各种补课班。那是个周六，邵亚威问了早安后，柯仪也回了早安。等邵亚威再发消息时，柯仪没了音讯。煎熬到快中午，他又发了一次消息，问柯仪在干嘛。柯仪仍没回话。他坐卧不安，开始怀疑柯仪一定是和“那个他”在一起。他的嫉妒心彻底泛滥了，但理智告诫他，一直追问不好，既无资格，又无格局，于是便忍着。为了让自己舒服点，大中午的，他在学校操场散了将近两个小时步。

下午4点，邵亚威终于狠心又发了一条消息。二十分钟后，柯仪回了，说自己在电脑上看了两部电影。他的心踏实下来，只一小会儿，又不舒服起来。即便是看电影，即便电影再吸引人，她也不会不看手机吧？而且，虽然回复了，可就这么干巴巴冷冰冰的一句，他多么希望他能在回复中稍微包含一点抱歉的意味啊。

晚上8点，邵亚威发消息问，还在看电影吗？柯仪说给孩子检查作业。邵亚威说，检查完早点休息吧。柯仪说好。这意味着，他们俩的这一天就这么结束了。

第二天周日，上午，邵亚威没有主动说话，但他不住地翻看微信，希望柯仪能主动和他说句话的。却毫无动静。

到10点多时候，邵亚威发信："中午能出来一起吃饭吗？"这次倒是回复快："抱歉，中午已经有约了。"邵亚威头一下子就大了，心也一下子沉到谷底。考虑了十分钟之久，他问道："和谁？"柯仪回复："一个朋友，你不认识。"

邵亚威心里百味杂陈，之前，柯仪也经常会出去和朋友一起吃饭，但通常会很随意地告诉他是谁。在邵亚威看来，她的朋友，尤其愿意一起吃饭的朋友，而且是两个人单独吃饭的朋友，他大概都是知道的。他想问一句男朋友还是女朋友，又觉得过分。这样，他拿着手机，把微信按开又按灭，看着那条字字扎眼扎心的信息，坐在沙发上足足发愣了有半个小时。

在这半个小时里，他才发觉刚才他的心并没跌到谷底，此刻仍在不住地往下沉，同时，一种完全压抑不住想问个究竟的急迫噌噌上冒，鬓角居然有汗珠冒了出来。她说得这么含糊，他几乎能判断出，她就是和“那个他”吃饭了，只不过出于某种轻微善意，她如此告他以拒绝他的邀请。

邵亚威终于打出了几行字：“好吧，我还是想知道具体是谁，好奇心嫉妒心兼有，让你见笑了。”

柯仪再没回复，他担心她生气了，心开始慌了起来。终于熬到中午，邵亚威又发信：“出门了吗？用餐愉快！”后四个字，完全是违心的，可不违心又能如何？仍没回复。

午饭自然是食不甘味的，午觉也变成了辗转反侧。邵亚威都恨自己了，好好的双休日，自己干点什么不好，非得把自己搅到如此糟糕的境地？

到了下午4点，他终于又发了条信息，算是对自己上午行为的解释，还包含一点继续探个究竟的好奇心和始终没有答案的不甘心：“好吧，我再次承认我的嫉妒心，而且，不仅今天，这段时间，我经常会反省我的嫉妒心是否正常，得出的结论是，嫉妒源于在意，大概也没有多么不正常。但肯定，从容点更好。所以你一说和朋友吃饭，我厚着脸皮问你是谁，你也不说，我的嫉妒心就泛滥了。我承认不好，但的确这样。”

然后，给自己找了一个台阶下：“嫉妒特别折磨人，想必你也体会过。”

还不够，又补一句：“我知道，我说这些，可能损害咱俩本来脆弱的关系，也会让你很不舒服。但我太痛苦了，所以还是说出来了。”

这三条信息发出去之后，邵亚威突然感觉自己很糟糕，糟糕透了，所有的振振有词，只能分层递进地表明自己的小家子气。只好再补一句：“我无意干涉你的任何自由，我不是那种低格调的人，这点希望你知道。”

柯仪回复了："我知道。"只有三个字，没再说话。

她都知道了，他还能再解释什么？而且，这三个字，轻描淡写地回避了他信息中隐含的问题，以及所有纠结、所有的焦虑、所有的不安和所有的不知柯仪能否意识到的自我折磨。

时间在邵亚威面前，变成一分钟，又一分钟，却也挨到了晚上。

邵亚威终于又忍不住了："我没有别的意思，我只是希望你能像我想你一样，经常想着我。"

这次回复很快："要是我做不到呢？"这不是一句话，简直是刀是枪是棒啊，一下子把邵亚威给划伤刺透打蒙了。

邵亚威可以接话，也可以不接，也可以等冷静下来后接。但那个时刻，他彻底慌了，这是柯仪离他而去的告白吗？他急需用什么话挽回这个局面，字就在屏幕上跳了出来："好吧，可能我要求过高了，抱歉啊。"

柯仪没再说什么，也可以理解为没接受他所谓的抱歉。

邵亚威自己都不知道自己到底做错了什么需要道歉并求得原谅。已经是一失再失，他不能把话再说下去了。

于是，这个夜晚对邵亚威来说，就成了一个不眠的夜。终于在凌晨时分，他迷迷糊糊睡着了。

仿佛恍然惊觉有什么重要的事被忘掉似的，邵亚威在睡梦中一下子从床上坐起来，等感觉和思维完全复苏，他先是意识到并没有什么重要的事要做，随即，没等柯仪涌入脑海，心先是痛了起来。此刻的痛，和昨晚混沌、沉郁的痛并不一样，它变得尖利、清晰，还有那么一点类似反省过后的澄澈。

昨晚，他无数次想过两人就此分手。人生，本来就是聚散无常嘛，那么多书，都白读了？当时，他居然感觉到一丝轻松：散就散了，何必越陷越深呢？

卧室的窗帘，不完全遮光，屋子里已经大亮，阳光透过窗帘的缝隙打在床上，打在他裸露的肌肤上，增强了他此刻回忆起来的昨晚那种轻松的良好的感觉。只一小会儿，一种清晰唤来另一种清晰，柯仪小巧玲珑的跳脱身影又浮现于他脑海。那个身影，穿着他见过的最最漂亮的裙子，扑闪着她美丽的眼睛，灿烂地笑着，所有裸露的肌肤都在熠熠闪光。他知道，他刚才良好的感觉并非认知意义上对行动有着决断力的顿悟，只是瞬间的自我欺骗。

他只好反思自己的行为，因为此刻心境的某种澄澈，实际上是理智的复苏，他知道他昨天“越界”了。不管他昨天在微信中如何解释自己并非低格调的人，也无意干涉她的任何个人自由，本质上，他已经在干涉了，已经格局变小了。或者，他在这方面的格局，就没有大过，那只是他想象中的自己“能够”，而当初和之后所有与之相关的“能够”，无非是自己不想离开柯仪的权宜之计。那么，一个问题重新横到他面前，爱情真是可以并存的吗？

有一次两人吃饭，邵亚威问柯仪，你每次出来，方便吗？邵亚威想起当年的自己，有时出门总得大费心思和妻子解释。柯仪明白他的意思，说，她辞掉自己在重庆的工作，弃绝本来让她生活融融泄泄的亲友跟随她老公来到这里，已是她对老公对婚姻对家庭最大的容忍，其余一切，她“不再容忍”。而她老公，也终于学会了容忍她的所有“不再容忍”。所以，每次出门，她只需知会一下老公她要出去。具体做什么，和谁，她老公问也是白问。她既不惧真实，也不惧谎言。别看她身小体薄，内心却极其强势。那么，邵亚威昨天的问话，其实已经侵扰了柯仪的生活。人家老公都不问，你问做什么？

突然，柯仪在微信上和打招呼：“Hi。”尽管是英文字母，邵亚威能明显感觉到这个词语跳跃着的欢快。

邵亚威异常激动，他都担心柯仪不理他了。他赶紧回个“早”。柯仪说，她明天计划回老家，晚上用不用一起吃个饭。他忙不迭回答“好”。

她已经宽恕他了，也许根本就没有生气，这仍是最具本质的他熟悉又陌生的柯仪啊。她能把她回家前的最后一晚留给他，证明她还是在意自己的。一天一夜的纠结和焦虑，瞬间烟消云散了。“那个他”，一边去吧。

突然又想到，这不还是证明自己猜对了，昨天中午她就是和“那个他”吃饭啊。人家还是排队优先，天哪，自己刚才高兴个什么劲儿！

但晚上一起吃饭的时候，他忍着没问。柯仪仍是如常的柯仪，似乎昨天的一切，啥都没发生过。

一个念头跳出来，邵亚威决定再短平快一次，就像六个月前给女同事买包一样，来一次货真价实的试探，速战速决是他的性格特色。等她明天走了，他驾车到她那里，她接纳他，就会和他上床。如能如愿，他索性在那边等她几天，随后驾车拉她回来。成就成，不成就算。

趁柯仪去洗手间的当儿，邵亚威迅速拿出手机用地图查询了一下他们离重庆的距离，基本就是1200公里。他激动起来。

他是第三天才去的，他得等柯仪先到了那边。披星戴月上了高速，等最初激动的心情冷却，他才意识到，他的这个行为，如果放到他的专业中去类比，叫抄袭。唉。

柯仪说，这里是重庆九街，美女集中地。她小时候就住在这里，后来，拆迁改造，他们家搬到了别处。她母亲当年就在重庆江北纺织厂上班，那里的旧厂房，如今被改造成了北仓文创街区。

被更重大的心思占据着，对伴他走在身边的柯仪的指指点点，邵亚威有点心不在焉。不需多用心，就知道这个地方真是圈美女，但此刻在邵亚威眼中，她们只不过是一个个走着站着的衣架子。唯独让他骄傲的是，他和柯仪，看上去像一对情侣，也引来别的因为看柯仪顺带一起看了他俩的目光，他就更加期盼并紧张今晚的答案了。

走了有几百米，柯仪扭头冲他说："累了一天，带你吃点好的。"他笑笑首肯，心中涌起一股温暖。

柯仪拿起手机，拨了一个电话："准备好了吧？"然后，柯仪指着一家酒店说："就这里，咱们吃佛跳墙。"

他跟她进去，在一个小包厢站定，里面有个年轻男子。他以为是柯仪的朋友，或者她的什么家人。

柯仪说："来，给你俩介绍一下。"她指着邵亚威对年轻男子说："邵教授，出差路过这里。"然后指着男子对邵亚威说："你叫他阿强好了。"然后扑闪了一下一只眼睛，轻声补充："那个他。"

邵亚威浑身的血一下子凝固了。

邵亚威都不知自己是怎么吃完这顿饭的——佛跳墙，已经是佛了，干嘛非要跳墙！

年轻男子高大，帅气，俊朗，在餐桌对面，被白色T恤包裹的鼓胀饱满的胸肌始终刺激着他的眼球。他只是淡淡地招呼他俩，然后埋头吃饭，不多说话，和邵亚威目光相遇时，偶尔冲邵亚威礼貌地笑笑。

他俩一起陪邵亚威回酒店。进到大厅，柯仪朝阿强说："你在这里等等，我送邵教授上去，我们有几句话要说。"阿强点点头。

进了房间，邵亚威颓然坐在沙发上，柯仪也坐下。沉默了一小会，两人都没有说话。

还是柯仪先开了口："我懂你这次来的用意。我接着给你把那个

1200公里的故事讲完吧。其实那个故事已经讲完了，剩下的是关于我个人的。那次我回到重庆，开始认为并没有什么，不就是一段感情嘛，还见不得光，断就断了，有什么可惜的。可随后，巨大的绝望和痛苦快要让我死掉了，到了后来，我居然特别想做个手术把和他的这段记忆移除，我甚至找到一个网站，联系了一个医生。你知道吧，不是心理咨询，就是一种手术，具体我记不清了。”

邵亚威没说话，但柯仪说的，他听说过，据说某些心理疾病治疗，是可以切除脑子某个部位的。但那样一来，人也傻了。

“自那之后，我不想再爱了。”

邵亚威指指楼下，问：“你对他，不是爱吗?”

“是，但还不一样，我这样问你，假如你换作他，此刻愿意在楼下等吗?”

邵亚威冷静想了想，觉得能，又觉得不能，就没说话。

“比如，这次我回重庆，我问他能不能陪。他能，我高兴。他不能，我不失望。而且，他能，就能。不能，就会告我不能，他也不会因此愧疚。如果我让你陪，现在是你假期不说，如果不是假期，你是不是会纠结该不该请假，该不该陪我?”

邵亚威点点头。

柯仪说：“其实我不止一次和你说过，所有让你卑微的纠结的患得患失的爱，都不值得。我俩在一起很轻松，他总是淡淡的。因为轻松，所以愉悦。还有，他的确很帅，你也看到了——这就是我需要的。”

柯仪说完这句话，邵亚威脑海里幻化出柯仪枕在阿强胳膊上用手指划绕他胸脯的画面。他甩甩脑袋，让这个画面消失，他生怕有更多刺激他的画面不管不顾地涌上来。

两人沉默了一小会儿，柯仪说：“我也喜欢你，喜欢和你聊天，和你交流。和他，并没有多少共同话题，经常说不到一起——即使如此，也很开心。”

又补充了一句：“你要的是爱情，我要的是愉悦。”

邵亚威终于说话了，这句话关乎他短暂也许长久的未来，能缓解或加剧他即将到来的疼痛：“那我该怎么办？”说完，他感觉自己幼稚、委屈得像个小孩子。

“怎么都好，”柯仪说：“好了，我得走了。如果你想在重庆玩几天，明早给我打电话，我和阿强陪你。”

柯仪起身的同时，残存的礼貌和教养让邵亚威勉强支撑着自己也站起来。柯仪主动拥抱了他一下，朝门口走。

出门时，柯仪微笑着摆摆手和他告别。她的笑依然那么明媚，他居然也咧嘴冲她笑了笑。此刻，他还能够笑，他的疼痛还没复苏。他知道，随后，不一会儿，漫长的无边无际的疼痛就会把他吞噬、席卷。痛就痛吧，又能如何，只要痛不死。“手术”“记忆切除”……刚才柯仪说过的许多词语还在他耳边蹦跳着，那么多的文学作品让他知道，人生就是这样，一场又一场的痛。痛着痛着，也就老了。

2021年7月20日

喜糖

嬉戏声从楼道口传来，挠动得肖志强一阵阵心头痒痒，中断他正在写着的作业。他来这里没多长时间，和他们还不熟。有那么几次，上楼或下楼，他忍不住驻足，盯着他们玩耍。他们注意到他了，却视而不见，或因此更加神气。他也赶紧收敛目光中的艳羡，犹豫几次，到底没有勇气加入他们的队伍中去。

自卑是从踏入这栋楼开始的，他随妈妈方桂兰来到这里，投奔新爸爸。最最风平浪静的时候，妈妈带他离开了，前爸爸成为一个清晰的与他无关的影像——那些曾经歇斯底里的争吵、厮打与哭泣，他觉得自己能够习惯适应的，却已然恍若隔世。

这是一家火力发电厂，巨大的烟囱和冷却塔让人眩目，恐惧。视野所及，尘灰簌簌，空气中弥漫着一股混杂的令他忧伤迷茫的味道。他们住的房子，只有一间，尽可能地排列组合，才能塞下勉强容身用于睡觉的床，之后，见缝插针，挤几件必要的家具。一只煤油炉，放在门外。他们住进来之前，房子格局就是这样，走了的，是曾经的女主人。孩子没走，成为他的新哥哥。

新爸爸叫王振寒。这间房子，是王振寒的单身宿舍，位于二楼一个角落。宿舍原先都安排两个工人，但所有拖家带口的，必定找机会独自占下一间。整栋楼有一半的房间，便成为一个个单职工家庭的临时居所。

楼道里，杂物堆积，挤挤攘攘。有那么几小节，人侧着身子才能过去。烟火和饭菜的味道，随时点不同，或寡淡，或浓烈，永远没有消散的时候。水房是公用的，池子里满是菜叶。总有那么一只或几只水龙头不大听话，没人的时候也在淌水。肖志强试着拧过几次，没有效果。

肖志强仍旧叫肖志强，没有随新爸爸姓王。新哥哥叫王会军，大他四岁，仿佛摊派给他的一份额外的作业。

初来时，肖志强还没有作业的概念。他刚刚七岁，准备上小学一年级。

几天后，王振寒帮肖志强去找本厂子弟校的校长。听他说，那里只收双职工的孩子，要想入学，得靠关系和运气。王振寒去找校长时，用一个个头挺大，上面印着“为人民服务”字样的黄背包提了一包苹果。苹果是青的，个头很小，楼下有个农民模样的人摆地摊在卖。在电厂唯一一家商店的箩筐里，有那种又大又红的苹果。肖志强知道，又大又红的苹果肯定比这个好，因而对自己的入学命运有了一种隐隐的担心。如果校长不开心，他就得去离这里远得多的学校。他想象了他们口中说的那个他无法靠经验判断的距离，无端害怕。王振寒拉开拉链，从里面拣出两只小的苹果，一只递给他，一只递给王会军。他没敢接，生怕自己命运的砝码因此变得更轻。王振寒纳闷地瞅他一眼，放在了小圆桌上。小圆桌很矮，坐小凳子倒是刚刚好。王会军捧着属于他的那只咔嚓咔嚓吃了，把果核啃得小得不能再小。王振寒走了后，王会军问他："你吃不?"他还没想出如何回答，王会军又拿起那只咔嚓咔嚓吃了。

方桂兰就在旁边，看了一眼，没有吭声。

王振寒是背着空背包回来的，校长收下苹果了。肖志强想，也许青苹果不好看，但很好吃呢。他有点后悔刚才的犹豫和胆怯了，此刻他才觉得，他与王会军各有凭仗，地位应该是平等的。

几天后，王振寒与方桂兰的婚礼就在他们已提前住进来的这间宿舍举行。除了木门上贴了一个大大的"囍"字，屋里屋外与平素没有多少改变。那只矮的他们用来趴在上面吃饭的小圆桌上，放了一盘花生瓜子，一盘"大白兔"喜糖。连青苹果都没有。

屋子很小，空气黏稠，人闹哄哄的。肖志强被夹在大人的腿中间，不知所措。之前，方桂兰也没有告诉他，他该不该一直待在这个场合，或者能不能出去玩耍。如果王会军在这里就好了，他可以跟样儿学样儿，王会军上学去了。王振寒告诉他，过几天他才能上学，所以这几天只好留在家里。

他想他也许可以出去的，留住他脚步的，是那盘喜糖。应该是，过一会儿，他不明白程序的一些事情结束后，就会分喜糖了，他注定能得到几颗。他为王会军可能得不到喜糖而幸灾乐祸。突然有个小孩冲进来，抓起一颗喜糖跑走了。他作为主人的使命感油然而生，却不知该不该追上去把那颗喜糖给夺回来。

王振寒刮了自肖志强见面后从来没刮过的胡子，嘴脸变得可笑而虚伪。蓝色中山服，最上面那颗扣子也扣得严实，一副认真欢喜的模样，让本来已经对他熟悉的肖志强又生出一种模糊。方桂兰穿了件他叫不出名字的红衣服，大翻领，里面秋衣领口很低，露出面积很大的一片胸脯。这片胸脯，突然让他心痛了一小下，他赶紧目光上移，去看她的脸。她的脸是绯红的，这又让他心痛了一小下。

两个人都很精神。有人起哄，让他们当场亲一个，他看到王振寒咧嘴大笑，很开心，也看到妈妈抿嘴小笑，很羞涩。他特别怕看到他们俩真的会亲在一起，赶紧把目光躲开，几乎要低下头去了——幸好没有亲，他们挣脱了那些推攘起哄的人。

这一刹那，方桂兰看到了他的表情变化，以及在变化中表现出来的小小的茫然和恐惧。方桂兰收起笑容，从盘子里拎出两颗糖，以只有他注意到的一小下犹豫，又把指头探下去拎出一颗，放到他手里，说，玩儿去吧，别走远。

“大白兔”握在手里，没有想象中的开心。他悻悻然走了出来，垂头丧气，几乎是拖着脚步。他觉得这三颗糖，是方桂兰对他的收买，她是不是担心他目睹他们的龌龊之事，临时生计，拿糖把他支走？他几乎可以断定，他走后，他俩一定会真的亲在一起。他痛心疾首，心兀自沉重起来，不为他俩，也不为任何人，只为自己。

二楼到一楼的楼梯，拐成两节。楼梯护栏，用水泥砌成，厚重敦实。胆大的小孩子下楼，就骑着那下半节护栏滑下去。护栏的表面，被磨得光滑锃亮。现在没人和他抢护栏，他却恹恹的，爬了上去，又翻了下来。从口袋里摸出一颗糖，剥开，塞进嘴里。先是含在唇齿之间，把糖纸放在护栏上抚摸平整，对叠一下，小心翼翼装进口袋，这才用舌头把整块糖裹挟进去。那种振奋的甜，迅速溢满他的口腔。唉，随他们吧！

到楼外转了一圈，四顾茫然，又踅回身来，站在楼梯下面，望着楼梯口，猜想里面此刻的情景。隐约能听到楼上传来的与他们有关的那种喧闹，知道自己还不能回去。

一只苍蝇始终缭绕在他脸上，不屈不挠，拍也拍不住，轰也轰不走。

电厂特有的下班汽笛声轰鸣起来。不一会儿，就有身着蓝色劳动服的工人三三两两从楼外进来。羞愧仍旧没有消失，肖志强怕见人，却不知该到哪里去。正在这时，他看见几个小孩从楼上跑下来，每个人手里都举着一两颗糖，有的还在迫不及待剥糖纸。他舒一口气，那里告一段落了。回去，果然这样，盘子里的糖，已经空了。另一只盘子，花生瓜子也只稀稀拉拉剩了几颗。

王会军放学回来，屋子里的人基本走空了。临窗两支单人床并成的大床上，摆放着一些赠送的礼品，毛巾、床单、脸盆，暖水瓶之类的，都鲜艳，喜兴。方桂兰打开屋子里唯一的用于支撑案板的小柜子，从里面拿出几颗糖来，数了数，对着王振寒的面，分给他三颗，王会军四颗。肖志强完全接受这个分配。现在，他的口袋还有两颗，加上这三颗，一共五颗了。

肖志强趴在楼道西山墙旁的一个凳子上写作业，那群孩子在水泥护栏上滑滑梯。有个叫陈小印的，刚五岁，挂着两筒鼻涕，一会儿一吸溜，进不去，也掉不脱。他还没胆量上护栏，别的孩子也没把他当成回事。他看了一阵，没意思了，就上楼来。整个楼道黑魆魆的，山墙上有窗户，那里光线充足，肖志强便成为引人注目之所在。陈小印吸溜着鼻子摇摇晃晃走了过来。

他学着肖志强蹲下，紧紧挨着他，探头探脑拱到他作业本前，煞有介事地看了几眼，这才扭过头来问他，你在写字啊？看着那两股黏稠的东西摇摇欲坠，肖志强生怕它们掉下来落在自己本子上。他其实在算算术，可也没必要纠正他，否则太把这个小东西当回事儿了，就嗯了一声。陈小印说，让我也写几个字吧，话音刚落，就伸过手来夺他的铅笔。肖志强急了，随手推了他一把。陈小印本就蹲得不稳，一下子坐到了地上，屁股着地一刹那，像启动按钮一般，他哇地哭了起来。这一用力，果然一筒鼻涕跌落地上。肖志强慌了，赶紧去扶他。陈小印从地上爬起来，一边哭着，一边往那边走去。肖志强不知自己是否该把他拦下，然后哄哄他。这样呆呆地看着，目送他走进一个房门，随即，一个腆着肚子的男人牵着他的手出来了。这个男人他见过。

男人和孩子过到他身边，孩子说："就是他打我。"肖志强站起来，说："我没打，他抢我铅笔，自己坐地上了。"这话稍稍有点隐瞒真相，可此刻似乎只能这么说。

男人定定看了他一眼，恍然大悟似的，把目光回转到自己孩子脸上："嘿，是他啊！你和他玩儿什么，他是见过他爸他妈结婚的人！"

字字雷霆。肖志强心脏猛然一阵紧缩，一股血液泵向头部，他的脸涨红了。

还嫌不够，男人又哈哈大笑一声："他是吃过他爸他妈喜糖的人！"这才牵着孩子的手走了。

肖志强呆呆站在那里，手中仍旧握着铅笔，很久都没回过神来。

也没有眼泪。刚才泵向头部的血液，慢慢回流，积聚在心的一个角落——多少年后他才意识到，那一刻的屈辱，在他一次一次抗拒却又无法不温习的回忆中，已蚌病成珠，永远硌在心头，无法消解。

春节到了。

春节到了的标志之一，是饭里有了肉。这天，王振寒和方桂兰要走一家什么亲戚，也不方便带两个孩子一起去。他们走的时候是半上午，半下午才能回来。走之前，方桂兰做了一锅烩菜，菜里有丸子、肉片、粉条、土豆、海带、白菜，很是丰盛。炖成后，连锅搁在暖气片上，这样能保证午饭时分菜不致变凉。除此之外，暖气片上还摆了两个馒头。

临走时，方桂兰似乎突然想起了什么，扭转脸，朝他们喊道，两个人分着吃啊！眼睛却是朝着王会军的。

王会军冷声冷气说："你放心，我不多吃。"方桂兰瞅王振寒一眼，不好意思地笑笑，说："这孩子。"王振寒本不计划说话，见方桂兰这样，配合般地说了句："让着弟弟些。"王会军撇撇嘴，这次没应声。

两个孩子继续装模作样在小圆桌上写寒假作业，心里却惦记着那锅菜。馒头不打紧的，平素也能吃到。大人走了之后，王会军自然负起了家庭的管理之责。对于这一点，肖志强无条件认可，所以，啥时开饭，王会军说了算。中间王会军起身两次，肖志强抑制住巴巴的眼神等王会军放话，他却又坐下了。他的自尊，让他放弃了主动商求。反正会吃到的，他不相信王会军会不饿、不馋。

肖志强发现王会军还真是沉得住气，直到工厂下班的汽笛声响起，王会军才把笔帽一合，扭转两圈，说："吃饭。"王会军合笔帽的做派很神气，肖志强用的是铅笔，无笔帽可合。

王会军说："你妈怕我多吃，这样，咱们公平起见，平均分配好不好？"肖志强虽然年纪小，仍旧能听出这句话在王会军口中有负性使气的成分。"你妈"两个字，尤其刺耳。却只能点点头。

王会军把两人的作业扒拉到一边，从暖气片上端住锅的双耳，小心翼翼地捧到圆桌上，又把馒头拿过来，递给肖志强一个，说："咱们先把馒头消灭掉，这样一会儿咱们能畅快地吃菜，你觉得这个主意好不好？"

肖志强犹豫了一小下，点点头。按理说，王会军的这种吃饭思维和他是吻合的。比如这几天无论吃面条还是米饭，碗里都会可怜地出现两片肉，通常，肖志强会无比珍惜地把它们留到最后，有时不小心扒拉到了嘴里，都要小心翼翼再吐出来，也不怕换来大人一句“也不嫌恶心”的呵斥。等碗里汤汁皆尽，只剩下那两片肉时，才一口吞进，放牙大嚼，肉的滋味，会在口腔里持续很久。他犹豫，是觉得如果用馒头蘸上菜的汤汁，也许会更好吃些。

王会军仿佛猜到他这一层心思似的，主动拿过他的馒头，帮他一掰两半，然后把馒头探进锅里，等吸饱了汤汁，再递给他。沾过汤汁的馒头果然很好吃，肖志强看到，馒头上还沾了一星海带，乌绿乌绿的，他小心翼翼用舌头把那星海带舔进嘴里，对王会军心怀感激，心情也随着牙齿对食物的咀嚼开心起来。

王会军处理自己的馒头，也如法炮制，甚至，探到锅里的时间，还要比肖志强短一些。一片肉沾到了馒头上，肖志强看到王会军的喉结滚动了一下，但他仍是把馒头抖了抖，让肉片重新跌落锅里。

吃完馒头，王会军递给他一双筷子，说，“今天咱这样，为保证公平，我吃什么，你吃什么。”然后顿一顿说：“咱谁也别多吃，谁也别少吃。”

“谁也别少吃”这句话，和刚刚吃馒头培养出的信任感，以及吃本身孕育出的幸福感，让肖志强快速地点了头，几乎不假思索。

王会军夹起一根粉条吸溜进嘴里，说：“你吃。”肖志强也夹起一根粉条，他感觉自己的粉条比王会军刚吃进嘴里的那根长，疑惑地看了王会军一眼。王会军大度地说：“没事，没事，夹住哪根算哪根。”

王会军吃了一片海带，肖志强也吃了一片海带。

王会军吃了一块土豆，肖志强也吃了一块土豆。

王会军吃了一片白菜，肖志强也吃了一片白菜。

王会军又夹起一片白菜，肖志强也夹起一片白菜。

王会军还是夹起了一片白菜，肖志强只好也夹起了一片白菜。

粉条，海带，土豆，白菜……顺序偶有变换，却一直是粉条土豆海带白菜。肉片和丸子，始终剩在锅里。

一大锅菜，迅速下去了三分之二，肉片和丸子的密度越来越大，再找别的东西都显得困难了，王会军筷子夹起的却仍旧是粉条土豆海带白菜。肖志强发现，他已经吃撑了，食物到了嗓子眼，再也咽不进任何东西了。

这次，王会军夹起了一个丸子，示意他也夹丸子。肖志强夹起一只放进嘴里，丸子已经没有想象和记忆中的那种香了，但他还是努力地咽了进去。然后，他打了一个饱嗝。

王会军夹起一片肉，肖志强也夹起了一片肉。王会军又夹起一片肉，肖志强第一次发现肉油腻到让人咽不进去。他放下筷子，说："真的吃不下去了。"

王会军劝他再多吃点。肖志强说："真的吃不进去了。"

王会军说："浪费可耻，我替你把剩下的都吃了吧。"说完，看他一眼："要不你再吃点？"肖志强摇摇头，看着剩下的肉片和丸子，全部被王会军哗啦哗啦扒拉进了嘴里。

肖志强这才明白，他着了王会军的道了。

四十年后的一天晚上，肖志强刚过完四十八岁生日，也刚和第三任妻子办完离婚，有人敲门。

打开门，他认出是王会军。他已经近三十年没见过他的面了，但并不妨碍一眼认出他。肖志强住的是高档小区，门禁严格，保安敬业，他怀疑他是怎么直接来到自己门前的。也许他存了心，怕通过对讲门铃被肖志强拒之门外。

肖志强十四岁的时候，王振寒因工伤事故死了。作为补偿，王会军接了王振寒的班。从此后，有了收入的王会军自己搬出去住了，也不再认方桂兰这个继母。在那个宿舍又住了一年多，工厂表示要收回房子，给新进的工人分配。按说，如果王会军出面，那间宿舍是可以保留的，他毕竟如他父亲一般，成了这个工厂的工人。方桂兰也为此找过王会军，王会军闷声不吭，宁愿跟别的小青年住集体。方桂兰也无处可去，打定主意先硬着头皮厚着脸皮占一段日子，等肖志强有了出路再说。当年，肖志强中考。他成绩一向很好，班里数一数二，高考业已恢复，他本来可以先高中，再大学，凭自己走出一条可以想见的康庄大道。念及家庭境况，他决然报考了技校，只为早日能参加工作。上了技校后，肖志强住校，方桂兰收拾好东西，带着第二次婚姻残留的某些后遗症，以及把命运看透几分的释然与怅惘，离开这间单身宿舍，权且回娘家了。

技校三年，肖志强依然沉默，只是埋头学习。那个下午之后，他不消专门打听，就知道了陈小印的父亲叫陈洪亮。曾经的侮辱，经过无数次回想的淬火，总能使他心头迸射出疼痛的血液，帮他濡湿正在磨砺的仇恨之剑，让剑变得更加锋利。也是从那天起，他开始变得沉默——他一门心思放在学习上，那是他唯一可以掌控的事情。

陈洪亮倒好像忘了那个事情，以及他说过的话。有时在狭窄的楼道遇见，他居然还会与肖志强打个招呼："放学了？"肖志强自然是一梗脖子，默不作声。

三年后，肖志强毕业，顺利进入一家机械厂，跟着一个老师傅学徒。班组分给他一套工具，工具里，有一把尖刃钢锉。看着那把锉子，他知道，时候到了。

钢锉的把儿有点细，拿着不趁手。他找一条细麻绳，仔仔细细里外缠了三层。用手掂掂，又有血液从心脏泵向头部，让他周身一紧，却已然没有了先前的冷。

第二天是个礼拜天。肖志强把锉刀插进工装裤右裤兜，口袋边沿，正好淹没了把柄。公交车上，他不断在脑海里背诵着当年在课本上乍一读到顷刻让他热血沸腾的那段话：

“夫专诸之刺王僚也，彗星袭月；聂政之刺韩傀也，白虹贯日；要离之刺庆忌也，仓鹰击于殿上。此三子者，皆布衣之士也，怀怒未发，休祲降于天，与臣而将四矣。若士必怒，伏尸二人，流血五步……”

中考语文试题，专门考取了这一部分知识，肖志强认为，这是天意神授。他要明明白白看见锉刀插进陈洪亮的心脏里，只为把他当年送给自己的那句话还回去，让他的儿子，那个叫陈小印的，也去吃他妈的喜糖。

只是，不知道他老婆偌大把年纪，还能不能嫁出去？肖志强不止一次见过她的，总是撅着硕大屁股做饭的模样，还那么丑！

王会军坐下，用一丁点屁股坐在大红酸枝材质的沙发边沿，好像稍往里坐稳了，就会讨得肖志强嫌弃。他的头顶，过早地秃了，秃了以后，反而更见王振寒当年的神态。肖志强记得少年的王会军是白净瘦削的，如今，粗糙，松软，油腻。那双始终显现聪明的眼神，变得茫然、空洞，还有一点污浊。

不需肖志强费力，岁月已帮他打败许多东西。

90年代，电厂就倒闭了，王会军成为这个城市第一批下岗的工人。肖志强所在的机械厂，也是山雨欲来。肖志强没有苦等工厂关门，瞅准一个机会，下海了，倒腾煤炭。短短几年，他迅速跻身这个城市的富翁行列。他的沉默，造就了他的眼光与韧性，也造就了他的稳健和自律。他的资产越积越大。

但他始终无法与人相睦，包括他先后三任妻子。她们信服他，甚至崇拜他，却无法走入他的心灵。冷，是他的标签，从来如此，绝不改变，不容分说。最后，她们都受不了他了。

那天，他揣着锉刀时隔四年再次踏入那栋小楼，用一根指头抚摸着当年他们当作滑梯的水泥护栏上到二楼，心脏跳动急促。楼道堆满了杂物，较之以前更加逼仄昏暗。仍旧熟悉的饭菜味道，唤醒了许多当年的记忆。他把一只手插进装有锉刀的那只裤兜，感觉手心汗水汩汩，几乎淌出指缝。

他深呼吸一下，让自己镇静下来。

那扇门锁着。他抬起左手敲了敲，咚咚咚，无人应声。又敲了敲，咚咚咚。

旁边那扇门吱呀一声开了，他下意识往另一个方向扭转下脸，怕对方认出自己。却是一张生疏面孔，又似曾相识，男人，五十多岁。

“你找谁?”

“哦，陈洪亮不住这里了?”

“啊？陈洪亮啊，肺癌，去年死了。你是他什么人?”

肖志强没吭声，转身走了。

仇恨变成了遗憾，却未稍稍减损内心的折磨。那把锉刀，不断在他脑海里出击，到了后来，自己长了翅膀，从他手里飞将出去，不同弧线，不同角度，稳、准、狠……然后，鲜血，对方捂着胸口的惊愕表情……

有钱后，肖志强从不像别人那样沉迷于灯红酒绿。偶然的机会，他迷上蹦极，在那种大的跌落和弹跳中，他的心灵才能短暂撇下那再无机会泯灭的仇恨和遗憾，稍稍舒缓一点。

或者，喝酒。就像蹦极一样，他追求那种极致的刺激，大口喝，无论多大杯子，一饮而尽。他锻炼了一个好酒量，也挣得了一个好名声。而且，从不耍酒疯。这样的人，称得上果敢、豪爽，一副侠肝义胆的外壳。生意场上，大家喜欢这样的人，他让他的合作者们安心。

王会军是找他借钱的。儿子结婚，他到处举债，借无可借。老婆撺掇，他毕竟有过肖志强这么个弟弟，就像他自己说的，他们曾挤在一张床上睡过几年。他那么有钱，不借白不借，试试运气也好。往事虽然模糊，可氤氲的底色，让他情怯几分。他安慰自己，肖志强也许是不记仇的人。终于厚下脸皮，来到这里。

肖志强打开一瓶茅台，取两只红酒杯，两个杯子里各倒一点，双手举起，对着灯光，比了比，看哪只酒多哪只酒少。杯子在灯光照耀下，冷光熠熠，王会军喉结涌动一下。

肖志强放下酒杯，拿起酒瓶，往少的那只杯子添了点，再比比。然后问王会军："能喝酒吧?"

王会军慌忙点点。

"喝过茅台吗?"

王会军先慌忙点头，然后又急剧摇头，不好意思地笑笑。笑的线条，木讷、僵硬。

"从酒厂直接发过来的，绝对正品。咱哥俩喝点——我喝多少，你喝多少。"

王会军又笑了，有一丁点腼腆。

肖志强一饮而尽，王会军也仰起脖子喝了。他抹一下嘴，又腼腆地笑笑，说："果然好酒。"

这次，肖志强倒了半杯，大约二两的量。他照例再次认真比较，这个添点，那个添点，让它们看起来一模一样。然后，又一饮而尽，用眼睛看着王会军，示意他喝。

王会军犹豫了。凭自己酒量，这点酒似乎不是问题，但他隐约感觉前面有个黑洞，担心自己会掉进去。他不敢多想，端起酒杯也学着肖志强那样喝掉了。这次呛了一下，他咳嗽几声，赶紧用手捂口，有一星眼泪涌了出来。

这次，肖志强把杯子倒满了。一瓶不够，他又打开一瓶。王会军怕了，嗫嚅道："我真喝不了这么多。"

肖志强说："借多少？"王会军低下头，仿佛道出一个隐私，说："五万吧。"见肖志强不作声，改口道："两三万也行。"

肖志强说："就五万，只当我给侄儿上个礼，别还了。"然后起身走到卧室，从保险柜里拿出五沓钱，码在桌子上。自己端起酒杯，咕咚咕咚咕咚，喉结滚动，酒杯空了。

放下杯子，肖志强说："喝完，钱拿走。"

那件往事终于确凿扒开通道涌入脑海，王会军知道肖志强为何这般了。他张开口，话却卡到了咽喉处，不知该咽下去还是吐出来。他想说"兄弟，不，肖总，当年……您别见怪"之类的话，可又怕触怒对面这个财神，或自作聪明点醒对方已经忘掉的仇恨。

肖志强说："没啥，这么多年没见，咱兄弟俩喝酒。"

王会军把酒杯端起，眼一闭心一横，也仰起脖子把酒往嗓子里灌，未下三分之一，刚咽下的酒，和先前储藏的，仿佛正负离子发生了碰撞，他哕了一下，差点没吐出来。他努力把涌到嗓子口的那口酒咽下，咽的时候，再次发生碰撞，他知道，这次真的要吐出来了，急忙起身，用眼睛征询肖志强卫生间在哪。肖志强用手指指，他三步并作两步冲过去。可惜客厅太大了，他已经不能抑制剧烈反应，第一口秽物，吐到了地上，然后才跌跌撞撞冲到马桶前。

哇哇大吐的声音，从卫生间那边传过来，响彻整个客厅。

哗啦的冲水声响过，王会军提着拖布从卫生间出来，满面惭怍。刚用拖布拖了一下，毫无征兆的恶心再次袭过胸口，来不及冲进卫生间，又一口秽物吐到了地上——这次裹挟了更多的本来属于王会军的胃内容物，一股恶臭溢满客厅。

肖志强没动。王会军的第一口呕吐，给他带来一丝报复得逞的快感，虽然只有那么一刹，也只有那么一星。而第二口秽物，却勾出他胸口一股真切的恶心，他也哕了一下，差点没像王会军那样吐出来。

肖志强起身，打开客厅的窗户，一阵凉风吹了进来。凉风中，依稀混杂着一股当年电厂独有的那种混杂着煤粉灰的味道。再闻，消失了，仿若幻觉。

他突然觉得好生无聊，所谓得逞，不过是换来两堆秽物。

一瞬间，他释然了。

此刻，他想，如果陈洪亮还活着，他会提着好烟好酒去看望他。他会从陈洪亮家的柜子里，找出两个酒杯，然后坐下，像当年自己坐在王振寒宿舍的那个小圆桌前一般。他给两人斟好酒，也不倒那么多，只倒一点儿。他敬他——陈洪亮疑惑地问他是谁，他会给他讲一个关于喜糖的故事，寥寥数语，把故事讲清，讲全。听到关键处，等已经忘了或这才想起的陈洪亮瞪大眼睛时，他会说：那个男人，就他妈的是你！

——说句“他妈的”，总是可以的吧？

再老一点，也许连说“他妈的”欲望都没有了。

2019年3月24日

人生代代 |

1

从周浩办公室出来，钱程茫然走到这里，被眼前一堆沙土挡住脚步。这是一条新开的街道，尚未通车。路边有块石头，上面满是灰尘，他一屁股坐下，从裤兜摸出一支烟来，用唇叼上。远处，夕阳还在彷徨，红得令人心惊。

再摸打火机，不见了。最后一支烟是在周浩办公室抽的，应该是随手落那儿了。没带打火机突然刺激出的烟瘾，让他慌乱了一阵子。抬眼，一片荒凉，别指望有借火的人。他立即正视了这个事实，掏出烟盒把烟插了回去。过滤嘴已被牙齿咬得稍稍变形，还被唾沫濡湿了一丁点。

脚气又钻心地痒起来，这次是左脚第四趾与第五趾的趾缝。脚气发作的时候，整个脚掌都痒，但总有一两处特别明显，其他大范围的，便屈从为背景。懒得脱鞋子，用右脚鞋后跟往左脚脚面跺了几脚，舒适了一点点。

马路对面，是刚修好的路肩。路肩那头的边坡，被挖掘机啃得豁豁牙牙。边坡上面，是一大片白色铁皮厢房，簇新，却简陋寒碜。越过这片白色区域顶部，是一个小区高层住宅楼群的上半部分，在夕阳最后余晖的照耀下参差而立，端庄肃穆。

钱程突然觉得，闯入视线的铁皮箱房与住宅楼群，恰是他与周浩的比喻。

钱程与周浩是姨兄弟，初中时，两个人在一个班级读书。周浩父母，钱程的姨姨姨夫，在他们学校驻地镇子的一个工厂里上班。两家大人一商量，钱程就寄宿到了周浩家。

两个人同岁，钱程生月略大一些，一起上学，也是个伴儿。其实学校可以食宿，只是条件太差。

说是姨兄弟，也没怎么在一起玩过。开学前一天，钱程父亲用尼龙包卷着行李，把他领到周浩家。周浩父亲把周浩叫过来，让他喊钱程“哥”。钱程看到，周浩把嘴嗫嚅了一下，到底没有叫出来，反而在他目光中捕捉到一丝屈辱和愠怒。

钱程父亲赶紧说，两人一般大，叫名字就好了。周浩父亲笑笑，说大一天也是大，规矩不能乱，却未继续强迫周浩，周浩也从未喊过他一声哥。钱程想，这个事情搁在自己身上，说不定父亲的脸早就黑得不能看了。

两个人一起上学，彼此话不多，倒也相安无事。

钱程同桌，外号“对儿眼”。盯人时，两只黑眼珠拼命往一块挤，眼白占据了眼眶的最大面积，让人瘆得慌，也替他臊得慌。他仗着自己是镇上人，身材粗大，不断欺负像钱程这样从村子里来的同学。周浩家虽在工厂，但在“对儿眼”眼中，也算得是镇上人，略微客气些。

欺负钱程的方式，是让钱程为他写作业。钱程稍有抵触，他便往钱程桌子上吐痰。痰就吐在两人桌子中线偏钱程这边一点点，腥黄，黏稠，恶心。

周浩坐在钱程后边，有时忿不过，却也没胆量咋样。第一次期中考试，周浩进了班里前三名。班主任钟老师给了他语文课代表职务。课代表算不得班干部，可他是班主任的课代表，到底不一样。

钱程成绩不好，倒数。

又一次，“对儿眼”让钱程给他抄作文。周浩仗着刚刚获得的底气，从后面传话过去：自己写！短短三个字，几乎快要耗尽他的全部勇气，他血液上涌，心跳剧烈。

“对儿眼”扭回头，眼睛一番忙乱后调整好焦距，定定地看着他，肥胖的脸庞像两片快要风干的酱色猪肝，粗糙，黝黑，括住左右不大对称的五官，下巴一颗痣上还挂着一根黑而亮的毛，在窗户投进来的阳光照耀下微微跳动，让周浩看得胆战心惊。

周浩始终记得父亲说的话，只要你学习好，你在班里就有发言权。于是又硬撑着，加重语调说：“自己写！”

三个字吐音颤抖，被重复说出后，周浩反觉心脏沉到了该有的位置。他预感着会有一只拳头飞过来，砸在他的脸庞或胸口上。躲开当然好，如果躲不及，可算作对方货真价实的一条罪状。罪状，就是筹码。

没有。“对儿眼”只是隆起嘴唇，吸溜一下鼻子，把鼻涕搬运到嗓子里，随后，一口痰吐到了他课本上。

钟老师恰在此刻进来了。周浩起身，让泪水涌满眼眶，把课本展示给钟老师看。

钟老师问原委。周浩从头说起，钱程添油加醋。两人刚说几句，钟老师一把揪住“对儿眼”的一只耳朵就往讲台方向拖。“对儿眼”挣扎着，趔趔趄趄往前走。到门口，钟老师飞起一脚，“对儿眼”如一颗皮球般飞出门外。

兄弟俩先是精诚合作，上演了一出外御其侮的好戏，随后就睨于墙了。

周末钱程回家，母亲都会给他准备一些干粮，火烧、角饼、干馍片之类。小孩子容易饿，正是长身体的时节，餐时吃饱了，有时也撑不到下一顿。上学的时候，两个人都会往书包里带一些，以备下课时分填填肚子或解解嘴馋。

时间一长，钱程就不乐意了。心想：凭什么啊，这是我妈给我准备的干粮！眼睛里就带出了不忍与不满。周浩目光捕捉到，拿干粮的手就会变得迟疑。手一迟疑，怨气旋踵而至：你每天吃我们家的喝我们家的，我吃你点干粮又怎么了。目光抵回去，钱程又想：又不白吃白喝你家的，白面大米送你家多少！

怨气发酵，愈发怨气重重。最要命的，钱程成绩差，和周浩坐在一起做作业，相形见绌，心里很是有压力。尤其看到周浩隐而不露斜瞥来的讥讽目光，他很是心塞。

有时就想，还不如住校好，逍遥自在。

2

钱乐乐回来当晚，没有直接回家，先电话联系找到唐依。两个人到一个小饭店，点了两个菜，各喝一瓶啤酒，说了些话。随后，钱乐乐睡在唐依办公室的沙发上。

他们是高中同学。当年，钱乐乐闷头学习，鲜有朋友，唐依与他走得最近。高考后，唐依落榜，自己做起生意。三年下来，俨然一副老板模样。钱乐乐成绩不错，考了个一本，大学在福建。

从公司出来，唐依犹豫了一下，还是给钱程打了电话。他说："叔叔，乐乐回来了，他遇到了点麻烦，不敢回家，我先和您说一声。今晚没事，让他就住我这儿，您明儿一早过来接他就行。"

然后迟疑了一阵子说："他都这么大了，您也别对他太严厉了。"

这个突然的事实，连带唐依最后这句话，略微刺激了钱程一下，他没感觉自己对钱乐乐有多严厉啊。面对一个小后生，不可能也不值当分辩什么。钱程问什么麻烦。唐依说，好像是借了许多钱，凭他自己的能力还不了。

钱程稍稍放了心，钱的事，毕竟是小事。却仍是诧异，每月月底，他都会通过手机转款，给钱乐乐汇去两千块钱，一千伙食费，一千零花，够阔绰了，还借钱做什么？而且，从没听他和自己说过钱不够用啊。虽说这孩子和自己交流少一点，可和他妈妈总是微信视频的。

他没有直接问薛云云孩子说过钱的事没有，怕问了，薛云云会逼他立即把孩子接回家来。他想让他今晚待在外面，不知为何。

疑惑还是搅得他睡不成觉。钱乐乐借钱会做什么？也许，是谈了个女朋友，开销大了些？再大，也可以和家里说啊，我又不是不通情理，再说，还有你妈呢。又一想，这种事情，孩子必定不会立即和父母说的。毕竟是这种事情么。

他就躺在床上，暗暗地笑了。

钱乐乐从唐依公司楼上慢吞吞下来，钱程吃了一惊。

还是熟悉的儿子，可似乎矮了一截，瘦了一圈。头发支棱着，脏得厉害。脸上几颗硕大的粉刺，顶端的脓液先于整个面容无比夺目地映入他的眼帘。

钱乐乐抬头，用躲闪的目光看他一眼，随后又垂下。

那个垂头的动作，一下子唤醒了钱程在自己父亲面前的那种感觉，他的心痛了一下。

打小，在父亲面前，钱程就如一只受惊的羔羊般惊慌失措。他的所有错误，或貌似错误，只要被父亲看到眼睛里，或传到耳朵里，都能换来一顿劈头盖脸的呵斥，有时甚至是几记耳光。

一次，他带周浩一起回自己家。父亲又向周浩唠叨，让他别光顾着自己一心前奔，抽空也带带钱程。通常，周浩也只是嗯嗯应着，并未当成回事。叨叨了一堆后，突然问了周浩一句：他的成绩怎么老是提不上来？

周浩随口应了一句："主要是上课不专心吧。"

"不专心干啥了？"

周浩笑笑，"光顾着给女同学传纸条呢。"

话音甫落，父亲手里的搪瓷杯子就砸向了自己，虽然躲闪及时未被砸中，却因事先连个预兆都没有，吓了他一大跳，也吓了周浩一大跳。

泼出来的水，反倒溅在了和他坐得不远的周浩身上。活该！

其实，周浩所言半实半虚，只是小孩子一时顺从兴致开出来的不大不小不轻不重的玩笑。因为着实对学习提不起兴趣，钱程有时的确与周围女同学拉拉扯扯的。不独他一个，与他志同道合的有一批呢，都是些上课就头疼的孩子。正当青春懵懂，刚刚对异性有了最初的兴趣，他们先是壮着胆子，慢慢地便结成联盟，下课对女同学追逐打闹，上课对女同学搭讪骚扰，彼此激励，水涨船高。一些本来就学不进或受了影响学不进的女孩子，也在此中找到乐趣，半推半就，装疯卖傻，弄得课堂特别是自习堂波光潋滟，风生水起。苦了周浩他们这帮孩子，一边得紧紧盯着课程，一边又忍不住心猿意马。至于“传纸条”之说，只不过是周浩对他们这帮男孩子行为的一个代指，他们说啥干啥，都是直截了当，才不会傻到用纸条递话呢——那只是周浩他们的思维。

随便一句话，居然引发如此严重的后果，周浩吓怕了。在他眼中，自己父亲决计不会这样对待他的，别说把杯子砸过来，就是大声呵斥也很少见。他也有做错事的时候，父亲脸一沉，他就怕了，父亲的意图，也就领会了。

父亲这种做派，对钱程而言，属家常便饭。曾经，父亲抡着硕壮粗糙的麻绳，抽过他的屁股，麻丝扎在伤口里，半月不能落座。

让钱程真正感到不可思议并由此验证两个家庭果然大不相同的，是一桩类似的事儿。一天，班里一个女同学骑着自行车误打误撞到了周浩父母所在的工厂，正巧被放学刚回来的他俩看到了。周浩便邀请女同学来家里坐坐。

在周浩家，女同学手足无措却也欢喜莫名，眼睛晶亮，灼灼其华。走了后，周浩父亲眼睛里闪烁着略带狡黠的亮光，问他俩，女孩是来找你们谁的啊？

其实女孩子与他俩并无亲疏之分，但由于女孩子学习好，且到家里来是周浩邀请的，钱程理所当然认为如果有啥不良后果，也应该算到周浩身上。本来心虚，又生怕再吃一次亏，赶紧抢先说是周浩邀请的。

周浩父亲呵呵一笑：“眼光不错，长得漂亮，还知书达理。以后多叫人家来玩儿，说不定哪天成了咱家媳妇儿。”

最后一句明显是开玩笑，却撼动到钱程，完全刷新了他对所谓家长的认识。钱程和父亲，绝不会有一句类似的“闲话”，他们就像两块石头，冷冰冰，硬邦邦，互相避让着，争取不磕碰到一起。

所以，钱程婚后有了孩子，千方百计从他经验的父子关系中吸取教训，绝不随意责骂孩子，更不会动孩子一个指头。此外，周浩给他现身说法，让他领略到功课对一个人人生的益处，悔悟自己在学校时蹉跎时光，最终弄得一事无成。具体到行动上，便是紧紧盯着钱乐乐的成绩，咬定青山不放松。

3

下了最后一级楼梯，钱乐乐站定。

钱程不知该不该过去搂住他的肩膀，或者至少象征性地拍一下，以消除他整个身体传递出的明显不安和恐惧。他从未对儿子有过这样的举动，所以垂着的手掌只是略微舒展了一下，又恢复原状。

上了车，钱程问，欠钱了？

钱乐乐说，嗯。声音低得几乎听不到。

开车门时，一只苍蝇乘机飞进驾驶室，钱程挥手赶了半天也没赶出去。他突然感到一阵心烦，就像平素生意不顺畅时的那种感觉，虚弱，又无能为力。

“欠了多少？”

钱乐乐没吭声。

“没事，爸爸帮你还。多少？”

“二十一万。”几乎是嗓子眼咕哝出来的，声音低沉到还不及那只苍蝇的嗡嗡声，完全发育成熟的喉结剧烈滚动了一下。

钱程的汗被惊出一身。

刹那间，钱程觉得父亲魂灵附体，一种殴打的欲望突现心间，并以愤怒为介质向手掌发散，手掌不自觉地便握成了个拳头。拳头被最后一丝理智掌控并压抑着，微微发颤。

来的路上，他劝诫自己一定要冷静。小孩子家家的，别看个子挺高，却没什么社会经验，吃亏上当受骗难免，莫说三五千七八千，即便是三两万，他也认了，替他还上就是。不过得教育他吸取教训，莫在一条路上摔两次跟头。

谁曾想，是这么大一个数字！

左脚的趾缝间又剧烈痒了起来，他甚至辨不明白这次是哪两个趾头间出了问题。

去年夏天，钱程资金周转出了点问题。这么多年来，他第一次向周浩借钱，数字还不小，五万。

他们这个阶层的人做生意，借钱是家常便饭。熟识的亲友，挨个借过一遍或几遍后，终会借无可借。前些年，他宁愿找周浩父母，也不愿找周浩。

五万只是他的预期，也是一个策略。如果周浩手头紧张，或不大方便，三两万总是有的吧。

谁想，周浩在电话那头爽快答应了。钱程试探着问什么时候去取，周浩说："你给我个卡号，我用手机银行给你转过去。"几分钟后，短信就提示钱已进入他的账户。

他向周浩承诺，借钱期限最多一年，能早则早。

周浩没接他的话，只说了一句："你先用着吧。"

周浩的慷慨让他略感意外。

意外过后，心头又涌上一丝温暖。钱程觉得，这么多年他暗地里与周浩较劲实不应该。

当然，只是不应该，并非不值得。正是拿周浩做人生校准器，他才是今天的钱程。特别是儿子终于在人生的第一道关口顺利拿到入场券，他多年的忍辱负重才算卸下一些。

勉强读完初中后，钱程无比坚决地辍学了。为了生计，他开始考取驾照。那时运输业发达，他想做大车司机，据说来钱快。驾校在镇子里，学期三个月，不管食宿。刚离开周浩家的钱程，只好又厚着脸皮住在了周浩家。

周浩如愿上了一中，进了城，只是周末回家。较之初中，周浩对他有了些许客气，但那种客气总是有着一些冷冰冰的意味，钱程感觉他们二人之间似乎更加生分。

他暗暗发誓，一定要靠自己努力杀出一条血路，多挣钱，挣大钱，看看最终谁过得好！

驾照拿到了。钱程先是给别人跑运输积累了点资金，随后自己又买了车。车簇新敞亮，运输业的黄金时光却过去了。等他四处张罗把车卖掉，粗略核算，只落得个不赔不赚。

又和朋友进城，合伙卖建筑材料。突然一夜间，各式建材店如雨后春笋纷纷冒起，分布在这座小城的各个角落。竞争激烈，利润稀薄，只好不死不活支撑。和朋友合伙时间长了，纠纷和磕绊难免。往往是，越不挣钱的生意，合伙人越难相处，这次他向周浩借钱，就是想转型改做水果生意。

周浩读高中，读大学，考公务员，按部就班，也一帆风顺。如今他做了个不大不小的官，挣得个现世安稳。

4

老天爷是公平的，它伸出魔手，在一代又一代间施展魔法，微调着姨兄弟两家的状况。到了钱乐乐这一辈，钱乐乐上了个一本，周浩的女儿周倩倩，只上了个二本。

三年前，周倩倩的中考成绩，要比钱乐乐好得多。高考成绩揭晓和两个孩子的最终着落，让钱程觉得，老天如此安排，是替自己报了隐忍多年的一箭之仇。

不过这话他没对任何人讲，包括老婆。他和周浩是姨兄弟，不管内心如何，两人见面，彼此总是客客气气，彬彬有礼。想可以，说出来，就浅薄狭隘了。

钱程父亲和周浩父亲是连襟，按两人妻子的排行，钱程父亲在前。但钱程觉得，周浩父亲举手投足都压自己父亲一头。

以职业论，钱程父亲农民，周浩父亲工人。周浩父亲的工厂，后来在改革大潮中倒闭了；钱程父亲在村里是能人，一直跑着各种生意，均有小成。即使如此，周浩父亲始终保持着他打小艳羡的那种公家人做派，那不是靠挣钱多少能够决定和改变的。及至他与周浩长大成人偶尔与父辈一起吃饭，单看连襟俩喝酒时的你来我往与“勾心斗角”，钱程也能感觉整个场子，实际是周浩父亲引导掌控，自己父亲在人家手中不过是一个滚动的陀螺，姨夫鞭子抽得快，父亲便转得快，抽得慢，便转得慢。等人家不抽了，任父亲激将、耍赖，人家自是岿然不动，一点办法都没有。还有那神态，从内向外溢出来的怡然自得。为此，钱程也惭愧，毕竟因为自己发展不及周浩好，给不了父亲底气——大人活到一定分儿上，拼的就是孩子。

以文化论，钱程父亲初中，周浩父亲中专。因为读了中专，周浩父亲成了公家人。公家人的甜头，让周浩父亲打小起就鼓励周浩好好学习天天向上，靠书本脱胎换骨，靠知识改变命运，争取成为一个比自己更为炫目的公家人。钱程父亲也知道读书有用，或许愿望更加迫切，行为上却急功近利，钱程在学校稍有差池，一定会用拳脚加以校正。校来校去，终于让钱程一见课本，如临大敌，如丧考妣。就说英语单词，二十六个字母全认识，可为何非要像数学课上他永远也搞不明白的排列组合去千变万化呢，变化以后，还要组句子、分段落、最后形成一篇天书，搅得他脑仁子疼。终于子承父业，也是草草读完初中就流落社会了。

对钱程和周浩的发展，钱程母亲后来有说法，说周浩之所以学习好，是自己妹夫底功扎实，辅导得了孩子功课，自家老公却没这个本事。在钱程看来，这纯属无稽之谈，因为初中那三年他在周浩家住，从来没见姨夫辅导过他们功课。钱程认为，姨夫比父亲高明在：豁达、开明、民主，对孩子信任，摊上这样的父亲，孩子如果不用心学习，反倒太不像话了。而自己父亲，表面上对学习重视，却用力过猛适得其反，最终让他对学习产生厌烦、恐惧。厌烦和恐惧会滚雪球，越滚越大，直至崩塌。

所以后来钱程把钱乐乐的成绩当成大事。人争一口气，他要把自己没能给了父亲的面子，从儿子这里挣回来。

可惜事与愿违，中考成绩揭晓，周倩倩上了一中，钱乐乐只上了二中。在钱程内心规划的这场人生格斗的第一个回合，钱乐乐落败了。

钱程觉得，作为一个父亲该做的，他基本都做到了。钱乐乐一上初中，他就不惜代价，给儿子找全市最优秀的补课机构和补课老师，弥补钱乐乐在学校不管什么原因造成的缺漏。他紧紧盯着钱乐乐的成绩，努力寻找罅隙，博纳各种意见采取切实可行的方案把罅隙填满。钱程成年后，生活简单枯燥，却有立地成佛的潜质。自从他发过那个一定靠自身努力赶超周浩的誓言后，就抛弃了以前所有的怠惰和荒唐。他学会了规训自己的思维，所有虚幻的缥缈的不切实际的，统统从思想里剔除。最后剩下两点，就像两只眼睛，一只盯着挣钱，一只盯着儿子功课。钱难挣，那就在分配上下功夫，比例中最大的一块，仍是用于钱乐乐的学习。

看着他显而易见的变化，一次周浩父母向他父母感叹，程程现在可是出息了。他父母也是不住点头。

还有最重要一点，无论钱乐乐何时何地，贤愚不肖，他从来没打过钱乐乐，甚至连过分严厉的苛责都没有。至多，他只是把本来黝黑在风雨奔波中更加黝黑的脸给绷紧了，不笑不说话，不露白牙齿，以此对钱乐乐予以必要的警示。他异常清醒，他要对父亲的教育方式进行清算，革故鼎新。

虽有怨言，但有一点，他是宽宥父亲的，那就是父亲的严厉，没让他走了偏路。他熟悉的好几个与他年龄相仿的年轻人，后来居然犯罪进了局子。严是爱松是害，虽然父亲当年过分了，但他不能矫枉过正最后落得个收之桑榆失之东隅。

反倒是周浩对待周倩倩的方式，让他心下大为不屑。周浩太娇惯女儿了，那么大一个姑娘，还经常吊着周浩的脖子。还有，作业放在一边，却不停地打游戏、玩手机。女孩子家家的，对这些乌七八糟的东西，比男孩子还贪。

他给钱乐乐准备的，是一只老人机，能打电话发短信就行。

也有窃喜。他曾经艳羡过周浩那种家庭，爹娘不像爹娘孩子不像孩子。物极必反，一桩事情一直沿一条老路走下去，走到尽头就可能路转峰回面目全非。他暗地里冷笑，等那一天到来。讶异的是，相比钱乐乐的冥思枯坐三更起五更眠，学习对周倩倩而言就像吹一块泡泡糖，硕大的泡在嘴唇边吞吞吐吐，轻轻松松，随随意意。他只好在遗传上找原因：周浩夫妇都是大学生，而他们两口子的学历简直可以忽略不计。

钱程把目光放得长远。大家都说，越往后走，男孩子越有后劲。他信心满满投入下一场战斗，他希望也相信钱乐乐一定能发挥后劲，不辜负自己的满腔期望，一片苦心。

话又返回来，如果说他在做父亲方面远远强于自己的父亲，钱乐乐做儿子也明显强于当年自己。二中虽然比一中差一点，却也是重点高中。中考成绩出来后，面对和周倩倩比较产生的巨大失望，他一如素常，表面上继续不惊不怖不怒，只是从行动上下手，迅速给钱乐乐报了高中预科班。

他为自己能够始终如一如此处理父子关系而满意。

并不甘心。他想让儿子获取更好的教育，否则，钱乐乐和周倩倩的比拼不在一个平台。方法只有一个，借读。

办理借读很难。难也要硬着头皮咬紧牙关办。托人，送礼。送礼，再托人。开学两个月后，钱程终于如愿把钱乐乐送进了一中。

钱程知道，凭他的社会地位和人际关系，能让孩子到一中借读，简直不可想象！有志者事竟成，他居然做到了。钱程压抑着内心的得意对钱乐乐说："戏台给你搭好了，就看你怎么唱戏了！"

钱乐乐照例不悲不喜不言，就像钱程通常在钱乐乐面前表现的那样。

也好，父子就是父子，成了兄弟如何得了。

偶尔，薛云云对钱乐乐嘘寒问暖得过分了，钱程会给老婆一个白眼。孩子不能惯，惯了不能看，这是老话，有道理的。

功夫不负有心人。从高一后半学期开始，钱乐乐的成绩就超了周倩倩。再后来，钱乐乐学习的赶超速度降了下来，名次一直徘徊在班里中游。本来钱程心里还急，架不住周倩倩成绩一直下滑，他就有些许安慰了。

有时钱程偶尔和周浩见面，他猫哭耗子，给周浩推荐他知道的好老师，但周浩只是笑笑，不置可否。就像自己的假慈悲，钱程觉得周浩的笑再自然，也是装出来的，他理解并同情周浩的不服输。如今高中生家长，哪有不把孩子成绩当回事的？唯在周浩大方夸赞钱乐乐争气时，钱程才略有一星那种暗地里把周浩作为竞争对象的惭愧。

直至这个局面维持到高考，钱乐乐与周倩倩分别以录取院校的昭告，给钱程吃了一颗自以为的“最后的”定心丸。

5

车没发动，父子共同陷入沉默。

起初的愤怒过去后，如今只剩下虚弱，还有绝望。早晨的阳光到了现在，已是白花花一片。阳光的曝晒，加剧了钱程的虚弱感。他看到，钱乐乐也用手拭了一下额头细密的汗珠。

在小心翼翼回避与小心翼翼追问的交锋中，钱程大致明白了钱乐乐如何欠下了如此天大的债额。

只是大致明白，依然疑窦重重。在钱程看来，此刻的钱乐乐，脆弱如浑身裂缝的鸡蛋，他生怕自己哪个词重了，撞击得蛋壳顷刻破裂，流出他再也无法收拾成原形的汁液来。

问出来的只是梗概，那些未曾问出的，在他胸中左突右奔，他花了好大力气，才把它们压抑在心里的一个角落。

上大学前，钱程给钱乐乐买了部苹果手机，五千多块。这是他对钱乐乐争气的褒奖，也是情感的弥补。

面对捉襟见肘的家庭经济，薛云云颇有微词。钱程说："人家倩倩高一就用上苹果了。"薛云云说："人家是人家，你和人家比什么，那苹果还指不定是不是自己买的。"

这话涵括的内容，让钱程心头掠过一阵虚弱。他强装不屑，对薛云云说："你懂个屁！上大学，又是一条起跑线，咱不能让乐乐输在这上头，让同学们小瞧了咱儿子。"

却是这部手机惹出的麻烦。

一次上街，钱乐乐把手机丢了。他很惶恐，想和家里说，但一想到钱程的黑脸和薛云云的唠叨，权且给吓住了。他知道有同学在手机上搞过网络贷款，便请教了操作步骤，通过一个APP贷了七千五百元钱。两千五百元被人家当作利息直接扣掉，他到手五千，配了点父母打给自己的生活费，又买一部与原型号一模一样的手机。一个月后，贷款到期。正在踌躇如何还款，手机里突然弹出一条推荐信息，又是一个贷款APP，这次，他贷了一万五，五千被人家扣掉，他到手一万，七千五还款，二千五他先留着，以便月头凑钱还账。事实上，到了月头，依旧没什么还钱渠道。巧的是，总在他欠款到期的时间节点，短信、微信里就会有诸多推荐给他的不同的贷款平台。在这些平台中，他斟酌比较，最后选取一家或几家再次贷款，拆西墙补东墙。一旦没有及时还款，催款电话就会打来，语气极其严厉，有时还很恐怖，说会找他们学校，或者直接把他起诉到法院。他只好抓紧时间再贷，别无他法。几个回合下来，终于滚到了二十一万。这个巨大的数字，数字背后关联的他也说不清到底有多少的贷款平台，贷款平台背后隐藏的魑魅血腥的放款人和他们低沉却令人心惊的催款电话，大山般沉沉压在他的心头，直至噩梦连连，彻夜不眠。这个月，他终于不敢再靠贷款还款了，就请假躲了回来。

就那么一小会，催款的电话果然此起彼伏，钱程试着听完一个，在钱乐乐张皇表情的感染下，钱程也惊恐起来。

回到家，钱乐乐颓然坐在沙发上。

薛云云还不知道发生了什么事，一早先钱程去水果店了。钱程给钱乐乐浇了一碗泡面做早饭。钱乐乐打小喜欢吃泡面，钱程认为泡面没营养，限制他吃，尤其高中阶段。

开水涌出壶口，争先恐后跌落面桶里，那急遽与滚烫，给钱程带来一种恶狠狠的感觉。他瞟一下仍然呆怔的钱乐乐，突然觉得他也只配吃这种垃圾食品！父子多年，在没有发生这个事情之前，钱程对儿子是大体满意的。因为他不论提出什么要求（通常是学习方面的），钱乐乐总是很听话，有时几乎称得上逆来顺受。

在这种顺从的背后，钱程隐约感到一块缺失，一块他说不清道不明的东西，类似遗憾，或者不安。终于，这一块以这种方式昭然显现，完全出乎他的意料，令他震惊，令他愤怒。可他不敢把愤怒表现出来，结果愤怒变成一种尖锐的东西，刺得他胸口一阵一阵发痛。

钱乐乐吃得畏畏缩缩，稍微大胆，就会显得没心没肺，没羞没耻。钱程努力把自身无法适应现状的心痛，转化为对儿子少不更事怜惜的心痛，轻声说了句："没事，我们帮你还上，上班去了。"

出了门，又不大放心，几乎想返回来陪他，可还是狠狠心到水果店去了。

当晚，在钱乐乐帮助下，钱程终于一笔一笔搞清了他欠下的款项，厘清了每个贷款平台的还款日期。眼下已经逾期亟待还款的，有十四万，剩余的七万，需要在一至三个月内还清。

十四万，钱程苦笑一下。他的银行卡上，恰巧有十五万，其中五万，原本是用来还周浩的。

在清理这些贷款中，钱程隐隐意识到其中大部分贷款平台，应该是一家机构或一个后台操作的。就像钱乐乐所言，每到月头，就会有人把新的贷款平台推荐给他，他们如何能够做到信息互通?

他去征询了一个在公安局上班的朋友。朋友说："这种事情多了，公安见惯不怪。案发地在福建，如果你想报案，就得到当地去报。即使人家给你立了案，也未必会当成个事去办。何况，人家的行为钻的是法律空当，一个愿打一个愿挨。还有，你儿子还在福建上学，身份地址准确明晰，触怒了人家，不要事情没办成个啥样，儿子再遭遇绑架、恐吓什么的，就更得不偿失了。"

想想这些，钱程先是害怕了，也只好权且认命了。

6

薛云云只是哭，哭中有绝望，也有气急败坏。她心疼那些终将要从这个家里飞出去的巨款。从知晓这一消息的当夜，她就无法睡安稳觉了，一闭眼，二十一捆红刷刷的大钞，一会儿大，一会儿小，在她眼前飞来飞去。至于被恐惧压榨得两只脸庞分别被削去一刀的儿子，她也心疼，却在其次。因为，她像钱程一样，也对儿子有了不可遏制的愤怒。

薛云云太知道钱程挣钱的艰难了。自儿子出生后，这么多年来，她一直在做那些有钱人口中所谓的全职太太。这是他们夫妻的分工，钱程早出晚归奔外挣钱，她任劳任怨照看家庭。终于，功夫不负有心人，天开云霁，儿子上大学了，还是夸得出口的大学。前段时间，两口子商量，稍待经济再宽裕一点，他们就换一套大点的房子。如今的房子，两室一厅，总面积不足七十平方米。周浩乔迁新居，她跟钱程去过，人家是单位分的团购房，一百八十平方米，四室两厅两卫，房价只是市场价的一半。每个屋都宽敞，通透，功用分明，各不相扰。她从钱程眼中，也能看出隐而不发的艳羡。她瞅准时机，照例打了钱乐乐的名义，说儿子上完大学就要结婚了，咱们也瞅个合适时机换套房吧。她自嘲地笑笑，说："有一天儿媳妇登门，咱这房子哪行？"她知道他们还没什么积蓄，但她寄希望于钱程刚刚拓展前景可观的水果生意。儿子上大学后，她闲了下来，就在钱程刚盘下的水果店收款。除了支付宝、微信刷给她的数字，那些纸币，一把一把被她放进抽屉，让她对未来生活充满憧憬。当然，这些钱转变为齐整一点的数字后，除去成本和下次进货的预留，主要用途是还账。但那么多楼盘都可以首付，只需十五万，房子就有可能属于他们了。除了周浩那五万和其他几笔无关痛痒的，别的欠款已被他们逐渐还清。现在他们手头，已经攀升到了这个数字。他们计划先交了房子首付，然后再还周浩欠款。钱程说过，周浩说他的钱不急的。也就是说，新房子已经遥遥在望——她没敢想那么大，但起码得三室一厅吧。

一切都泡汤了。

因为需要把一笔笔债务打理清楚，钱乐乐暂且还不能离家返校。他们这种夫妻店，虽说雇了几个员工，可白天离开他们两口子谁都不行。还款的事，只能晚上去办。

在清理欠款的过程中，钱程心中的怒火经常会被点燃。这种操作，非得在手机上办理。他的视力开始老花，看着钱乐乐手机上那些花花绿绿的软件，有时他会突然爆发把手机摔掉的冲动，如果摔得不够粉碎，再跺上几脚才能解恨。

钱程引而不发的愤怒，与钱乐乐的躲闪逃避却躲无可躲逃无可逃只能表现为没心没肺地木然对垒着，谁也不想看到谁，却谁也躲不开谁。房间的尺寸似乎因此改变，本来逼仄的房子，变得更加逼仄。

一想到房子，钱程更加怒不可遏。房子里每一件陈旧的家具、角落处堆放的弃之可惜的杂物，都用嘲讽的眼光看着他，提醒他在很长一段时间，也只能这样了。

钱乐乐上大学离家的这大半年，是钱程最快活的一段时间。多年辛苦终告圆满的大背景，在生意趋好的催化下，钱程觉得这是他四十多年来彻底的一次翻身。谁想，终于还是被这个如今他不想多看一眼却总是忍不住瞥过去几乎感觉陌生的亲生儿子给搞砸了。

钱乐乐的头发已经打理干净，但那种呆滞与颓然已经如影随形。钱程困惑，想找出儿子从前与当下之间的一条通道，找出这条通道，他才知道问题出在哪儿，如何铸成如此大错！

7

钱程到周浩办公室，把钱乐乐的事情诉说给他听，详详细细，原原本本。他就是想委婉地告诉周浩，他欠他的那五万块钱，暂且还不上了。

有那么一刻，钱程突发奇想，周浩是否会客气一句那些钱你不用还了什么的，随即又为自己这个愚蠢幼稚的念头惭愧不已——凭什么啊？

这让他想起当年上学时的一桩往事来。一次学校交学杂费，他和父母要了十块钱装在书包里。第二天班长收钱时，他明明记得夹在一本课本里的，翻检书包却遍寻不见了。他一下子蒙了，那是怎样的一笔巨款啊，要知道，他每周的零花钱才五毛！他几乎已经能够预见父亲会怎样暴跳如雷了。整整几天，先前的恐惧克服过后，他开始持续地沮丧，神思涣散，怨天尤人。

钱还得交，回到周浩家，他嗫嚅着告诉了姨姨这桩事，姨姨数落着他的粗心，从箱子里数出十块钱给他。先是告诫他可别再弄丢了，随后又再三嘱咐他本周回家，一定要和父母坦白这件事情。他清楚，姨姨这么和他说，是委婉地告诉他这个钱只是借他的。

那一刻，他多么希望姨姨能把这十块钱送给他啊，那样他就不必去面对想来就恐惧的父亲了。

过了两三天，一天晚上做作业，突然十块钱从一本书里抖搂出来。看到那几乎是奇迹的十块钱，他高兴得跳了起来。事实上，随后被他惊叫而惊动的姨姨，比他还高兴，一面佯骂他办事马虎，一面满脸溢笑把钱收进自己的柜子里。及至年长一点，他才明白，亲兄弟明算账是人际关系一个颠扑不灭的法则。他的钱能够失而复得，让姨姨少了多少未可预期夜长梦多的担心。

当年在学校，钱程背着老师和家长偷偷抽烟。烟从学校门口的小卖铺能够买到，一支几分钱，最贵的一毛钱。他总是担心周浩会出卖他，给他向不管哪方的家长告状。从周浩起初震惊后来嫌弃厌恶的眼神，他每次抽烟，几乎断定告状就会在当日发生。好在，周浩从来没有。

如今的周浩，抽烟比他还凶。他们一边谈话，一边彼此给对方点烟，钱程用的是一次性打火机，周浩用的是一只做工精美的银色ZIPPO。

周浩说："我不清楚你们父子平常相处模式如何，但从你刚才的话，我有一个疑问。乐乐丢了手机，为什么不敢告诉你？"

停顿一下，说："倩倩是绝对不会有事瞒我的。"

话是经周浩口轻轻说出的，没带任何指责意味，也不是故意拿倩倩和乐乐对比，那种随意和自然，就像他随手轻轻磕掉烟头处已经积聚起来的烟灰。但这句话，如醍醐灌顶，一下让钱程意识到了这么多天让他一直困惑的关键所在。

是的，为什么不敢告诉他？

但钱程不想完全屈从于周浩的这个说法。如果这样，等于周浩轻轻松松一句话，把他对自己父亲教育方式的拨乱反正拉回到了原点，甚至低于原点——当年自己无论如何淘气，却从未给家里惹祸。他在心里顽强举着反证：即使钱乐乐不敢照直和他说，但不是有他妈吗？还有同学、朋友，比如那个唐依。但他偏偏自作聪明自己扛。不是这样的，问题肯定在别处。

他又一次替钱乐乐懊悔，为什么是二十一万？在五万、十万、甚至十五万的时候，他还没有被吓怕吗？

他的这种胆子又是从哪儿来的？

有人敲门进来。钱程用眼睛征询周浩他在这里是否方便，周浩摆摆手示意他安心坐着。

进来的人年纪也不小了，但明显是周浩下属，即使在他这个外人面前，也站得笔直。那种恭敬态度，一下触醒了他这么多年来到公家单位求人办事时的那种感觉，一种不忍心不甘心却只能认命的屈辱又袭上心头。

他回回神，让思绪集中在脚气制造出来的痒上。猛抽两口烟，眼睛下垂，看到了光亮洁净的地板砖上周浩脚上的皮鞋。皮鞋乌黑，锃亮，一尘不染。他脚上也是皮鞋，虽然后来他也注重形象，每天出门前总要用鞋油打理一下，至少也要用棉布胡乱擦上几下，但鞋子已经松软，疲沓，年老色衰，徒具皮鞋最后的可怜模样。脚气就更加痒了起来。

短短几分钟，周浩随意抖搂出来的东西，都是某种养尊处优的自信，就像姨夫当年在自己父亲面前一样。

自己的事情自己消化，别人又能如何？虽然没说出来，他知道周浩明白他此行的意图了。

钱程又点了一支烟，第一口烟雾吐出来时，他随口问了一句："倩倩在学校怎么样?"

当然也不是完全随口，是恰当的必不可少的礼貌。

本来还陪他沉重着的周浩，突然喜上眉梢。

"你知道，倩倩上高中时一直贪电脑、贪游戏，如今倒贪出名堂来了。最近她搞了个网络游戏设计，居然在全国获了大奖，已经有公司主动上门和她签了合同，让她课外兼职搞游戏开发。当年她玩游戏，她妈妈也强烈反对，但倩倩这孩子一向诚实，她对我说，她绝不像别的孩子那样纯粹是玩，她在摸索里面的门道，有时还和我说得头头是道，我就任她去了……"

周浩的嘴唇仍在动，说到底，他也是一个父亲，没有一个父亲不为儿女成就而高兴的。但这么多年钱程很少见到的周浩的兴奋，终于还是牵出了他压抑心底始终残留未去的那丝嫉妒。那嫉妒从心底出发，发散到面部，嘴角便忍不住抽搐了一下，好让嫉妒有个出口。

他笑笑，拧灭并没有完全抽完的那支周浩递给他的中华牌香烟，起身，告辞，下楼去了。

那只廉价打火机搁在了沙发帮上。后来他想，周浩一定会扔掉吧。

2019年5月30日

一墙之隔 |

1

我们这栋高层，两梯三户。东户一百八十平方米，西户一百二十平方米。我家户型最小，九十平方米，夹在中间，南北不通透。

东户，住三口人。一对看起来还算年轻的两口子，一个小老太太。没有孩子。

女人够漂亮，皮肤光洁，面容沉静。不是典型无争议的漂亮，就是耐看，让你眼睛不想逃掉，随后还想回味的那种。

却也够冷。两个人在电梯里见面，想着是邻居，我神情中自然要流露打招呼的样子，她没有丝毫迎合，我只好把微微牵扯开的面部肌肉收敛。出电梯时，她会停留脚步让我，仍是面无表情。我便释然，还好，没冷到趾高气扬目空一切让人心生激愤的不屑，便忍不住扭头再去看她一眼。

夏天，她有时穿裙子，有时穿裤子。她穿裤子，尤其穿九分小西裤，让我觉得裤子在她身上最像裤子。臀型美丽不消说，关键是，臀部以下，裤子与大腿不太体贴的间隙，一路向下越过膝盖之后的渐收渐紧，让西裤本有的干练，在她身上呈现出别人没有的悠闲和慵懒。悠闲慵懒的意味一路向上，越过不大引人瞩目的上身，和她面部的沉静融为一体。胸微鼓，因为穿宽松的T恤，看起来很平。个子不高，一米六吧，短发齐肩。

和教研组同事聊天，不小心聊到女人。大家就纷纷说自己心目中的美女形象。我说，我喜欢王珞丹那种，还从手机里翻出王珞丹和朴树合唱《清白之年》的视频给他们看。陈老师恍然大悟："哦，你喜欢平胸女人。"她这么一说，还真是！也就是那一刻，我意识到，我的邻居很像王珞丹——王珞丹比她甜点。

老太太丑、瘦、低，几近侏儒。面部皱巴成一颗核桃。她们刚住进来，我问老婆："你说小老太太是女人的婆婆还是妈妈？"老婆说："你傻啊，那么丑的女人，能生出那么好看的女子？"

然后盯住我，说："好看吧？"我说，还行。老婆微眯眼睛，还行？又补一句："你说啥叫好看？"

搁十年前，我会趁势接一句"你才叫好看"，如今早没了这兴致情怀，就没吭声。

不是脑袋的储库里没了这句话，也不是从里面搜不出来，是不能说，不好意思说，说出来，鬼都不信，只能像讽刺。

老婆又说，就没见过这家男人。我说是。老婆又说，难道她还没结婚，看着年纪也不小了啊。我说："你关心那么多做什么。"老婆说："两口子不就是没事说些废话吗，哪有那么多正经话！"然后叹了口气，"反正你是和我越来越没话了。"

这是个新楼盘，为早点结束租住的日子，拿到钥匙后，我们立即开始装修，没等甲醛散干净，就迫不及待住了进来。没多久，东户开始装修，陆陆续续大约有半年时间。像所有无聊好奇的邻居一样，他们开着房门的时候，我不止一次进去看里面的装修风格和进展。

他们大概是很有钱的，那么大的房子，安装了中央空调。地砖墙砖，是冷冷的暗色调，以一种我羡慕又不能接受的高贵距离感闪着幽光。回到自己家，看着不大的厨房不大的卫生间里我和老婆精心挑选的乳黄色瓷砖，会暗暗惭愧自己眼界真低。

第一次见老太太和女人，是她家装修结束进家具时。正好碰到了，我就跟着抬家具的工人往里走，还假模假样搭了一把手。包装箱落地，里面站着一个女人、一个小老太太。

看到女人的那一刻，我想躲闪。我的第一反应，是自己穿得邋遢。她的精致，惊着了我。女人对我的闯入，没表现出任何异样，目光只是看着送货的工人。倒是小老太太问我是谁，我朝门外努努嘴，示意我是隔壁邻居。老太太说，邻居好啊，好亲戚不如近邻居。女人微微蹙了下眉。

包装箱拆开，是沙发。以我装修房子时走遍家具店的经验，如果她家真有钱，那种雕花的红木家具，正好配得上她们阔大的客厅。却是布艺的。工人三下两下摆好，倒也可以。工人临走时，把包装沙发的纸箱收拾起来踩扁，要顺便给他们捎到楼下。老太太一把抓住："这些我们不是都掏过钱了吗?"一个工人没好气："愿意留着就留着。"

老太太讨纸箱的时候，女人又微微蹙了下眉。我不能再以看家具的名义偷偷瞟她了，转身离开。她俩都没朝我客气。

又过了两三个月，时令快到冬天，小区刚供暖。有人敲门，打开，是老太太。她问我家里暖气怎么样。我说还行。她说她家暖气怎么是冰的。我问她交过暖气费了吗，她说交过了。我突然想起，交过暖气费后，还得让物业的人把外面的阀门给打开，就告她。

说这些话的时候，她在门外，我在门里，我一只手还握着门把手。本来话已说完，老太太的眼睛却透过我身体和门框的缝隙往里瞅，一副不愿离开的样子。她抬起脸，眼睛咕噜转了一下说：“我能不能摸摸你家暖气？”

这个要求让我很不舒服，可还不好拒绝，毕竟我去过她家，还不止一次。可那时她家还在装修啊，乱糟糟的，多踏进一只脚少踏一只脚没啥区别。而我家，毕竟已经住人了。

我放开门把手，闪出一个身的空隙来，半允许半拒绝的意味。她就进来了。我指一指门口地下，示意她换拖鞋。她说：“还得换这个啊，那不看了。”然后退了出去。我舒一口气，没等她利索扭身，嘭地关住了门，声音大小正适合她听。

以为她们这就住进来了，因为那个女人，我还有一点小小的愉悦和期待。直到第二年春天，快停暖气了，她们才真正住了进来。我想，真是有钱折腾的，不住交什么暖气费！

却仍旧只见她俩，没见有过男人。

之后，在电梯里，我常常能见到女人，却没说过一句话。

西户没有装修，也没有住人。

2

我老婆是高中物理老师，我是初中语文老师，我俩不一个学校。

同是革命工作，分工不同，可朋友们说起这个，总觉得很搞笑，似乎男人教高中教物理、女人教初中教语文才是正常。

她还是班主任，每带上一届学生，从高一到高三，再轮回，周而复始。除了上课，还要早出晚归看护学生自习。我光带课，比她闲很多。

两个老师，文理兼备，儿子成绩却一塌糊涂。她当机立断，在儿子初中三年级前半学期，托了一个学生家长的关系，把他送到另一个城市的某中学，那种“中考加工厂”性质的学校，一个月回来一次。

不久，我们就见到了隔壁男人，个子也不高，裤缝笔直，体形微胖，戴个眼镜，一脸严肃，年龄看上去比她稍大。

男人一回来，来他们家的人特别多，大多是晚上，很多人手里还拎着各种有精美包装盒的礼品。老婆说：“肯定是个当官的，没准在外地工作。”我说：“也许是大老板，现在当官的哪敢明目张胆收礼。”老婆说：“那你就小儿科了，有敢送的，就有敢收的。不过你也说得对，我们班那些家长，经商的比当官的还有派头。”

时间长了，我大致掌握了男人回来的频率，也基本一个月一次，一次住两三天。比我儿子强，他最多能住一天，剩下的一天，浪费在路上。

一天晚上，我清理家里的垃圾。她早出晚归，我只好责无旁贷。我通常的习惯是，把扫地、抹桌子清理出的各种垃圾和厨房的厨余垃圾归拢在一起，一个袋子装了先拎到门外，第二天早晨上班再拎到楼下。那晚，因为垃圾袋破了一条口子，我怕东西往外溜，就把袋子放在一个方便面外包装箱里。第二天早晨，我发现方便面箱不见了，垃圾袋被搁置地上。我有点生气，想肯定是负责清洁楼道卫生的老头把纸箱拿走了。我想，拿就拿吧，你好歹给我把垃圾捎下去啊。我只好一只手拎起垃圾袋，另一只手护着那条口子，小心翼翼拿到楼下。

又过几天，发生了同样的事，我更加生气了，想，哪天遇见了老头，必定得说说这个事。

再一再二我觉得力度不足，强迫症似的，我专门腾空一个还有用的纸箱，第三次把垃圾袋放在里面。第二天出门，果然！证据确凿了，不，是理由充分了。我正式决定，哪天告诫一下这个老头。

正想着这个事，电梯门开了，老头提着水桶和拖布站在电梯里。我把手中的垃圾袋往上提一下，和老头说："以后你要拿纸箱，好歹给我把垃圾一起扔掉。"

老头没吭声，没理我，出了电梯，开始用拖布拖楼道。那桶水黑乎乎的，已经脏得不成个样子。我想他是心虚了。

下了楼，往垃圾收纳处那边走，却见一个小老太太踮着脚尖，趴在一个大垃圾桶上翻拣什么。她脚下，已经放了几个金属的塑料的矿泉水瓶和饮料瓶，一个瓶子没拧紧盖，还往外淌着液体。旁边，一摞被踩扁叠放的纸箱。

最上面的那只，一看上面印刷的字样，就知道是我昨晚扔掉的，因为那是我们学校订购学生习题集的纸箱，当时搬家时，我找了几个来归置东西。

往旁边另一只垃圾桶扔我的那袋垃圾时，我看清了老太太面孔，居然是我那邻居。

顾不上生气，首先是惊诧——她家那么有钱，干嘛捡这个，太违和了吧！她也认出了我，却没有我想象中应有的羞愧，只是冲我笑一下，让面部团团皱纹的线条发生些不规则变化，算是邻居间低头不见抬头见般的打招呼，和"丢人"二字丁点关系都没有，然后兀自继续翻拣。

又过了几天，有一天中午老婆进门，神秘兮兮地说："你知道吗，隔壁的那个小老太婆居然在小区里捡废品，她家到底是有钱还是没钱?"

我说有钱没钱不是明摆着的吗，没钱能买那么大的房子，搞那么好的装修！老婆说有钱捡什么废品！

这也正是我想说的话，因为老婆说出来了，我就说："你管人家！"

终于有一次，我捧着纸箱出门时和她正面相遇。老太太一点也不害臊，说："纸箱给我吧。"我说，里面还有垃圾呢。她说："我给你下楼扔掉。"我赶紧抓住机会："以后我纸箱里有东西，务必一起扔掉。"老太太没说话，接住了纸箱。

我有点后悔，如此生硬地支使人家倒垃圾，总是有点那什么，毕竟她还是我邻居。可又想，你拿了我纸箱去卖钱，顺便给我扔掉垃圾，这算公平交易么。再想，人家不拿你的纸箱，你还不是连纸箱带垃圾一起扔掉？这样纠结了几个回合，最终还是觉得，既然你拿我纸箱，就得给我倒垃圾。把垃圾丢下光拿纸箱，搁谁都要生气。既然搁谁都生气，就证明我没错。

这话说过后，果然管用。只要我把垃圾放纸箱里，必定纸箱与垃圾一起消失。

有个帮你倒垃圾的人，挺受用的，几乎等同于雇了一个专项仆人。可惜家里没那么多纸箱，所有的饮料、方便面、快递等外包装盒，甚至鞋盒，都被我这样用掉了。

楼宇的负一层是地下室，负二层是地下车库。当年买房时，地下室和房价一样贵，买房子已经吃力了，地下室就没作考虑。地下车库的车位也贵得离谱，我和老婆都骑小电动，短时期内没买车的打算，车位自然更不会买。有一天闲得无聊，心血来潮，突然想下负一层和负二层转转看看，就摁了电梯里那个我从没摁过的数字。

先到负二层，下面阴沉沉冷飕飕，光线既暗，还是声控灯，一个人在下面，还有点毛骨悚然。赶紧顺消防通道楼梯上了负一层，转过楼梯口，脚步声把声控灯惊亮，我一下子看到邻居小老太蹲在地上，旁边一大堆废旧瓶子几乎成山。昏暗的灯光下，她活像一个既老且丑的女鬼。

老太太也吓了一跳，定下心神看是我，问："你干啥?"我说，不干啥，转转。她看我几秒，低下头，继续往一个大尼龙袋里装瓶子。这时，声控灯又灭了，我俩陷入黑暗中。我赶紧运气咳嗽一下，结果，我的咳嗽声和她的咳嗽声同声发出，灯又亮了起来。我为无心形成的咳嗽二重唱不舒服了那么一下。

她起身，推开旁边一扇门，好家伙，虽然里面没亮灯，但借助外面的灯光可以看出，门里的空间比我家客厅都大。里面，堆了小半屋子她捡来的那些东西。哎呀，这个世界向谁去讲理，花那么多钱买那么大的地下室，原来供她干这个!

一天晚上，我又腾空一个纸箱，正好老婆下班回家。她看到我手里端着的纸箱和垃圾，说："你呀，就是浪费，不能像人家一样，攒起来卖钱?"

我没理她。她也只是这么一说。

后来早晨上班，几次在楼道里遇见打扫卫生的老头。我知道误解他了，可觉得并不需要和他道歉。倒是他主动和我说话，言谈的内容，就是说隔壁小老太如何恶心，因为经常在楼道里堆积整理她捡来的各种废品，把楼道弄得脏乎乎臭烘烘的，害他在我们这个楼层，总得多浪费一些时间。他还往消防通道楼梯那边指了指，我过去才看到，在楼梯的拐角处堆满了各种东西，一直绵延到下楼的两三个台阶上。老头说，她再这样，就要和物业举报。又感慨，现在的物业，欺软怕硬，啥事都不敢管。

老头说的并非诳语。自从她们住进来后，我们这个楼层，确实弥漫着一股难闻的味道。

周六下午和晚上没自习，这是高二学生一周仅有的休息时间，也是老婆休息的时间。我们会一起去购物，或者去不管哪方父母家，有时在家里大扫除。那天晚上，我们从岳父家回来，本来我已经不想动了，可老婆要我和她一起收拾屋子。她和我不一样，对这套新居还有热情。

快11点钟，活儿接近尾声，当时她在客厅做最后的整理，我在厨房擦洗灶台，突然她打开门，招徕我到客厅里，却不说话，神秘兮兮的样子。我两手滴着洗洁精泡沫，走进客厅，隔着防盗门和墙壁，一下子就听到了哪里有人在大声争吵。稍一辨别，是隔壁。

声音三个，两女一男，都很大声。为了听清楚，老婆居然轻轻打开防盗门推出一条缝，把耳朵塞在缝隙里。我扒开她，也试了一下，并不比在家里听得更清楚。她家防盗门很高端，隔音效果好。后来，来回寻找位置，发现我家小卧室效果更好，因为这里与她家客厅只一墙之隔。现在的建筑，都是框架结构加砌块，砌块我见过，中间是空的。

争吵很激烈，都在控告、指责和申辩。三个人中，小老太声音最高，中气十足也毫不示弱。她吐字的速度和说话的频率，远超于另外两个。那晚，我听得最清楚的是小老太的一句话："我不会花你们一分钱！"之后，她号啕大哭起来。再之后，是男人的劝慰。女人再没吭声。

那么沉静的女人，居然也会吵架，也要吵架。我心里泛起一股复杂的感情。有诧异，有怜惜，还有一点点幸灾乐祸。

3

有热心公益的居民（我认为是好事者），给楼宇住户建了一个微信群，彼此招呼加登门拜访，每户都有人被拖到群里。

这个群还是有点用处的：停水停电，群里会发公告；谁丢了东西，可在里面发寻物启事；谁家不明漏水了，会有楼下或隔壁邻居提醒。还有监督职能：谁往电梯里扔了垃圾（也许是不小心落下的，却没再管顾），会有人拍照警示；谁初一十五在楼道里烧香烧纸钱，有人会以消防的名义提出警告，说话粗点的，甚至直接开骂……

按照群主的要求，群里每个人的昵称，必须修改为“姓名+单元+房号+手机号”。大多数人用的还是自己的本来昵称，有的手机号还不公布。但单元和房号，大家还是配合的，与人方便与己方便。

那次吵架后不几天，我看到隔壁女人也入了群。她的昵称是姗儿。这个名字挺好，般配的感觉，就像我的学生们做选择题，几个近义词，只有一个词砌到句子里最合适。头像是一个欧洲女人，看着眼熟，好像哪个女明星。

我试着点她头像，朋友圈里有设置，什么都看不到。

我便在心里视她为姗儿。我老婆不在群里，仍叫她“那女的”，有时加个定语，“隔壁家那女的”，不厌其烦时还会说“隔壁家那年轻女的”。我都想提醒她没这个必要，我绝对不会称那个小老太为“那女的”。

一天晚上，大概快10点了，我在家无聊刷抖音。再过一二十分钟，老婆就要回来。有人敲门，打开一看，是她，姗儿。

她说：“我家跳闸了，您能帮我合一下吗?”我忙不迭说，“可以可以。”

她用手机的手电筒帮我照明，我跟着她进家。因为夜晚，我才第一次注意到她家客厅窗户很大，几乎落地。窗外，星星点点的万家灯火投照在阔大客厅，淹没了她手机的灯光。所有的家具，各就其位，默然不动，影影绰绰。

集线箱在厨房硕大冰箱的后上方，我让她搬来一个凳子。脱了鞋，踩上去，因为隔着冰箱顶部的距离，手仍旧是够不着。我问她家里有棍子没，她迟疑了一下，说没有。我想了想，问她擀面杖有没有，她拉开橱柜的一个抽屉，取出一根擀面杖来。我从她手里拿过手机，左手照着光，右手持擀面杖把集线箱的透明盖子挑起来，然后瞅准总开关那个跳闸，用力按下去，客厅的灯光唰地亮了。我松了口气。

当时站在凳子上用力，为保持稳定，我身体贴着冰箱，左肘支在冰箱顶部，下来才发现，肘部和胳膊上沾满了上面集聚的尘垢。也是，冰箱那么高，平素任谁也不会上去清理的。

我跟她到客厅。她看到了我胳膊上的灰尘，让我去洗漱间清理一下。我说不用，一会儿回家洗洗就好了。她转身去那边拿了一块毛巾，毛巾雪白，我都不好意思接。她直接拿住我的手，用另一只手拿着毛巾给我擦，她的指头好柔软，我不知她看到我脸红没有。毛巾污了，胳膊上的印迹却没完全擦去。她微微笑了笑，这是我第一次见她笑。

我说，“那我走了啊。”她说“稍等”，又转身去了一个屋，拿了一条烟出来给我。我一看是“中华”。

但我们没有推让争持。她惯常的沉静表情，让我明白这事不由分说不可拒绝，那是一种说不清道不明的绝对震慑，我讪讪地拿住了。拿住想说点什么，“谢谢”已经到了嘴边，又吞了回去。那一瞬间，我知道这个词语极不合适，就冲她笑笑，转身，出了门，顺便把门给她带住，门锁在身后咔嗒一响。

这件事我不知该不该和老婆说，短暂考虑后，还是决定不说，便把烟藏在了我衣柜的衣服下面。不放心，又往里塞了塞。

刚把衣柜的推拉门合严，老婆就下自习回来了。我平整一下自己的表情和情绪，突然想起胳膊上的污渍还没洗掉，就直接过到卫生间洗漱池那边。老婆也没多看我一眼，像往常一样到卧室去换睡衣。

我突然很感激她现在的不多看我一眼。

晚上静下来，我才意识到，这是我小半生以来拥有的第一条“中华”烟。

第二天，我把烟拿到了学校，锁进了教研组办公桌抽屉里。我抽烟不多，学校也禁烟。每次上卫生间，我都会取出一支在里面抽掉。这条烟，我足足抽了两个月。越到后来，越舍不得抽。但终于还是抽完了。

这件事情，尤其她柔软的手指，让我有了那么一点心猿意马。随后几天，在电梯里还遇到过她一两次，但她依然是我之前见到的素常模样，没有表现出丝毫亲近，就像那晚的事情，根本没发生过。那种亲近，是我所期待并想来也正常的。她这样子，继续扼杀着我预先准备出也觉得应该准备出的热情。

有时，电梯门已经合上了，又被人从外面打开。这种时候，通常是她。所以后来电梯门的开合，很是让我快乐。因为是早晨，除了有纸箱时的那种例外，通常我手里会拎着一包垃圾。在给她让开位置的同时，我会有意识地把垃圾往身后藏藏。我不知自己为何如此。倒垃圾，不是居家生活中最平常的事吗？

4

一天晚上，很晚睡不着觉，翻看手机时，心中突然涌起一个念头：加她微信。

这个念头一旦发生，就不可遏制了。又怕唐突，辗转反侧，手指都触到了群里她的微信头像，又忍心缩回来。最终，心一横，点了，申请里，我写明是她隔壁邻居。

她很快就验证了。验证那一刻，我突生悔意，因为，毕竟已经那么晚，都快深夜12点了。

我说，你好。她也回，你好。我说，没事，就想和你道个晚安。

打出这几个字，我很满意，不亏不欠不负也不过，刚刚好，能代表我此刻所有想要表达的东西。如果她能做阅读理解，她就能够明白。

她半天没吭声。

我就有点急，觉得自己大概还是过了。我有资格道晚安吗？便开始不安，手指赶紧动起来，补救般地加了句："抱歉，打扰了。"

她很快回过来："挺好的。晚安。"

"挺好的"，而且"晚安"——她这句话，让我入睡又推迟了两小时。

最初的试探过去后，我们很快热烈起来。我都记不清是如何趋向热烈的，是哪些话真正起到了添加推进作用。那晚之后，我们几乎每晚都聊，通常从11点开始，那时，老婆已经睡下。最初的时候，一次说三五句十来八句，逐渐越来越多，最多的时候，能聊两三个小时。每晚11点，我就上床，再不像以前那般拖拖拉拉，生物钟自动调整到了一天中最兴奋的模式。

微信里的她，和我在电梯里遇到的她截然不同，热烈，奔放，大胆。所有的话题，她都敢聊。每一个话题，她都是带动者，我只能尽己所能亦步亦趋跟随。在她面前，我就像一个既听话又勤奋的学生，始终开动脑筋发动神经努力跟着她的思路节奏不掉队。偶有神来之语，她都像老师一样给予我鼓励和夸赞，让我学习的兴头越来越高，进步的决心越来越大。水涨便会船高，默契时，彼此的妙言妙语，会层出不穷，节节攀升。

在这种逐渐深入稠密的聊天中，我探清了我们话题的雷区：所有与她个人、家庭、过往相关的一切，我都不能问。所以，我始终不知她的年龄、职业、学历，还有，她老公到底是做什么的。甚至，我还生出过一丝怀疑，那个男人到底是不是她老公？

只有一次，我谈到了自己儿子及他目前的状况，看出她似乎也有了那么一点兴趣，就顺势问到她有孩子么。一行字迅速跳出来：所有贪得无厌的人都会断子绝孙。

这句话恶狠狠的，吓着了我。有那么几分钟，我都不知如何接话。我警告自己，以后再不要问这些我本来早已给自己规定好不问不能问不必问的问题了。

我向她坦白一切，我喜欢向她坦白，似乎只有坦白，才配得上她对我的这种情谊。我把我能想起来的一切事都告诉她，她也听得津津有味。包括我和老婆的工作和生活状态。比如，我和老婆分房睡，因为她睡眠极差，听不得一点响动，而我早晨喜欢睡懒觉；她6点就得出门去学校，这样，她一起床就要吵醒我。所以，分房后，我俩都乐得自在。但儿子回来，我们又必须合床，因为只有两个卧室。

我毕竟是语文老师，遣词造句功夫可以，起承转合，对照呼应，或比或兴，偶尔还来点春秋大义。

我还注意到了另一个状况，就是自那次吵架后，小老太有时在她家，有时不在她家。小老太在时，楼道里就会脏乱差，环卫老头就会逮住时机和我发牢骚。

之前，我会附和老头几句。现在，因为不知那个时分她是否会恰巧出门，担心被她听到，所以有时只是点头，或者干脆默不作声。我能判断出，她肯定是厌恶小老太的，但她们毕竟是一家么，我知道“阋于墙外御其侮”的道理。

无论小老太在与不在，都不妨碍我们每晚11点开始的聊天。

我曾经说过一句话，一度被同事视作名言：你和谁废话越多，你们关系越近。我俩什么都聊，聊电影，聊歌曲，聊明星，聊八卦，聊过往，聊吃喝玩乐……如果氛围刚刚好，还聊性，遣词造句打擦边球，模棱两可，似非而是，言此意彼，都明白，还都不说透。有一次，聊得正开心，我突然想起我那句名言，同时，惩罚似的，也突然想起老婆那天在厨房里和我说的话——“反正你是和我越来越没话了”，心中便一凛。

却也只是一凛，食指点按手机的速度并未减缓。

她知道我是老师，有时就让我讲学校的故事。可学校那么乏味，几乎没什么故事可讲。

她说，同事也行，有意思的。

我在脑海里搜索了一圈，每个面孔浮过，都像我们校庆时全校老师合影上的模样，一本正经又索然无味。

高中时几位老师，突然从心头浮出，就给她讲了这个：

“我们当年学校，有两个说话狂悖的老师，一个是钱老师，教我语文，一个是古老师，教历史，没教过我，但他的奇谈怪论广为流传。那时琼瑶热还没消退，学生们尤其女生们都爱看，钱老师就劝诫：你们啊，不要读琼瑶之流的小说，告你们，全是他妈骗人的鬼话，说什么女学生爱上了男老师，我他妈教了三十年的书，就没见一个学生爱上我！古老师说话更口无遮拦，是想说啥话就说啥话不顾后果还很污的那种。比如，一个女生迟到了，他会骂道：‘来这么晚，生孩去了，还是刮宫去了？’古老师只佩服一个人，钱老师。钱老师，谁都不佩服。古老师每次赞叹钱老师，买一送一似的，还要顺带骂一个别的大家公认不错的老师。有一次，他编排当时最好的物理老师姬老师——姬老师四个女儿，都上了好大学，清华南开复旦那种，被全校传为美谈。古老师这么骂：‘你们女生啊，不要一天老坐在那里死学习，坐啊坐啊的，最后坐得和姬××（他才不会叫他姬老师呢，喊就喊名字）的闺女们似的，一个比一个屁股大！’”

她在那边连发三个笑出泪的表情。

每每想起她时，先是她沉静的面容，然后是她漂亮的臀部。是她漂亮的臀部，突然启动了我大脑微妙复杂的运转机制，“四个大屁股闺女”就跳到了眼前。

我借机夸了她一句：“你身材真好。当然，不知道你是不是学霸。”

她没接我这茬，说：“这个古老师生得早，搁到现在，早被家长干掉了。”

我说：“是，我们现在对学生打不得骂不得。”

她说：“你让我想起了我的一个老师。”

“我小学三年级的时候，班主任姓马，语文老师，女的，三十多岁。一天下午发练习册，当时我和同桌聊天正聊得开心。有本练习册没写名字，那其实是我的，但当时因为聊天太开心了，就没注意。马老师说，要是这本练习册还没人要，她就给撕了。同学都在笑，我也跟着笑。过了一会儿，仍没人认领，她就当着全班同学的面把书给撕了，撕了好几半。就在那时，我才意识到，那是我的书啊。尽管身为班长，始终全班成绩第一名，我还是没志气地哭了。马老师很不屑，一副幸灾乐祸的样子。我悲哀地想，晚上借同学的再抄一本吧。到了家没忍住，告诉我妈了。我妈一听这还了得，一把抓起我就去学校了。马老师态度很差，觉得自己撕书没错，因为她提前警告了，而且，之前一再强调所有书本练习册上必须写名字。我妈就去找了校长，校长还算讲理，最终让马老师道了歉，赔了我一本新练习册。当时，我觉得我妈形象老高大了，但从此，我的噩梦也开始了。四年级的时候，学校每个班要自己刷墙围子，那时候也没班费这一说，都是让学生回去跟家长拿东西，比如这次是拿油漆。我爸在苏化上班，随便在单位拿点就能给我交差，可我爸偏不，他觉得老师就不该把这种事推给家长，结果全班就我和另外一个一直不受待见的女生没拿。然后，我俩就被马老师罚刷墙围子。我记得那是下午的一节自由体育活动课，别人都去玩了，我俩蹲在教室地上刷墙。所以我一直恨自己懦弱。后来五年级时候，我们班有个女生跟马老师对骂，我崇拜死她了。”

最热烈的时候，我会情不自禁，发几句大胆暧昧的话。她通常沉着淡定，兵来将挡，水来土掩，不给我可乘之机，也不授我以柄。

终于有一次，一行字飘过来：开始总是分分钟都妙不可言，谁都以为热情它不会消减。

顷刻间，我体会到巨大的温暖，飘过去的字却是：这话真好。

她说：“莫文蔚的歌词。”

温暖陡然降温。然而依旧很好。

5

有时早晨出门，看到她门口放的垃圾袋，我会趁人不注意帮她捎下去。当然也不会有其他人看见，如果有，无非是环卫老头，或者她本人，反正我老婆上班早。

第一次做这个事，我还考虑了一下尊严问题。我这么做，会不会适得其反，让她看轻我？想了想，我也没有别的机会帮她做点什么。她家的电闸，不会老跳。

一次，我正要拎起她家垃圾袋的时候，她家门开了。就像做贼被抓，我脸一下子红了。却不是她，是小老太。小老太狐疑地看着我，我强装镇定："你不是老帮我拎垃圾吗，我也帮你。"

她仍旧狐疑，好像在说，无事献殷勤，非奸即盗。后来，我鄙厌自己和小老太说话时脸上居然堆出了笑容，一点点自嘲、一点点谄媚的笑容。

还有一天早晨，我、她、小老太三个人居然同梯。她的脸盯着电梯门，也许是为了避开我们俩。小老太盯着手中的垃圾袋，偶尔瞟我一眼，却从不瞄向她。我故意轻微昂头，眼睛却向下盯着她的臀部。谁也没说话，其间有一种尴尬在嗤嗤燃烧。幸好中间电梯停了一下，又进来两个人，我感觉我们都松了一口气。

出了门，阳光明媚。各奔东西。

心中怀着一个人，日子就迥然不同了。那些天，我走路带风，看什么事情都美好。以前，为了让学生们喜欢我，我也装着喜欢他们，可一走进课堂，看着他们松松垮垮却整齐划一的校服，看着他们恹恹欲睡又强打精神的面容，自己先泄了气。如今，因为我的意气风发妙语连珠，他们的眼睛也燃起光芒，总是亮闪闪齐刷刷地盯着我，盯着我在课堂上的每个手势、每个表情。一个小小的幽默，他们会配合地报以哈哈大笑，笑的时间长了，我都感觉歉疚。我开始真的喜欢他们，这种真喜欢，与以前的假喜欢不着痕迹地无缝对接了，想必他们也是。

包括那些不喜欢我的学生，我也报以宽容。

一次，她给我发来一个视频链接。我复制到手机浏览器里，是一个电影片段，英文名“Down in Mexico”：酒吧里，一个体态丰满的外国舞女在给一个年纪不小的男人跳大腿舞，性感，妖娆，魅惑。男人坐在椅子上，微笑地看着女人，接受女人近距离与远距离的所有诱惑与撩拨，但只是那么看着，笑着，岿然不动。静与动的对峙，放荡与纯洁的融合，让深夜12点的我全身蓬勃，每一个毛孔都晃动欲望。

她问：“好看吗？”

我说：“好看。”

她说：“我学了这段舞。”

我说：“哦。”其实我想问的是：为何学，跳给谁看？

我又说：“跳过吗？”

她说：“跳了，不跳我干嘛要学？”

我问：“在哪里跳？”尽管我知道这种舞只能跳给一个人看，但只能那么问。

果然，她说：“跳给一个人看。”

我问：“这个人是谁？”

她说：“这个你就别管了，反正有这么一个人。”

我突然心痛起来，嫉妒的毒液瞬间充满胸口，我猜那必定是个男人。而他，怎会有如此的幸运？

这种痛苦，在短短的一分钟内，几乎阻碍了我的呼吸。我任手机屏幕亮着，沉默着。

那晚聊天结束后，我突然醒悟，这是不是她对我的一种暗示和诱惑？如果我当时回一句“有一天你能跳给我吗”，会怎样？

想半天，即使当时我有那个意识，也没那个胆量。

我又想，那个男人会不会是隔壁那个，念头一转，我就否定了这个想法——他甚至都没有我这样的幸运。

饶是如此，在很长一段时间内，每每静下来的时刻，尤其是睡觉前，我在脑海里勾勒出的她给那个男人跳舞的景象总会涌入我的心头，我的心就开始一阵阵刺痛。那个视频中，有一段女人双膝着地爬向男人的画面，女人饱满丰硕的臀部随着腿的移动左右牵扯着，一下，一下，让人屏息。幻象中，那个臀变成了她的臀，浑圆小巧。刺痛久了，会变成钝痛，有时像一个物体撞击心脏，有时像一股水流注入心脏，让我的胸腔一阵阵紧缩。我会不自禁地设想那个男人的样子，为了配得上她的形象，我慷慨大度地想象了各种帅气的男人，或老或少，最后的结果是，我的嫉妒会更加强烈。

我突然想到，我为何嫉妒这个莫须有的男人，而从未嫉妒过她老公，隔壁的那个我见过的男人。

又一次，聊到热烈处，她突然问道："咱们这算网恋吗？"

我一阵欢喜，淡淡的蕴藉的欢喜，我欣慰她能说出这个词语，而不是由我说出来。

此前，我脑海里很多次，曾淡淡地闪过这个概念，但让它去了，未敢深究。深究只是自寻烦恼。曾经以为，网恋是多么小儿科的东西。我年轻时候，那时网络刚刚铺天盖地进入人们生活，许多人，甚至许多朋友都搞起了网恋，我通常会不屑一顾嗤之以鼻。后来做了老师，又从防诈骗的角度劝诫学生们千万不敢涉足于此。此刻，我突然意识到，这个偏正结构的词语，"恋"是正，"网"是偏——正是拆解这个词语后的"正"，给我带来了欢喜——毕竟，连她都开始承认，我们这是"恋"啊！

我不敢沉溺于这种欢喜让打字的速度滞缓，一行字就跳了出来：

“如果是的话，这算世界上距离最短的网恋了，不足十米。”

她说：“甚至不足五米。”又补了一句，“如果咱们现在同时往某个方向走，会不足半米。”

她都这么说了，我也大起了胆子：“没想过奔现吗？”

她说：“大多数网恋，一奔现就会见光死。你想？”

“见光死”吓到了我，我还不想死。我说：“我又不是没见过你。”

她说：“那种不算。”

有一次，我忍不住问道：“为何电梯里见你，总是对我不理不睬？”

她说：“你觉得该如何，扑在你身上？”

我偃旗息鼓。大凡她这么说话，就是要把一个话题封死的节奏，我通常识趣。

6

一天晚上，9点26分，她发来一条微信：过我家来。

我知道她知道我老婆几点出门、几点下班。她突然在这个时点叫我，反倒让我有一些隐隐的预感。这些预感关涉暧昧，美好、紧张、刺激，让我身体的某些部位开始跳动。

老婆毕竟很快就要回来了，她看见我从她家出来，会怎么想？

我压抑下这些紧张和兴奋，安慰自己，也许她只是让我帮她一点小忙。

天予不受反受其咎，我鼓起勇气出了门。如果万一被老婆撞到，我已经准备好了说辞——合电闸。我不是真的帮她合过一次吗？

在我出门之前，她的门已经打开一条缝隙，窄窄的一线灯光溢在外面。我把缝隙拉大，进门前，还是心怀鬼胎地朝身后看了一眼。进去，我轻轻把门掩上，门锁的锁舌发出一声轻微的咔嗒声。她眼睛盯着电视，扭头瞧了我一眼，又转过头去。

那一眼，让我想起了自己所有的缺点，没有比那一刻，我希望自己能够更好——长相，收入，地位，才华。

她说："坐下吧，陪我看会儿电视，反正你一个人也没事。"

她穿一件超短的吊带真丝睡裙，流沙色，看上去滑溜溜的。背部倒V型，开口很大，两段很长的大腿露在外面。在头顶吊灯的映射下，肌肤连带睡裙像瓷器的釉质般发出柔和又炫目的幽光。

煞风景的是，那一刻，涌上我心头的不是欲望，而是一个疑问：如果小老太在家，她会不会这么穿？

我小心翼翼在她身边坐下，和她保持了大概一尺的距离。开始，我只是把屁股搁在沙发的边沿上，突然感觉，自己就像我熟悉的那些胆小的学生，就不屑起自己来，同时给了自己勇气，往后面坐了坐，让背部靠在了沙发上。我为我当前的这个姿态感到满意。也就是那个时刻，我突然想到，我要学着不必对自己有太深的不满和羞愧。这么一想，也就真的从容起来了。

阔大的曲屏电视里，播放着一部欧美电影，如果那是女主角的话，女主角并不怎么漂亮。不仅女主角，男主角看上去也那么一般，甚至有点邋里邋遢的感觉。然而，他们吻到了一起。

我面赤耳热，知道刚才所谓的从容只是假象。脑子开始高速转动，想此种情境之下，自己如何能够更识风情、更显得体？就像初中时我参加过的那次口头作文竞赛，老师一出题目，所有贴切不贴切题目的各种场景在眼前晃动，我需要快速甄别，选取其中一个，化成一篇作文口述出来。

我终于觉得，自己不要装傻子好，就把右手伸出去，轻轻地放在了她的后背上。

她的肌肤那么细腻，放久了，是一种亵渎。却不想收回，便朝她那边坐过去一点点，让放在后背的手往那边滑过一段距离，越过她的肩胛骨到了右肩上，这样，我就揽住了她。我的心不争气地怦怦乱跳，它无法帮我去体味这新鲜和美好。那一刻，我最担心的是她感觉到我手心的濡湿，于是停滞了几秒钟，狠心把手移开，往回收的时候，顺势抚摸了一下她的头发。

她终于把头扭向我这边，看了我一眼。她的脸依然如往常般沉静，没有鼓励，也没有拒绝。那种沉静，在彼时奇怪氛围的烘托下，变成一种不可言喻的性感。后来我反复回忆那一刻，觉得如果"组词造句"的话，就是"无辜的性感"。我终于不能自持，又揽住了她的肩，把自己的唇贴向了她的唇，贴住，并不离开，却也不敢让舌头大胆侵入，我在等待她的首肯，我还没有足够的胆子造次。这样持续了几秒钟，她分开，突然又用自己的唇主动触碰了我的唇一下，就像某种安慰，说："坐过去吧。"

我悻悻地往我这边挪了一点。

她说："我给你跳那段舞吧。"

她一点羞涩也没有，起身，走到电视那边，转身，抚一下睡裙，跪下，抬头，朝我这边爬来。不羞涩，却也不自在，突然想起似的，她让她沉静的面容现出一丝妖媚，然后红唇微启，吐出小小的一截舌头，舔住了上嘴唇左侧。所有表情变换，都不大连贯，中间稍有停顿。

我身体不争气地硬了起来。我想起那段视频里的男主角，女人已经贴到他身体上，他为何能仍旧表现得那么泰然，那么镇定自若？

如果她爬过来贴住我，我该怎么办？

爬了两三步，她突然站起来，说："算，我对你没感觉。"

这句话让我很受伤，却也一阵释然。仿佛以前在课堂上，叫不出我们名字的老师，突然指我回答问题，我都站了起来他又说“算，你先坐下”，然后指头偏移，指向另一个同学。

她又抚一下睡裙，走过来，坐下，说：“你是不是该回家了？”

7

我们的关系，短短持续了两个月，与我抽完她送给我的那条烟的时间长度大致相等。

那条烟，越到后来的时候，我越舍不得抽，它仿若我们情谊的象征物，像以前很多次突然冒出的某个念头般，我有了某种迷信，我怕抽完后，我们的情谊就结束了。

后来我才意识到，我的舍不得是对的，它延长了我们交往的时间和我快乐的时间。这里面的宿命，我说不清，我只是庆幸自己没有很快把那条烟抽完。

又是个周六，老婆在家，下午就那么琐琐碎碎地过去了。晚上，老婆整理衣柜、鞋柜、储物柜，先整理我和儿子这边的。在儿子一件衣服里的衣兜里，她发现了一张折叠整齐的彩色纸片，打开，是一封“情书”。

内容简单，但从中看出，这个姑娘和儿子交往了一段时间。

老婆一下子很生气，她以为这是“现在进行时”，她花了大钱费尽心力供他在外地上学，他却不思进取蝇营狗苟。我从这件衣服最后出现在儿子身上的时间，推断出这是去外地之前发生的事情。

因为之前儿子就在我就职的学校读书，她现在的气，无法直接撒到肇事者身上，就开始迁怒我在学校没看好儿子。

我说："你是班主任，也够负责，你们班里就没有早恋的？何况，反正现在已经分开了，管这么多做什么。小男孩小女孩，有点这种事情也算正常。"

我一句"也算正常"惹恼了她。她说："什么虫子屙什么屎，你就不是个好东西！"这话说得莫名其妙没有由头，我也就生了气，声音就大起来。她见我声音一大，更是不依不饶。这样，两人就你一句我一句吵了起来。

我一下子意识到，我们的吵架，可能被隔壁听到，就像我们曾经听到过隔壁的吵架一样。为维护形象起见，也是我对她秘而不宣的一点私心，我先噤了声。

我一噤声，她也意识到了我噤声的原因，声音也低了下来。夫妻多年，毕竟会有一些默契，但还是嘟嘟哝哝。

我就到厨房抽烟。从厨房出来，我在客厅坐了一会，倒也没因刚才的老婆无理取闹而继续生气。我现在，有对付这个世界所有不快乐的法宝，那就是隔壁的她。也就是这个时刻，我突然听到她在那边很大声地和谁吵，我竖起耳朵，却听不清楚一句话。

随后，我听见一声碰门的声音，很大声。我怀疑是她摔门出去的，担心一下子跳到胸口。我想跑出家门把她拉回来，都从沙发上唰地站了起来，才意识到自己没资格这么做。

我静了一会儿，想要不要给她发个微信。当时，老婆已经过到主卧去整理另一个家。突然，我又听到她的声音，我心中涌起一阵类似感激的安慰，赶紧屏息并竖起耳朵，听她说什么。

我家那个小卧室，最能听清楚她家客厅的声音。我抱着尚未消退的担心，移步那边，听了一小会儿，大致清楚了，只有她一个人的声音，她是用手机在和谁吵。她生气的程度，让我的心一阵阵紧缩。

我肯定她是在和老公吵架。所有夫妻吵架的语气和节奏都大同小异，任何婚姻中的人都有这点敏感，都无师自通。

大约十来分钟，那边静了下来。又过了十来分钟，我眼睛盯着老婆那边卧室的门，飞快地给她发了一条微信：“你没事吧？”

她没回我。我想，她现在这种状况和情绪，今晚肯定没心思和我聊天了。

10点钟的时候，她发来一条微信：“你可以过我这边一下吗？”我问：“现在？”她说：“嗯。”

我迟疑了一下，老婆仍在那边整理衣物。我说有点不方便。她说，哦。我问她有什么事。她说，过不来就算。我犹豫了很久，说，她在啊。她不再答话。

我心里有点急。她这个时分叫我过去，必然有这个时分的必要。我什么都顾不上了，我当即决定，这就过去。

我和老婆说：“家里太闷了，我下去走走。”故意装作没好气，好像刚才吵架后我余恨犹存的样子。

老婆没瞅我，没说话。

我画蛇添足：“就在小区里，不走远。”

她说：“爱咋咋。”

出门前，我给她发信：“我这就过去。”碰住我家防盗门，我先过到电梯那边，按了一下按键，让电梯轰隆隆往上走。没这个必要，但还是这么做了，因为我在客厅时，稍加注意，就能够听到电梯上下轰隆的声音。

我过到她家门口，心中揣着巨大的不安，生怕此刻老婆突然从家里出来，逮我个正着。更担心的是，如果我进她家家门的那一刻，老婆出来怎么办？来不及给这个问题寻找答案，她家的门发出轻微的扭动声，开了一条缝，但没有灯光从里面投出来。

所有的问题不必思虑了，我已经闪身进去，门锁咔嗒一声。

一进去，她就用嘴堵住了我的嘴。我没有多么震惊，我承认，这正是我进门前一瞬间升腾于脑海的蓬勃的隐秘的渴望——我猜对了。我一把抱住她，才发现她一丝不挂。客厅的窗帘拉住了，里面一片昏暗。她手的动作，让我明了一切，她继续是引导者，不过有一丝急迫的不顾一切孤注一掷的意味。有那么一刻，她咬住了我的嘴唇。疼痛让我害怕，我依然勇敢，跟着她后退。在那个阔大的沙发上，我经历了四十年人生中第一次巅峰式的澎湃快乐。

整理好衣服，我蹑手蹑脚出门的时候，又回头看了她一眼。在眼睛已经适应了那种昏暗后，她美丽酮体的轮廓一目了然。

茶几那边，我看到横着一个旅行箱，我是从上面拉杆的形状判断出来的。我想问她一句，“你明天要去旅游吗”，可我知道我不能说话，说任何话，都会破坏此刻延续下来的感觉和氛围。

何况，我急于逃离。

我急于逃离，并不仅仅因为老婆在家。更担心的，是小老太突然折回。我已经判定，之前摔门出走的是小老太。

我真没出息。

回到家，身上的汗还没有落透。老婆刚整理好柜子从卧室出来。我借着脱鞋没有看她。我蹲下，把鞋摆整齐，说：“和人打了几下羽毛球，出了一身汗。”

然后又补充：“鞋不合适，以后出去，得穿运动鞋。”

第二天晚上11点，我主动给她发微信的时候，发现她把我删了。

8

最初的时候，我只是焦虑，但还抱有期望，以为她拉黑我，只是在那晚之后的某种不适与悔恨的后遗症。直到后来我意识到她走了，永远离开那个家了，痛苦才一阵阵如潮水般袭来。

她用那么一种方式，回报我们这两个月的友谊，并以此告别。同时，没准也是对她老公的一种报复。

我更愿意相信前者。

生活一下子被抽空。抽空的不仅是快乐，更是各种可能实现的期望——我们之间，不正朝我所期待的方向一点点推进吗？

甚至以我未敢奢求的速度，急遽地跨越式地推进，不也用事实证明了吗？

短短时间内，那种成瘾的生活模式，已经深植我体内。我发现，一到晚上那个时点，我已经不能够独处了。置身于快乐之中，体味的只是快乐，等它被无情地从我身上剥离，才知道它是如何的珍贵。每晚那一个多小时，是我彻底与当下隔离，世界以另一种面目出现予以我的褒奖。

痛苦之下，我几乎要怀念起我曾经的无聊来了。每晚老婆吃过晚饭去学校后，我就那么懒洋洋地躺在沙发上，看微信，刷抖音。微信里的鸡汤，也曾让我思想激奋，我也想过，未来的某一天，我不能像别的有出息的老师那样，成为副校长校长吗？最终我摇摇头，不会，一丝可能都没有。抖音里的美女，也曾让我春心激荡。我也想过，未来的某一天，爱情，不，这个词太高大上了，艳遇，对，就艳遇，不会来到我身边吗？最终我仍是摇摇头，不会，一丝可能都没有，我没钱，不帅，没地位，胆子小，大概居家过日子还行，可仍旧不能讨老婆满意。想到这些，我会叹一口气，把手机撂下，去厨房把未清洗的锅碗瓢盆给洗干净，去收拾垃圾，装袋。也会在那么小的客厅里走走，有时站在窗户前看看外面，有下楼的欲望，却最终没下楼，还是拿起了手机。然后，老婆就下班回来了，一晚上就这么过去了，日子也就这么过去了。

我后悔我没能多了解她一些。从她早晨那个时点经常妆容整洁地出门，她应该是去哪里上班的。这就更让我这种普通人难以想明白：一个人难道可以这么利落地丢下工作走掉吗?

可惜的是，所有聊天记录，都被我陆续删掉了，虽然舍不得，却仍旧没有保留，为的是避免不小心被老婆看到，节外生枝，被人为地缩短这段快乐的时光和历程。我只能凭借记忆思来想去，获取关于她的星星点点有价值的信息。记得那次她说起学校往事时，说父亲是“苏化”的。这个苏化，是指苏州化工厂吗?

我百度，没有一家恰恰就叫“苏州化工厂”。而以苏州为前缀的一堆化工厂，具体指的是哪个？而且，即使知道了，又能如何?

如此想来，她的模样，还真像南方女人。口音中，却无哪怕一点吴侬软语的残留痕迹。也恍然惊觉，我们说过那么多的话，却都在手机里，用打字的方式。那么快节奏的打字，一度累得我食指肚疼，需要在放下手机的时候，把手指弯上几弯来舒展筋骨。真正面对面，却没说过几句话。

有时，我安慰自己，要庆幸她的这种离开，从此后我们再无瓜葛，那也意味着从此后我将没有牵挂，云淡风轻，无非就是回归之前我已习惯的无聊——无聊算什么，试看周围，哪个人不无聊？何况，未来谁能说得清呢，谁知道继续发展下去，又会如何？这么一想，我居然真的轻松起来。几分钟过后，我又沉痛地明白，这想法，无非是对自己的一种麻醉，药效也只有这短短几分钟，我重新陷入不可救药的绝望。

类似的感觉曾经有过，在我们最热烈的时候，曾经闹过一次不愉快。那次，她说她饿了，我问她没吃晚饭吗。她说她（小老太）做的饭她从来不吃。我脑袋抽风，就劝了一句：老人么，认真不得，得饶人处且饶人。没想这句话惹恼了她，啪啪啪地，她的文字一段段跳到了屏幕上，那种急切、那种语无伦次、那种不由分说，让我知道她生气了，很生气，几乎怒不可遏。隔着屏幕，我都能看到我想象出来的她扭曲后的愤怒面容。我越解释我没别的意思，她就越生气，最后，干脆不再理我，好几天不理我。

我先是懊恼自己多嘴，随后也生了气，并打算铁了心：不理就不理，你凭什么对我颐指气使，我欠你吗？后来我发现，我已经根本离不开她了。她开启了我一种生活新模式，里面有激情，有期望，有安慰，更有快乐！这是我四十年人生未曾经历过的，包括和老婆婚前短暂的恋爱中，也没有。

我只好不断示好、讨饶、道歉，过程中有一点委屈，可我知道，比起她赐予我的快乐，这点委屈根本可以忽略不计，直到我们关系终于恢复如初。

暑假到了，因为学生要补课，老婆放假时间推后二十天。在那二十天她不怎么在家的日子里，我逐渐靠时间平息了自己的焦虑、期待、幻想、不安和绝望。虽然仍会触景生情而时不时心痛——针扎一般的心痛，那种时刻，我一下子会变得瘫软——如果她放假早，我们两人每天必得待在一起，她肯定能察觉我的不正常，我也根本隐藏不住。

我终于又恢复到以前素常的生活。但每次出门时，总会往她那边看一眼。有时门突然开了，我会出现幻觉，即将站出门外的那个人会是她。

但不是，是小老太。我吞了苍蝇一般绝望和恶心。

又过了几个月，已经冬天了。一天早晨，我裹了棉衣上班去，给防盗门上保险时，她家出来一个人，身影乍现那一刻，我被电击一般，先是浑身血液阻滞，然后急遽上涌。

却是另一个年轻女人，新潮、明艳，穿一件白色貂皮大衣。她看到我看她，冲我笑了笑。

此后，我经常见到这个女人，她也总是冲我笑笑，那种邻居式的微笑。

有一次在电梯里，我遇见了小老太，她正抱着一摞包装箱纸往地下室送。我鼓下勇气问："你家那个女的是谁？"

她抬头，嫌恶地看我一眼，说："儿媳妇儿，还能是谁？"

那原先那个？

她撇撇嘴，神色倨傲，转过身去，不再理我。

2021年8月16日

鬼节人事

1

母亲说："这鬼节旮旯的，开车慢点。"

儿子诧异："今天为什么叫鬼节？"

我说："鬼节是咱老百姓的话，你们书本上叫中元节，说这一天是鬼赶集的日子。"

儿子喊道："哇，满世界的鬼，那多可怕啊！"

母亲说："是呢，多少孤鬼野魂伏在路边，所以开车慢点嘛。"

我笑了，细细从头给他解释。

其实不单儿子，很久之前，我也认为"鬼"就是那种耳熟能详青面獠牙披头散发的可怕怪物。这种认识源远流长，根深蒂固，何以如此却说不清楚。直到有一天，听大人说，人死后即为"鬼"，包括自己的亲人，讶异之下，才修正并丰富了我对这个词语的认识。比如烧香，讲究神三鬼四，也就是说敬神仙要单数，敬祖宗却要双数——神与鬼，不过是我们身处的花花世界之外的虚幻世界中两大不同族类罢了。死去的亲人要赶集，我们孝子孝孙当然得烧化纸钱给祖宗做辎费盘缠。

于是，这一天，连带此前的清明，此后的十月初一（送寒衣的日子），成为乡俗中一年三次祭祖的日子。在外游子，无论贫富贵贱，工作或是远嫁，倘能赶回来，定要赶回来的——于自己而言慎终追远，于乡民而言，衡量你是否忘祖背宗。

但一般仅限于子辈，父母当家不在了，你才须回去。

儿子说："这不爷爷奶奶活得好好的吗？"

我说："可爷爷奶奶的父母都死去了。我回，是给他们做司机；你回，是跟我回家玩儿，顺便给祖宗磕个头，让他们在那个世界保佑你。"

儿子若有所悟。

先把母亲送回她娘家地儿，我们爷孙三人一道回老家。

照例先到二伯家。

起先，我们总觉得先去大伯家好些，因为论关系，我们更亲密些。但二伯家住村口，是进村的必经之地，绕过去直奔大伯家，有厚此薄彼之嫌。都是弟兄，何必明显分出亲疏？在我年纪小家里还没买车子的时候，父亲是骑自行车回家，昭然显然，沿路会有乡民和你打招呼。即使后来车厢能把人隐在里面，仍怕人说道，慢慢成了规矩、习惯。

父亲兄弟三人关系颇为复杂。我爷爷娶了丧偶的奶奶，成为大伯的继父。婚后，奶奶多年没有生养，爷爷从一个表亲家抱回二伯做养子。这样，大伯仍随自己的亲生父亲姓吴，二伯随爷爷姓钱。谁想多年之后，奶奶给爷爷生出了亲生子，这就是父亲。

依父亲的话，大伯"苦了一辈子"。二十来岁时，大伯母患肝癌去世，留下两个孩儿，艳华中华，一女一男。一个家没有女人自然有诸多苦楚，但拖两个“油瓶儿”能否再找下女人姑且不说，即便找下，也唯恐孩子受气。当时爷爷业已去世，奶奶却依旧身健。父亲工作在外，二伯又是养子，如大伯跟从奶奶一道生活，既能尽孝道解奶奶后顾之忧，又能让奶奶替他操持家务解丧妻之苦。这样，大伯照顾奶奶直到终老，两个子女渐次长大成婚，续弦的事再未提及。

大伯年长父亲十来岁，父亲从小在他庇护下长大，二人感情本就不浅，加上后来大伯实际上替自己尽了孝道，父亲更是感恩戴德。与此相比，与二伯的关系，就显得疏了。

何况，两家还有过一些过节。

我家和二伯家的恩怨，起因于房子。爷爷死后，在亲戚和大队干部的主持下，奶奶给子嗣们分家产。大伯因为继承了自己亲生父亲的房产，所以爷爷的房子只在二伯和父亲之间分配。房子一偏一正，偏房为东屋，正房为堂屋，都是土改时爷爷分得的家产。堂屋冬暖夏凉，不消说，谁都想要。

各诉理由。二伯说自己是长子，父亲说自己是亲儿。按一般道理，应该分给长子的。但奶奶说了，生下父亲后，爷爷曾想把二伯退回去，而且与他的生父生母达成了协议。只不过二伯已经在这个家庭长大并有了感情，自己赖着不走才形成当下局面。这么一来，堂屋还是分给了父亲。细究，肯定有奶奶偏袒父亲的原因。

二伯是个憨厚人，但二娘是个极其厉害的主儿，她哪吃得了这亏，咽得下这气？仗着父亲不常在家，寻各种机会对母亲指桑骂槐，甚至有一次还寻了个茬儿大打出手。母亲身架不小，可性格懦弱，在这个冲突中吃了大亏。有人瞧不过，捎信儿给外地的父亲，父亲闻讯匆匆赶回，揪住二娘的头发，一把甩她在地上，替母亲出了口恶气。这个事件后，两家更是隔墙相睨。

当时分家产时，厕所归了那头，说好我家在打好茅厕之前，两家共用。二娘心歹，动不动在茅厕口扎荆棘，让年幼的我总是被棘刺缠住不能迈步，只好放声大哭向路人求救。

后来，还是大伯和父亲一道帮我家打了茅厕。

父亲和二伯毕竟还是弟兄，低头不见抬头见，该说话说话，该办事办事，面子上倒还说得过去。

二伯为人不坏，可惜是个怕老婆的主儿，翻不出二娘的手。

2

大伯原先住在坡上，后来也搬到了坡下，与二伯家没多远，百十步路，但相距村口，还是远一些。

他买的是别人家的房子。

说起这座房子，需提及一件往事。

我们钱家庄西北角最边处的建筑，是两座茅厕，茅厕之下，是二十多米的深沟。远远望去，茅厕就像挂在悬崖边上。

三十年前，在这两座茅厕旁，发生过一起血案。

两座茅厕，分属于钱根太和钱老靠两家。两家是对门，所以划宅基地时，茅厕被划到一起。

茅坑打好后，却没有材料做茅墙，于是分别找玉米秆插在地上围成篱笆状，这在当年农村是最普遍不过的事。

这样比邻而居的两家，还有一个共同点，那就是两家都没儿子，于是各选一个闺女招赘了女婿。两个女婿也有共同点，都是村里公认的好后生。

不同点是，钱根太的女婿大国身材短小粗壮，一把好力气且吃苦耐劳。钱老靠的女婿军军白白净净，谦逊内敛，好似一个大闺女。

却是这两个好后生发生了纷争。先是争吵，后大打出手。几个回合后，大国突然冲回家取来一把尖刃刀，照军军腹部扑哧一下，军军躺倒在地，后来没了气。

纷争的原因，是老靠家终于攒够了修茅墙的材料，于是拆掉原先的玉米秆围篱。在修中间隔墙的时候，大国认为军军越了自家的边界，于是就吵，就打，就发生了血案。

杀人偿命，大国被警察抓走了。

大国被抓走的那个时刻，我们正在学校上课，没能目睹警察抓人的风采。后来口口相传，也大致清楚了所有情节。那时的警察特牛逼，抓人不要铐子，用绿豆绳，五花大绑。绳子三下两下在胳膊上绕来绕去，最后在手腕处打结，然后使劲一抽，人“啊呀”一声就弯下了腰，再也直不起来。

对恶人这样，老百姓自然拍手叫好。可这样对待大国，有些村民就不忍心或看不惯了，说这个后生虽然杀了人，但平素确实是个好后生，求警察给放松些。警察尚在迟疑，求情突然变成了群情激愤，警察见事不好，顺水推舟，就给松了松，直松到大国能够直起腰来。大国跪下，给根太磕了个头，随警察走了。

后来事情发生了逆转，村里人联名上书，要求保大国一条活命。理由是，老靠家茅厕的隔墙的确超越了两家边界。早在插玉米秆围篱时，根太家就提出抗议，协商未果还找过村干部。因为围篱已经插好，老靠信誓旦旦答应有一天打砖墙时调整过来。可是真到了这一天，他终是食言了。他的食言，让柔弱的军军当了替罪羊。

理由占得住理说得出口。推动事情走到这一步，还有一个大背景，那就是根太在村里为人明显比老靠好，谁家有事只要唤一声，他准会去给你帮忙。等招了更加勤快的女婿，爷俩一起去。

这个事情的组织者和推动者是钱二厘，他是我们村的小学校长。我们村是个崇尚文化的人，所以老师，不管公办民办，都很有地位，更别说是校长了。因为二厘的身份和地位，他家的农活几乎被根太给包了。既然根太遇到了难处，他投桃报李，就做了这么一件事。他的地位衍生出的号召力，加上是非明了的事情原委，全村大部分人都在联名书上签了字捺了印，并派代表送到了法院。果然，后来大国只是被判了个死缓。缓刑到期后，直接改判为二十五年。据说缓刑之后，应该改无期，为何能越过坎儿，就不得而知了。依根太的说法是，孩子表现好。

军军死后，媳妇儿仙梅改嫁到了外村。至于为何不再招赘，村里人说他家没脸了。我觉得这话也不太公允，也许是人家正好遇到了合适的人，可男方不愿招赘过来。嫁过去之后，又把老靠两口子接了出去，这样房子就空了。再后来，老靠老两口相继去世。仙梅回来打理后事，想卖掉她家那院久空未住的房子。

当时，大伯的孙子凡凡业已成人，娶妻在即，凭他们原先住着的狭小阴暗的吴家祖房，是不可能招来媳妇的。听说仙梅要卖房，他们赶紧托中人说和，最终成了这院房子的主人，和根太成了对门。

大国入狱后，根太告诫闺女菊叶：大国是为咱家坐的牢，不管我睁眼闭眼，你绝不能动改嫁的念头，要死等人家回来。菊叶也是个孝顺闺女，便死等，一等就是二十多年。

3

钱二厘住我家对门。

他最初是一个民办老师，后来逢上政策，落实了公办，因为资格老，三弄两弄当上了校长。学校没多大，老师三五个，学生七八十，可那也是校长，在村里是个人物。

他两个儿子，一个闺女。

当初上小学时，我顶顶羡慕他们家。尤其是元旦，我们称作阳历年，学校会组织大会餐。每个学生交一棵白菜、两根葱、四个土豆，剩余的东西由大队采买，中午会吃香喷喷的过油肉汆汤，上面漂满丸子、肉片和豆腐，下面卧着滑溜溜的粉条——这些都是稀罕东西，平素在家吃不到。说是会餐，饭菜却是打回去吃，每人一大马勺，几乎能装满一饭桶，外带四个净白面馒头。所以说，这天不单是我们小孩子欢喜，简直称得上全村人的节日，只要家里有小学生的，都能打个牙祭。汆汤、馒头提回家，母亲准叫我给大伯送去两个，因为他家已经没有小孩子，堂哥堂姐都长大了。四个馒头变成两个，全家人再分着吃，没几口就没有了。钱二厘家就不同，他三个孩子，老师还能打双份，结果汆汤一大锅，馒头半簸箩，上顿吃，下顿还有，眼气死个人！甚至，他家的孩子连菜都不用交，因为他是校长。

但这个校长，对待老人着实不大好。

大冬天，寒风凛冽，钱二厘的父亲元宝老头会擦身进入我家虚掩的大门，颤巍巍来到厨房门前，掀开暖帐就往灶台上瞟。母亲知道，老头准是饿了，于是炉火边有温着的红薯、剩饭什么的，赶紧拿给老头吃。老头嘴上推却，其实早迫不及待了。吃完出门的时候，他会打开一条门缝朝对面瞅，见自己家门口没人才敢出去，就像做了啥羞愧事。但凡这个时候，母亲也很紧张，她生怕被对门瞧见因此闹下意见。

我那时小小年纪也感慨，钱二厘不是老师吗，他对待老人都这样，还怎么教学生！还有那三个孩子，平常和我玩得都很好，他们就不知道心疼爷爷吗？

在教育子女上，钱二厘可能是尝到了做老师的甜头，所以矢志不渝让自己的孩子也当老师。那时中专还包分配，他走捷径，坚持让两个儿子初中毕业直接考师范。大儿子爱军第一年没考取，复习一年，如愿以偿。毕业后他在一个乡中学做老师，并娶了同校一个女老师，夫妻同道，举案齐眉，挺好。二儿子爱民走老路子，复习了两年都没考取，第三年再复习，分数线达到了，却命不垂怜，那年的师范院校只招应届生，无路可走，只好继续读高中，三年下来又没考取大学，年龄已经不小，不想再读，就回了乡。后来他入赘给别人家做女婿，老丈人有点小本事，给安排了份工作，在乡供销社，手续转正了，一来二去又到了县联社，进了城。闺女爱霞最小，考了会计学校，毕业后应聘在一家商场做收银员，嫁到了城里。

三个子女都算出息，钱二厘更得意，走路的幅度都比以前大，虎虎生风。

4

我读高中的时候，二伯家出了一件事。

他的二儿子小抓考取了驾照，受雇一个私人家开面包车拉客人跑运输。一次操作不当，车翻沟里了，一死若干伤，还有个人成了植物人。因为实在赔不起，作为肇事司机，他被逮捕了。

祖祖辈辈面朝黄土，自然无关系可找，整个家族中，唯有我父亲在外面工作，虽说只是个工人。急病乱求医，二伯找到父亲让想想办法。父亲义不容辞，虽然自己人微言轻，但毕竟有几个混得不错的同学。托关系，找路子，百转千回，总算给法院说上了点话，最后轻判，两年。

此外，还借给二伯六百元钱。母亲虽然老大不情愿，但并未阻拦，她知道事情的轻重缓急。那时，六百元钱算大数了，父亲三个月的工资。

出事时，小抓已娶妻生子。坐监后，媳妇儿就在二伯二娘的庇护下过。婆媳关系本就难处，又没有男人从中周旋，一些小的不愉快就结成了疙瘩。等熬到时日小抓出狱，媳妇见了男人，第一件事是告状，说公公婆婆在他离开的这段日子里如何刻薄寡情，眼泪汪汪，义愤填膺，也少不了添油加醋。小抓一怒之下，和父母断绝了关系，偕媳妇住进了城里，再不往来。

监狱是一座大熔炉，能把人熔好，也能熔坏，小抓算是熔好了的——他在监狱期间，学习了修理汽车的手艺。怀技在身，他先是给一家修理厂打工，后来积攒了些钱，居然自己开了个小修理部，当起了小老板。几年下来，生意不错，在城边买了房，让人匪夷所思。

虽然断了往来，但总有消息传到二伯二娘耳朵里。看着儿子因祸得福，二伯二娘倒也大度，说，不认就不认吧，只要他们过得好就行。能逃出这个村子，是他们的造化。钱家庄，钱家庄，睁眼瞧瞧，哪家有钱？

但这个事情，完全改变了我们两家长期紧张的关系。那时我们全家已经搬到了父亲工厂去住，回老家只在过年时走亲戚和三个特定的日子回家烧纸。起先走亲戚时只走大伯家，这事之后，加上了二伯。

一次弟兄妯娌聊天，情到深处，二娘突然用手打着自己的脸向母亲道歉，大家一起唏嘘过往岁月，冰释前嫌。

虽然在感情上还是和大伯家亲，但大伯住坡上，二伯住村边，所以此后回家，第一站先停留在二伯家——他们的接待自然异常热情。

稍事停留，再去大伯家，直至大伯搬到坡下也是这样。

5

有一段时间，钱根太突然和我们家走得很近。

在我没考取大学之前，我家一直种着地，主要靠大伯帮忙，劳动量大的时候，再请几个和父亲处得不错的人。

有一次，钱根太到工厂找到父亲要几根锯条几张砂纸，这对父亲来说不是什么大事。因为父亲帮这么点小忙，再到农忙时，他自告奋勇来给我家帮忙。

中午吃饭时，又谈到生产队时候的事。那时因为父亲在外地工作，我家属于“投资户”，母亲一个人去地里劳作，同样一个人，却只能算半个工分，所以我家一直欠队里的，粮食不够吃，很是艰难。根太就和父亲感慨，那时咱两家关系能处这么好就好了，咱照顾一下还不是轻而易举?

这并非虚妄，那时根太是生产队队长，有这个权力。

后来大国做了根太的女婿后，爷儿俩经常一起过来给我们帮忙。记得一次推碾子加工面粉，我和母亲吭哧吭哧慢悠悠地转圈圈，大国正好路过看到了，二话不说就把手搭在碾杆上，碾子瞬间转动得无比轻松，真是一把好力气!

我上初中后，母亲终于心遂所愿，随父亲住进了工厂，只是还种着庄稼，需在农忙时回去。根太照样来帮忙，不过那时大国已经进去了，他一下子老了许多，两鬓斑白。谈及往事，父亲母亲总是安慰他一番，劝他朝前看。他是个不遮掩的人，丁点快乐也能让他的面容大放异彩，比如探监闻听大国又要减刑了等等。他总是掐着指头算大国再过多少年就回来了——在我们看来，那是很长的一个时间段，简直算得上遥遥无期。我们既为他发愁，又替他高兴。

我上了大学后，父亲厂子里发的粮食足足够吃，就不再回家种地了。但逢年过节回去，母亲总不忘提点东西去根太家看看，特别是过年，总不忘给大国的两个孩子塞一点压岁钱。

后来我参加了工作，在医院做医生。一次二娘打电话来，说我家老屋的门被撬了。我匆匆回去，果然，屋子里被翻箱倒柜翻了个遍，所幸这么多年，稍稍值钱的东西已经被父母带走，所以损失也不大。

做医生的好处是，总会有乡亲生病找到你。我向来热情，能帮忙则帮忙，不能帮忙也赔个笑脸，所以在村里落了个好口碑。出了这件事，自然有人来围观。结果有人悄悄告诉我，可能是大国的儿子小强干的，那时他已经十三四岁，失了学，整天无所事事，东奔西窜，狗游豕逛。

二娘自告奋勇把小强叫到自己家里，我一训斥一诈唬，这小子居然承认了。问他赃物在哪里，他说藏在自己家。我就随他到家取东西。一进院子，根太正好圪蹴在墙根下晒太阳。我当时有点生气，觉得他们这事做得不大地道，子不教，父之过，既然孩子的父亲不在，他做爷爷的就得担当起这个职责，所以没像往常一样唤他声大伯，只说清事情缘由，让他眼看着孙子灰溜溜地把赃物给我拿出来。根太满脸尴尬，讪讪地笑着，不知该说什么。

我拿上东西就走了，故意让步伐显示出愤怒的情绪。

尽管父母分析根太老两口可能完全不知情，可也生气。他们以为根太会来我家道个歉，但他自始至终都没有来，甚至连个电话都没打。从此后，再回家时，他们就不再去看望根太了。

6

父亲的故乡情结很重，动不动就想回去看看，找几个熟人，唠唠嗑，叙叙旧，尤其是老了之后。母亲却恨透了这个地方，一嫁引来千愁，当年住在这里是无可奈何，总算有一天命运相济，逃了出来，简直不想再踏入这个地界半步。可父亲要回，她只好跟上。

“只好”二字，说得勉强。事实是，只要父亲回家，如果可能，她必要跟上——她要“监视”父亲，他怕父亲给大伯钱。

只要父亲打算回老家，他们之间必定会有一场争吵，这已成了惯例，雷打不动。难解难分时，我得过去给他们调停，听他们各自诉苦，无非还是那些听烦了的老话，翻来覆去，毫无新意。

父亲回家，母亲会紧随身后，不给父亲一丝单独接触大伯的机会。

记得小时候，母亲对大伯还是非常不错的。受父亲教诫，也出于自己情感，我对大伯感情很深，小时候总在他家疯玩，比自己家还随便。只要大伯来我家，我必定要让母亲给大伯做“小锅饭”，哪怕我们家的“大锅饭”已经做成。

所谓“小锅饭”，即另起炉灶，食材和工序都比“大锅饭”精细些。母亲也不嫌麻烦，通常会满足我的要求。遇到吃稀罕饭，母亲也总是用容器盛了，让我一溜小跑给大伯送去。

母亲说：“老大我不敢说歪，可他那些崽子，没一个好东西！”她还举了许多例证，比如有一次，她实在没吃的了，拎个盆儿到奶奶家借粮食，粮食倒是借到了，临出门时，大伯的儿子中华说：“就不怕吃死你！”

我也探究过何以这样，其中涉及的事情过多，一言难尽，无非是从婆媳关系中衍生出来的恩怨是非，不说也罢。但这些事情对母亲伤害太深，而她也不能做到大度，所以到我们家日子好了的时候，她依旧耿耿于怀。

父亲一是觉得大伯早年丧妻着实可怜，二是那么多年家里的农活纯靠大伯，自己亏欠太多，所以还是寻机会接济大伯。这让母亲非常生气，他们之间的纷争，皆因此而起。

堂哥中华娶媳妇时，父亲答应借给大伯一千元钱。临到事头父亲去给大伯送钱时，母亲坚持要堂哥亲自向她来取，她只需他的一句软话。母亲态度无比坚决，这让父亲很为难。父亲弱弱地向大伯道出母亲的意思，大伯亦很为难，他没有胆量指派儿子。最后，没等堂哥登门，到底母亲先心软了，让父亲把钱给大伯送去。

我参加工作后，父亲给我做工作，让我怜恤大伯，逢年过节时给大伯丁点零花钱。我知道父亲的心病，也仗着母亲必会顾怜我的情绪，就依计而行。我的行为照样让母亲生气，她只是说不得嘴。

说不得嘴，却要旁敲侧击。我知道她话的用意，便劝慰她说："中华固然可恨，可咱不是为了大伯过得好一点吗？"母亲说："钱给你大伯我没怨气，老大是个好人。可我敢肯定，那钱你看着进了老大的兜里，可随后肯定会被中华要走，还是好过了那小子！"

我说："好过就好过吧，总是我一点心意，又没多少。"悔不该的是，我索性以儿子的任性解决这个问题就罢了，她也拿我没有办法，偏偏我以为自己长大了，像父亲一样给母亲讲起了道理，说："大伯常年给咱种地，我也是看在眼里的，我爸无非是因为心里有这个亏欠才这样，我不是照顾我爸的情绪吗？"

母亲说："我从小是你舅舅照顾长大的，我心里也有亏欠，那你也照顾一下你舅舅。"

我没想到母亲会提出这样的要求，就回了一句：“舅舅不是过得好么!”

母亲说：“老大也过得不歪，中华在煤矿打工，每月能挣好多钱；艳华寻了个好主儿，一直填还她娘家人!”

我偃旗息鼓，说：“好好好，这样，从今后，我给大伯多少钱，就给舅舅多少钱好不好?”

母亲勉强同意——于其本心，她并不真想接济舅舅，且舅舅也不需要，她只不过想借此阻止我的行为，就说了这话。结果让我的花费从一笔变成了两笔。

父亲又有点不高兴了，因为一碗水端平后，似乎显不出我对大伯有多好。

唉，他们呀!

总有不能跟着回去的时候，比如烧纸这几天，母亲得回自己娘家。那她会提前几天做准备，想方设法耗尽父亲身上的钱。即便如此，依旧愤恨而不甘。

7

我结婚后，妻子对我如此照顾两边的亲戚大为不解。她也看出，舅舅那厢根本不需要照顾。我细说根由，她得知始作俑者是母亲后，颇有微词。当然，我照做我的。

和二伯一家走近后，我倒觉得母亲对二伯比大伯都好。比如有一年过年回家，二娘终于要还当年小抓出事时借我家的那六百元钱。母亲迟疑一下，稍事推却，接住了。等我妻子出去后，她迅速又拿出那六百元钱塞给二娘。原来，她早就打定主意不要了，只是碍于儿媳，才采取了那样的方式。他们这代人，总是想得太多，一想太多，事情就变得复杂。其实遮遮掩掩，最会让人产生误会。

当年的六百元，能抵现在五六千！

我借着这个事情和母亲讲道理，说："你连二娘这样的深仇大恨都能宽恕，为什么却在大伯这儿总是不能释怀？"母亲说："我当然知道你二娘是啥人，可人家就是比老大会办事。你看，收秋打夏，总不忘让大抓给咱家送点豆豆颗颗的，你见他中华送过什么？"

大抓是二伯的大儿子。

虽然母亲在说东指西，可说的也是事实。

当然，我知道，后来大伯越来越老尤其是堂哥结婚后，他根本做不了这个家的主。

而在堂哥眼里，这些日常小节似乎毫不必要。因为在一次笑谈中，他亲口说过这么一件事：某天大抓给我家送了点东西后，回村正巧碰见了中华。中华问他干什么去了，他说给城里叔叔送东西去了。也许是被大抓那得意的神态给激的，中华居然说："你就送东西，叔叔也是和我亲！"

父亲终于指出了堂哥做事的欠缺之处，他劝诫堂哥以后也要效仿大抓——"我不是缺那点东西，不是想让你婶婶高兴么！"

大伯打算买仙梅家房子那段时间，母亲极其紧张，生怕父亲偷偷给大伯钱。而且她隐约觉得，只要父亲给，肯定是一笔不小的数字。那段时间，她百般阻挠父亲以各种理由回村，回村也必定跟上。正当一边担忧一边暗自侥幸的时候，她无意中得知一个消息：某天下午，父亲与单位的一个同事去给公家办事时，顺路去了大伯的闺女艳华家一趟。

消息是这个同事聊天时一不小心说漏嘴的。母亲斩钉截铁断定，父亲是假借侄女之手给大伯送钱了。这个消息让母亲震怒，她不再顾及父亲脸面，向许多同事打听父亲除工资外最近工厂还发过什么钱没有。

平素，父亲按月将工资交在母亲手里，但这只是面上的收入，工厂时不时会有津贴、补助、奖金什么的，母亲毕竟不是父亲单位的职工，她根本掌握不了父亲到底能领多少钱。

居然打听出几笔，而她压根儿没见到。为此，她大病一场。

父亲振振有词，说他只是正巧路过堂姐家，很久没见了，就进去看了看。至于母亲所说的那几笔钱，岗位和岗位不同，别人有的，他未必有。而他有的，别人却未必有。为此他还列了自己交给母亲的几笔钱，让母亲去打听别人有没。母亲才不相信这些鬼话呢，她让自己勇敢又受伤地病下去，通过惩罚自己来惩罚父亲。

至于父亲到底给堂姐钱了没有，我半信半疑。我也没打算去问，那会伤害父亲。

母亲常说，你爸对中华比对你好多了——这话我当然不信。但母亲的生病，让我认清了一些事实。我明白，让母亲有生之年转过这个弯来是不可能的了。此外，我在思考一个问题，我今后有无必要为了给大伯那一点对他几乎于事无补的小钱再让她生气？就算她在这种事情上不大通情理，可我让她生气就对吗？何况，她生气是真实的，无比真实，根本不是装样子。

而且，她是我母亲！

孝顺，是孝和顺两个字组成的，孝有时倒简单，顺却很难。

8

大伯家在没买这院房子之前，曾提出借住我们家的房子。当时是堂嫂提出的。她说："以前还能将就，可现在孩子逐渐大了，两三代人住一起总是尴尬，村里又不批宅基地，要不也不会提这个。"

我笑着回绝了。

在这件事情上，我答应过母亲。我不知道父亲听了我的话后内心是否隐隐生气，但我当时就那么做了，不由分说。

我说："咱们其他事情都好说，我也不会不答应，但房子的事，最好别提。"

还补了一句："以后也别提。"

堂嫂红了脸，堂哥事先浮起来的笑不知该如何落。大伯干脆把脸扭到一边。

房子，一直就是母亲的一块心病。

母亲跟着父亲随厂后，先在工厂里买了房子。我结婚时，又在城里给我买了套房子。村里人断定我们肯定不会回村去住了。于是，大伯家二伯家各自猜测我们会如何处置房子并暗自较劲迂回争取。

对于二伯家而言，他家房子足足够住，因为后来他们又修了一院，就是村边现在住的这座。特别是与老二小抓断绝关系后，房子更不是问题。但他们不能容忍房子落到大伯家——他们时时刻刻记得，他们才姓钱。

最初，是二伯家先行一步。某次回家，二娘说他家厨房漏水，短期内顾不上收拾，问是否可以借用一下我们的厨房，父亲沉吟片刻答应了。堂哥岂会落后一步，再次回家，他立即抓住机会说他家有些杂物放不下，想借我家西屋（分家后补建的）放点东西，父亲也只好答应了。

两次母亲都在场，她黑着脸，没说什么。

当时没说什么，并不代表她没意见，隐忍到回家的路上，她就爆发了，旧账新债一并拈来，满腹怨气，牢骚不绝，责备父亲自作主张。父亲说：“你不是没说啥吗？”母亲怒气冲冲：“我能说啥？偏偏让我当恶婆娘？”

母亲说：“看吧，下一步就瞄准咱堂屋了。”

父亲也有一点心虚，怕他们真的得寸进尺，他对母亲说那样做只是事从权宜，并坚决答应绝不会让他们任何一家真正住进去。

父亲的承诺并不能消除母亲的顾虑，她不断把她的不安呈现在脸上、口中。我担心她的身体，就把这事揽到了自己身上。

其实，我有自己的私心，父母他们这一辈就不说了，走得再远，故乡理所当然仍把他们当自己人。可我，还有儿子，我们今后与村庄的联系其实只有这点祖产，我们得靠它在故乡扎下一条根——如果他们真别有居心，房子自然好借难收。

于是，堂嫂提出借房时，我果真这么做了，不留一点回旋余地。我忖度过这个事情，我不怕惹他们，我的职业、我的人脉是我的依仗，他们总还有用得着我的地方，他们不会情断义绝，因小失大。

没想到我的拒绝还是带来一些反应。再次回家，我们在二伯家待了一会后去大伯家。当时家里没有其他人，只有大伯的孙女佳佳在，当时她约莫十二三岁，正窝在椅子上傻乎乎地看电视。她瞟一眼是我们，屁股都没抬，也没打招呼，继续看电视。问她人都去哪了，她说不知道。问什么时候回来，还是不知道。我们就坐下等，等了一会，她发话了：“告你们说人不在，还一直在这干什么？”我倒还沉得住气，父亲生气了：“小小姑娘怎么说话呢，大人就没教过你？”她嘴一撇：“就这么说话，你管不着！”

我刷地从凳子上站起来对父亲说：“走！”

我们又折回了二伯家。

母亲自然义愤填膺地陈白此事，二伯二娘哪能失去这个绝佳机会，举一反三添油加醋诉说了中华和他媳妇的种种不是，最后得出一个结论：一个小姑娘懂个屁，还不是大人教唆的！

母亲对父亲说：“瞧瞧你常年喂养出的白眼狼！”父亲面露惭怍，也无话说。

大概他们感觉无望了，后来才盘算开了买房子的事。

当然，父亲毕竟是父亲，虽说这件事情不免让他生气，但较之母亲，无论程度还是持续时间都不可相提并论，不久之后，他就乐得找理由为他们护短了。

心里一有疙瘩，什么都成了事情。每次回家，提什么礼物也会成为他们争吵的一个引子。

虽说现在家境好了，但他们毕竟过过苦日子，所以在钱财上着实是极其节俭，极其看重的。母亲意见是，咱们不就是回个家吗，又不是过年走亲戚，为什么必得提东西？父亲说：“大长一年不回几次，空着手好意思么，邻居们会怎么看？”他们各抒己见，各不相让，最后还得我调停。在这种事情上，我总是劝母亲看开点的，不就是百把元钱的东西么，你们心疼，我出！

母亲说：“你的钱也是钱！”

9

为了一劳永逸解决老屋的事情，前几年我专门找了装修工人，把里里外外装修一新。

我对父母说：“再有人问房子，推我身上就行了——你们说房子是孩子装修的，花了一大笔钱，我们老了，做不了孩子的主。”

母亲说："你把房子收拾妥当，不更是给人家趁了个好？"

我说："收拾得这么好的房子，可能给别人吗？"

母亲终于安心了。

离开太久，水电都不通，便从钱二厘家隔路引了过来，竣工后想付他点钱，他没要。

我没空一直盯着，过程中只不时回去看看进度。拆土炕的时候，二娘跑过来神神秘秘对我说，这当年是地主的房，据老辈人讲，炕里可能有真家伙，可别让工人给顺走了。我问是啥真家伙，她说当然是珠宝银元了。我不大相信，大度地说："那拆的时候你看着。"

当然没有。

堂屋炕头下煤窖里，还有母亲藏着的大块炭，那是她当年舍不得添火省下的。西屋是大堆的木头柱子和木板。腾屋子时，我自作主张把这些东西让大伯二伯两家分了。母亲说，这些都是你舅舅在煤矿上班时给咱家顺来的，原还想着能打套家具，都好过他们了。但这次母亲似乎特别的通情达理，没有像往常那样叫嚷。

看着那么窄的屋身，那么小的土炕，我都怀疑当年怎么能躺下像父亲母亲那么大个子的人。母亲说："我当年嫁过来的时候，和你奶奶、大伯都住在一起。我在这个炕，你奶奶大伯在那个炕。"

我疑惑那么多人一个炕上怎么挤。母亲说："你大伯和孩子睡炕，你奶奶睡横头。你大伯晚上经常睡不着，就点着煤油灯看小人书，看累了就唱小曲儿，唱到大半夜也不睡，我也不好意思吭声。"

不可想象。

我小时候顶喜欢大伯唱小曲儿。上地的时候，他用担杖挑着两只箩头，摇摇晃晃，一路走，一路唱，我紧随后面，乐不可支。

记忆最深的有这么两曲，一曲是：

“走走走，跑跑跑，
来到姑州。
一口气，上不来，
塞住咽喉……”

另一首是：

“嘞得嘞嘚嘚呀，
敬你酒三杯呀，
喝了这杯酒啊，
再与你打嘞嘚呀……”

声调抑扬顿挫，他反反复复地唱，我竟也不嫌烦。

等房子里外焕然一新，我专门拉妻儿回老家看了看，他们都没有表现出特别的欣喜。我这才明白，这只是我的故乡。儿子倒是对堂屋门口的门墩儿表现出极大的兴趣，因为我说过，我小时候就趴在那上面写作业。偶尔进不了门的时候，还在上面打瞌睡。他就趴一会儿，靠一会儿，演示并体验我当年的感觉。

因为我后来考取了名牌医科大学，且我们整个家庭后来的境况蒸蒸日上，村里人都说我家老屋风水好，我也乐得相信，这也是我翻新老屋的另一个原因。

10

一次我回家看父母，在大街上突然遇到了钱根太，当时他手里提了两大捆菜步伐匆匆。

这次见面，距他孙子偷东西那事已过去好多年。乍一见面，我们都迟疑了一下，还是我先浮出笑脸问他做什么。他说他就在前面不远处一个厂子做厨子，并称早想去我父母家看看了，可苦于不知道住在哪里，也没有电话。我赶紧给他指明住处，其实离他打工的厂子没多远。他让我先代他给父母问声好，说有空就会亲自过去。

果然没几天，他就提了一食品袋他亲手炸制的丸子去瞧父母了。双方心照不宣，往事谁也没提，他们的友谊又恢复了。后来好长一段时间，根太空闲时会时不时溜过去找父母聊天，说一些家乡的逸闻趣事。

又过了一两年，父母随我住进了城里。某天，根太突然在闺女菊叶的陪伴下来到我家，身体消瘦，愁容满面。原来，他在半年前检查出食道癌，本来不想花钱做手术，就这样挨下去，可这段时间连吞咽流食都困难，在家人的百般劝说下，这才进城瞧病。

他悲戚地说："人迟早一死，也没什么大不了的，可我就是想等大国回来。"

据他说，大国余刑不到两年了。

父母赶紧劝他，说现在社会多好，即使农民看了病也能报销，实际花不了多少钱。菊叶也随声附和，"就是就是。"

我赶紧利用我在医院的便利，安排他住了院，做了各项检查，并给他寻好了主刀医生。手术定在第三天上午。

回家后，父母非常关切根太在医院的情况，我一一做了汇报。母亲叹口气说："这种病，两年怕难熬，古话说得好，树叶生，树叶落，树叶落，树叶生，左不过半年的事。"当时正时值秋天，窗外落叶飘飘。我以医生专业的角度反驳了母亲，说术后癌症病人活五六年七八年多得是。父亲同意我的观点，他的依据是，根太有盼头，有盼头的人，往往能支撑着活下去。

第二天晚上，根太在医院待不住，又一个人跑到我家来。母亲专门给他做了鸡蛋汤，他艰难地喝了小半碗。后来又聊起了大国，他说大国整个坐牢期间，先后减过两次刑，所以前后实际只需坐二十二年。算到今年，已经二十年过去了。大国的儿子小强，如今已是二十五的大小伙子，闺女小芳也已二十三岁了。

不幸的是，今年春天，他老婆突然中风瘫痪，生活不能自理。随后祸不单行，他又检查出了癌症。

父母就随他叹息。

他坐到很晚才走，父母答应他明天上午手术后，就到医院探望他。他说已经这么给你们添麻烦了，有咱侄子在，还省了不少钱。你们能去看我，我当然高兴，求之不得，可不兴提东西啊。

晚上11点多的时候，客厅电话突然响起来。当时我已经躺下了，是父亲接的电话，原来是菊叶，她哭着说他爸不行了。父亲大惊大惑，赶紧叫我起来，我听了也大为诧异，感觉不可能啊，刚才还好好的。

我们爷俩就一起往医院跑，到了医院找到他的住院医师，才知道他突发心肌梗死，登时要命，连抢救的机会都没给。

一个迫在眉睫的问题摆在眼前，按我们老家的规矩，一个人死后是不可以进村的，怕给全村带来晦气。菊叶无论如何要把父亲运回村去。我赶紧找同事调派来一辆救护车，我和父亲、菊叶及医院几个护工一道把根太抬到救护车上，给他挂了吊瓶伪装成还在输液的样子，让车子连夜往村里跑。

父亲赶紧给二伯打电话，他一边哽咽，一边通报根太的情况，让二伯招呼人在村口等着，好把根太抬回家去……“前一个小时坐在我这里还好好的，说不行就不行了……”他不忘加一句，“现在还有最后一口气，好歹能支撑着回去。”

看到救护车里根太的模样，在村口等着的人心照不宣，没人纠缠他到底是否还活着——这是这个热心人最后的福报——他到底没等到女婿出来，自己先走了。

又过了一年，一天菊叶在地里劳动，突然栽倒在地，随后亦半身不遂。家庭的重担，全部落到了儿子小强和闺女小芳身上。小强外出打工挣点零花钱，小芳在家操持家务，照顾双双瘫痪的奶奶和母亲，日子将就着往前走。

11

就像二伯经常说的那样，钱家庄，钱家庄，名字好听，可几家有钱？于是，本村闺女争着往外地嫁，外村闺女都不愿嫁到这个穷地方来，导致村里后生们紧划拉慢划拉找不上媳妇儿。

解决方法有三种：一是在镇子里买商品房，等于从村子里迁了出去，这是上策，需要一大笔钱。不是每家都能做到，却是每家共同的理想。二是给别人做上门女婿，这是中策，得父母开明，且膝下有两个男孩。三是从贵州、云南等偏远地方“买”媳妇。这里的买，并不是法律意义上的拐卖，有人专门做这种生意，女方父母得彩礼钱，牵线人得中介费。你以为咱这地方穷，还有更穷的呢，那里的姑娘们乐得嫁到这个地方来，所谓一山更比一山穷。

大伯家也是这样，虽然买了房子，暂且解了后顾之忧，可孙子凡凡的婚事仍是老大难问题。

因为和根太住了对门，就有人出主意，不妨把大国的闺女小芳给娶过来。自从根太走了、老婆和闺女双双瘫了之后，小芳实际担负起了家庭内务的重任，家里离不开她，所以她出阁的日子一拖再拖，而且，也绝不可能像别的姑娘那样嫁到外地去。

其实堂哥堂嫂也有过这个念头，再思虑，结这么一个亲家，太拖累人了，所以一直没把心思说出口来。

有一段时间，凡凡在外地打工，居然带回来一个姑娘，晚上两个小青年就住在一起。小姑娘盘儿靓条儿好，把堂嫂乐得合不拢嘴，每天不重样地盘计给人家做什么好吃的，临走那天还塞给人家一千元钱，盼着姑娘下次再来。

满怀希望最终落了空，人家姑娘父母死活不愿意。

一次堂嫂和我聊起这个事，说凡凡要是在那段时间能让姑娘怀上孩子生米煮成熟饭多好啊。她每天期盼着，有一天忍不住翻了翻姑娘的包，包里有安全套，姑娘精着呢！唉。

再拖就成大龄青年了，于是再有好事者来给凡凡和小芳牵线时，堂哥堂嫂答应了。那头工作很好做，说不定人家也早就瞄准凡凡了，唯有嫁给凡凡，出阁顾家两不误！

只是在最后关头，在家实际主事的小强多要了一万块彩礼钱。堂哥堂嫂能理解，能接受。

和那个姑娘相比，小芳长得粗笨许多。凡凡办事时，我没有回去，据母亲说，凡凡流着泪对她说："奶奶，我真没想到自己一辈子就这么被交待了。"

凡凡这个孩子憨厚，不像他妹妹佳佳那样刻薄，我还是很喜欢他的。

凡凡的终身大事解决了，可新问题来了。小芳嫁过来后，因为凡凡依旧在外地打工，小芳平素仍住在自己家。即使凡凡在家的日子，小芳白天也仍在那边忙活，只在晚上睡觉时才过来，从未在这边干过一点家务活。对此，堂哥堂嫂颇有不满，也无可奈何。

等小芳坐了月子，更大的问题来了，堂嫂除了照顾小芳，做饭还得多加对门两三个人的。后来渐至成了习惯，小芳出了月子也这样，因为不管小芳还是堂嫂，总得有一个人看孩子，那头依旧没人照顾。

堂嫂觉得不能这样下去了，她心里堵得慌，万物万事不顺眼，又不能摔锅撂碗显在脸上。终于想出一个办法，三十六计走为上，她也外出打工了——家里撇给你，看你咋样？

好在，这个节骨眼上，大国刑满出狱了，那头有了主事的人，堂嫂走得更加放心了。

起初，一帮亲戚分析，堂嫂的走，客观上能解决小芳的“懒”。

12

坐下后，二伯和二娘讲起了钱二厘家的事。

钱二厘是前些年退休的，退休工资三千多。三千多在农村是个大数字，好几亩地的年收入，还得收成好。国家给六十岁以上的老人发开养老金后，每月几十块，大家心里就乐开了花，老人们暗地里都说，政府真比亲孩子都亲——再想，三千元是什么概念！

这样说还不够厉害，要说一年三四万，听起来就厉害多了。所以，退休后的钱二厘比在学校时还意气风发。夫贵妻荣，钱二厘老婆在村里的面子也足得不得了。

命运突然给了他们打击。三年前某天，县教育局组织农村退休教师进城全面体检，偏偏在这次体检中，钱二厘查出了胃癌。钱二厘说：“他奶奶的，这次体检好像就是专门糟践我的，工作几十年，未见有过什么体检。”这次过后呢，也再没有这样的举动。嗨，瞄准似的，偏偏朝着我来了。

二伯说：“这不是浑话吗？”

在医院做了手术后，钱二厘就不在村里住了。大家都说，那么盛不下的人，得了这样的病，面子怎下得去！嗨，人家有本事，孩子都在外面，想住哪家住哪家！

这话给人的感觉，就像皇帝临幸三宫六院，想哪去哪。

结果，前些日子，钱二厘夫妇回来了。钱二厘窝在家里不出来，他老婆却待在街上不回去，一股劲地诉说孩子们的不是，拉住一个算一个，很快围了一大群人。她一会儿声泪俱下，一会儿义愤填膺，唾沫飞溅，枝枝节节，无一遗漏，欲罢不能。

最初住在闺女爱霞家，闺女女婿倒没说什么，是他们自己住得不好意思了，毕竟还有两个儿子么！他们就先去城里二儿子爱民家，二儿媳端出一大堆理由，左一个不方便，右一个不方便，总之是想把他们往外面推。钱二厘说："不白住，给你们钱。"谁想二儿媳说："别，我们给你钱也行，只要不在我们这里住。"还不尽兴，又补了一句，"爱民是招到我们家的。"话到这分上了，还怎么赖下去？于是就到乡里大儿子爱军家，倒是住下了，但大儿媳脸色也没好到哪里去。寄人篱下，只好忍。一次话说顶了，儿媳就摔门，摔得好大声，那种示威似的摔！钱二厘老婆没忍住，追出去骂。人家才不服软呢，抬手就给了她一耳光。这还了得，她就打回去，终于扭作一团，惊动了邻居，劝都劝不住。

二娘说："儿媳妇固然有问题，可她一个当婆婆的，站在大街上那样当众表人家，就对吗？不嫌丢人！"

二伯说："岂止只是表，据说他们还把爱军和媳妇告上了法庭，都写了状子。"

二娘说："肯定是二厘的主意，仗着自己有点文化！这样的馊主意也想得出来，让人笑掉大牙。"

父亲说："何苦呢，为啥非要和儿子凑，住在自己家多好，又不是老胳膊老腿不能动弹。"

二娘说："仗着有钱呗，烧的。"

二伯说："我看是怕死，乡里、城里都有医院，有情况就能往医院跑。"

我说："可能是觉得村里熟人多，又得了那种病，这个问问，那个瞧瞧，心里不舒服。"

"谁没得过个病，就他稀罕？"二伯二娘齐声说。

他们聊着时，元宝老头那颤颤巍巍的模样和紧张兮兮的眼神突然浮入我的脑海——难道，这算报应？

二伯眼睛朝着我说："咱这种情况最好了——你爸就你一个儿，你不养谁养？我们就大抓一个儿，他不养谁养？说一千道一万，孩子多了不算话！"

我这才意识到，小抓和他们脱离关系，原来倒有这般益处。

父亲说："大抓这孩倒是孝顺。"

二娘说："好在我们身子骨都硬朗，不拖累他们——你好，我好，大家都好，就是这个理儿。等有一天瘫床上，孝顺不孝顺才见分晓。"

二伯说："久病床上无孝子，那也怪不得孩，要死咱就死利索，别蜿蜿缠缠拖累孩。"

二娘说："你倒想，得有这个命！"

二伯说："安眠药早准备好了，抽屉里放着呢。"然后话锋一转说，"这孩就是不安分，费好大劲儿从别人手里收购了河滩地，要种什么有机菜，说能卖好价钱。你当是他种？都撂给我了。菜出来又卖不出去，瞎胡闹！"

父亲说："咱村又没啥资源，孩子有想法是好的，还是为了这个家么。”

二娘护儿子短：“多劳动，身体好。”

后来，老两口又举了许多例子，无非是老人在几家孩子之间转磨盘的事，一人一个月，天顶天，谁都不肯多收留一会儿，比抹布都不如。

父亲就唏嘘，感叹世风日下。

于是二伯又强调，还是一个孩子好！

13

每次回到老家，不管几点，二娘早早就切好了菜、和好了面，她以这种先下手为强的方式挽留我们在她这里吃饭，当然，也可视为热情。

闲坐了一会儿，父亲说：“我们去大哥那儿看看。”

二娘说：“可过来吃饭啊。”

二伯干笑一声：“你别担心，他们在那厢吃不到饭。”

大伯家院门虚掩着，正欲推门，身后传来一声含糊不清的问候：“回来了？”

扭头，却看到根太家大门大敞，根太老婆瘫坐在山墙阴凉处一把有靠背的椅子上，努力挤出一丝笑容向我们示意。

父亲赶紧说：“回来了回来了，你身体还好？”她嘟哝一声：“就这鬼样子了。”

又问我母亲回来没，父亲说：“也回老家烧纸了。”她说：“下次回来得让她过来坐坐，很久没见老姊妹了。”父亲说一定一定。

与根太的精明强干相比，他老婆素来邋遢，年轻时就这样。记得我们两家相好时，他老婆也偶尔给母亲送来一些什么吃食，但母亲从来不吃，又转手送给别人。如今身体这副样子，再加上垂垂老态，更是让人不忍直视。

院子里阒无一人，急促的蝉叫声让盛夏的阳光更显热烈。当年买下这院房子，堂哥花了点钱整饬一新，里里外外像模像样，来贺房的人都说买得值。当时给大伯家牵线买房子的人，其实就是二娘。母亲说，她这是在断大伯家的后路，针对的还是我家的房子——我得不到，你也休想，你买了房子，总不成再说没房住了吧。父亲怪母亲想多了，想偏了。

堂屋在凡凡结婚时成了婚房，我们再来，很少进去。

径直去了西屋，没人。就去厨房，果然看到大伯躺在墙角的一支小床上，倚着叠好的腌臜被子头枕双手半躺半坐大张着嘴打瞌睡，那张我无比熟悉的脸，在睡梦中呈现出某种空洞的茫然。上身着一件白半袖，污迹斑斑，只让人依稀能看出衣服的本色。

厨房没生火，紧挨厨房有个小棚子，下面盘着灶火，夏天在里面做饭凉快。

大伯那一瞬间显示出的老态，一下子把我拉回过往。我小时候，母亲常常生病住院，每次外出，就把我撂到大伯家。大伯虽然没有女人收拾，却总是清爽模样，特别是刚理完发的时候，倍儿精神。母亲也说："你大伯银盘脸，大囟门，生来就好看，不像你爸，小眉小眼小脑袋。"

饭也做得好，大男人，精雕细琢，不嫌麻烦。记得有一次在大伯家住的时候，我和一群小伙伴去打猪草，看到庄稼地里土豆熟了，就各自偷了些藏在猪草下面（偷鸡摸狗在我们小伙伴来说是常有的事，大家都这样，甚至被主家发现了，也没感觉有什么特别的惭愧）。回到村，我没先去大伯家，而是引着伙伴们回了自己家，把土豆洗洗切成丝炒炒打了牙祭，还拿凉开水当酒喝。第二天中午吃饭时，结果在菜里发现了几片土豆片，我很惊奇。大伯说：“偷也不多偷几个，一个土豆能干个啥？”我浑无机心，就得意地告诉了大伯实情。大伯的脸就沉了下来：“每天在我这里吃喝，连个土豆都舍不得，还拿回自己家。”我始没料到大伯会这样，讪讪地不知如何作答。

其实我这样做是有原因的。春夏蔬菜青黄不接的时候，每天只能吃酸菜。好不容易等豆角刚刚成熟了，我和小伙伴们偷了小半篮子豆角给大伯提回去，结果没吃到一根。原来，大伯在自己地里摘了些和我的凑到一起，全部给了尚未过门的堂嫂家，让我很生气。待大点才明白，他在用各种方法讨好准亲家，以给儿子保媳妇儿。

更小的时候，他还对我生过一次气。我、他、堂哥三个人打扑克，赢钱。每人十粒玉米作本，一粒玉米一分钱，最后算输赢。结束的时候，我的玉米少了四粒，堂哥少了三粒。也就是说，我得给大伯四分钱，堂哥给大伯三分钱。我面前还有六粒玉米，因为年纪小不大能弄懂其中道理，就理直气壮对大伯说，我这里还有六粒，给你四粒不就好了，为啥给你钱？大伯气得一下子摔了扑克，他说：“我楼上玉米好几缸呢，都给你，让你爸给我钱！”最后赌气般地说，“再不和你玩了！”弄得我既懵懂又委屈还不自在。

想到这里的时候，我忍不住咧开嘴角笑了笑，大伯生气的时候，简直像个孩童——而现在，居然老到这副模样！细算，他也真的年近八十了。

父亲喊了声大哥，他一激灵醒来，依旧大张着嘴，满脸严肃，似乎还带点惊恐，癔症了好几秒钟，才认出了我们。把嘴闭上，吞咽了一下喉结，说：“回来了？”

依旧没有我印象中熟悉的笑容，只是脸色平易了一点。

父亲扶他坐起来，说：“大白天睡什么？”

他说，身上没劲，动不动就犯困。

父亲说，多走走，精神好。

“走不动，几步就想坐下。”

他的耳朵早就不中用了，这些话，父亲是对他吼着说的。

因为憋了一脬尿，就去上厕所，儿子觉得他和两个老人在一起没意思，也跟着我出去。

到了茅厕，儿子突然想大便。很长时间以来，儿子都不敢上农村的厕所，茅坑那么大一道口子，还那么宽，他总担心掉进去。其实不止儿子，连我这个从小在农村长大的人，因为在城里待久了，抽水马桶用惯了，再上这种厕所时，仍是有点胆战的。通常是，他蹲在那里，我得拉着他的一只手。

这个茅厕就是当年血案的发生地，三十多年过去了，几乎没有什么变化——仍是那样简陋，砌墙的砖豁豁牙牙不说，到处还有因为对不严留下的缝隙，人在蹲在里面，外面的人透过缝隙能影影绰绰看到白花花的屁股。

岂止厕所，整个村庄都没什么变化。

——还是有变化的，年轻人纷纷外出打工，或干脆迁往外地，村庄的灵魂被抽空，空气中再也没有往日到处充盈着的欢声笑语。一个个老人箕踞墙角，或倚或靠，仿佛一只只久置欲腐的香蕉，瘫软，疲沓，外表黧黑，内里朽坏，徒具形象。他们眼珠缓缓转动，茫然地打量和回忆着这个熟悉的世界，突然灵光乍现辨认出我们这些偶尔回乡的来客，赶紧咧开嘴角，用那零星的几颗焦黄牙齿向你示意。

青春远逝，青年远走，人同此村，村同此理。

儿子一边蹲着一边和我调侃：“唉，老爸，想你能活到现在真不容易，这样的厕所，居然没掉进去。”

我说：“有些事你还不知道呢，当年我们小孩子蹲在茅梁上，突然会闯进来一个老女人，她才不管你在不在呢，叉在你身后扯下裤子就屙尿，噼里啪啦，唰啦唰啦，像没你这个人。”

儿子瞪大双眼，哈哈大笑。

14

七月十五不上坟，在家门口用炉灰围几个圈就行。以前是午饭后烧纸，如今因为许多从外地赶回来的人还要急着赶回去，慢慢地就提前到了午饭前。急性子的，半上午就了事。

父亲和大伯叙旧期间，堂哥中华回来了。堂哥在三十公里外一个厂子里打工，三倒班，这是上完夜班回来的。他们需要烧两趟纸，吴家一趟，钱家一趟，通常会因为我们先烧钱家，他们午饭后再烧不迟。

从大伯家到二伯家，有一道石头垒砌的小坡。大伯走路已是点点顿顿，颤颤巍巍，但他还是想过去亲自烧纸，父亲就随他了。父亲让儿子扶住大爷爷，儿子一本正经，嘘寒问暖，扶得像模像样。

二伯早用炉灰布置妥当，三个圈圈分别代表新坟、老坟、祖坟。我从车里拿出烧纸、金箔、冥币、供品，和大伯、二伯家的汇在一起，每个炉灰圈里都放了点，然后点香，插香，叩头。

大伯跪不下，就合手作了三个揖。

把鞭炮展开摊在地上，点鞭炮时，因为胆怯，我半蹲呈逃跑之势，把捏着香烟的手与胳膊展开，头远远避在一边，结果探了几下都没引着捻子，惹得儿子笑话半天。人越大，胆越小，像他这么大时，一长串鞭炮就是在手中点的，一路走，一路拖，噼里啪啦，直至手中只剩一小截也故意不扔，满不在乎，为的是耍酷，也没有失手的时候。

烧完纸，把最后的火星扑灭，二伯招呼大伯和堂哥也到他们家去吃，堂哥笑着推脱。堂哥问我们，不上去吃饭？父亲说，这边已经做好了，就在这吃。他没敢再客气，扶着大伯回去了。

走了几步，大伯回过头来朝父亲说："一会儿上来啊。"

父亲说："上，上，吃完饭就上去。"

又走几步，大伯又扭回头："一定上来啊。"

父亲朝他点点头，又摆摆手示意他回去。

二伯也感慨："唉，老大身体成了这个样子了。"

二伯只比大伯小两岁，但身子奇好，现在居然还上得了树，在村里传为美谈。

父亲说："二嫂侍候得你好，家里没个女人不行。"

二伯说："她侍候我？是我侍候她！"兄弟俩就笑。

吃过午饭，大家一起又聊了一会儿。父亲记挂大伯，就要上去。二伯说："再坐会儿，急啥？"父亲说："一会儿还要回去，接他妈。"

二伯说："好，我去地里给你们掰点嫩玉茭。"

再上去时，大伯就坐在大门口的石头上巴巴地等着。他似乎真的不会笑了，见了父亲，依旧满脸严肃，只是瞪大眼睛说："怎么这才上来？"

父亲就笑："总得吃完饭啊。"

又问他吃饭没有，他说吃了一小碗米饭。

"唉，现在一吃就饱，还老撑得慌，每顿都这么点。"他用手比画了一下。

他的手掌关节粗大，布满老茧，干裂的缝隙里藏满各种劳作中沾染的细微颗粒，大概永远都不可能洗掉了。

记忆中，大伯的饭量奇大。奶奶活着的时候，他总是托一只大缸碗吃饭，面前摆一小碟鲜红的辣椒，吃一口，蘸一点，津津有味。现在那种大缸碗，在农村已经见不到了。

“有饿的时候吗？”

“也有吧。”大伯迟疑了一下说。

“那怎么办？”

“看有啥就垫垫，没有就等饭点。牙不中了，啥也咬不动。”

顿了顿，又说，“也吃不了多少，都不是咱的饭。那次艳华来，做了一锅和子饭，好吃死了，我吃了足足两碗。”他嘴角终于浮现出久违的笑意。

大伯的话让我想起一桩往事。堂哥婚后，大伯终于从自奶奶死后做饭的苦役中逃脱出来，操持家务的事归了堂嫂。父亲几次回家观察发现，每次堂嫂总是最后给大伯盛饭。这样，锅里有多少算多少，大伯经常吃一碗就没了。父亲当然知道大伯的饭量，有一次忍不住，就不客气地对堂嫂说：“你以后多做点，吃不了剩下，你没看你爸吃不饱吗？”堂嫂讪讪地红了一片脸。大伯赶紧自我解嘲：“饱了，饱了。”父亲依旧黑着脸：“饱个屁！死要面子活受罪。”

当时的父亲之所以敢这么粗声粗气，是仗着自己对他们一直有帮衬，他把堂哥安排到自己厂子里做临时工，还帮他们小夫妻和村干部协调，解决了生二胎的事，零零碎碎的事更不用提了。

堂嫂外出打工后，整个家就交到了孙媳妇手里，堂哥也在外面打工，大伯在家的境遇可想而知。

我脑海里又浮现出元宝老汉侧身擦入我家大门那轻飘飘的弯曲身影，可大伯如今连一个像当年母亲那样的邻居都没有。

15

在门口坐了一会，空气热得有点受不了，我们就进屋。

西屋门帘敞着，苍蝇飞进飞出。堂哥坐在椅子上看电视，一条腿搭在椅帮上。看到我们，他忙把腿放下来，招呼我们进西屋。大伯扯了扯父亲的手，示意我们往厨房走，那是他的地界。我进西屋和堂哥有盐没醋地说了几句话，也过到厨房。儿子紧随我，我去哪里他去哪里。

父亲坐在床边，让脸颊和眼角都呈现出异乎寻常的热烈笑容。听大伯和他扯闲话，他的笑容始终保持着，我担心过一会儿就会僵掉，似乎那是他能给长兄的所有安慰和关切。大伯的话东一榔头、西一棒槌，完全没有主题，甚至都是废话。我从院子里拿了两个曝晒在阳光下的小板凳，和儿子坐下听他们扯。

板凳灼烧屁股，孩子坐下又站了起来。大约听得烦躁，他就跑出去了，且跑到了堂屋门口。我叫他回来，他做了个鬼脸，还是钻了进去。过了一会儿，我看到他出来了，后面跟着凡凡的媳妇儿小芳。她在门口朝我笑了一下，转身又进去了。

又坐了好一会，儿子有点犯困，就趴到了我腿上。父亲看到这情况，就说："大哥，我们回去吧。"

大伯一下子很紧张，身子瞬间直了许多："说啥?"

"我说我们该回去了，"父亲加大声音。

他说："别，再坐会儿，再坐会儿。"

又坐，乂扯闲话。终于儿子不耐烦了，说："爷爷，回家吧。"

愿意待下去的时间与对老家的感情成正比。每次回去，都是儿子先催着回家。如果妻子偶尔在，她会代替儿子抢先催促，甚至连午饭都不想吃，勉强吃，也是舀水缸里的清水把碗洗了又洗。

大伯紧张的神色再次呈现出来，就像一个初入幼儿园不舍得让父母走的孩子，声音中有了一些哀求："再坐一会儿吧。"

父亲说："好好好，再坐会儿。大哥，你有什么话就说。"

我凑到儿子耳边："大爷爷有话说，你稍等会儿。"

儿子懂事地点点头，轻声说："我也看出来了。"

大伯沉默了很久，突然很颓然地说："啥会儿能死啊？"说完，头朝后仰去，抑制了一下感情，又直起来。

我们悲哀且震动，这才意识到，他所有欲言又止、拉东扯西的谈话，只是在积聚力量，好最终说出这一句。

父亲迅速收敛了笑容，虎了脸驳他："活得好好的，想什么死？"

"不想活了。"

"咋了？"

"受气啊。"他脸上有了凄怆的神色。

"谁给你气受？"

"媳妇呗。"

"大的？小的？"

"小的。"

"怎么给你气受了？"

"动不动就吼我。"

"吼你做什么？"

"那天小孩摔了一跤，吼了我老半天。"他嘴角下咧，眼睛里有颗眼泪在打转，但一眨眼，又吞回去了。

"你这么大岁数了，还敢给人家看孩子？"

“可孩子老缠我，没办法。”

因为耳朵聋，他的话很大声。父亲怕堂屋的孙媳妇儿听到，赶紧摆手劝他低声点，他怔怔地看着父亲。

父亲用手指了指那边。他收了声，神情更颓然了。

父亲说：“人活着就是受罪的——古话不是说得好么，好死不如赖活着。”

“还是死了好。”

父亲没再说什么，我看到他的脸也很悲戚。

堂哥在西屋叫了我一声。我过去后，他问了我一桩事情，我心里挂念这边，说完后，又往厨房走，堂哥跟了过来。

再进厨房，却见大伯手里拿着一板药对父亲说：“只剩一片了。”

父亲对堂哥说：“你爸老不消化，给你爸准备点消食片。”

堂哥赶紧讪笑着说：“就有啊。”

大伯把目光朝向堂哥说：“没了，只一片。”那口气完全不似我所熟悉的他素来面对堂哥的态度，像赌气似的，还有一丝破罐子破摔的无奈和决绝。

堂哥说：“前几天不是刚给你买过吗？”

“哪有？这还是上次艳华给我买的。”

“我记得消食片、去痛片一直没断过。”

没想这句话又点醒了大伯，他哆哆嗦嗦地从抽屉里拿出一个空瓶子，摇摇说：“去痛片也早就没了。”

儿子定定地看着这幕情景，小小年纪的脸上，也现出那种同情又不忍的神色。

堂哥赶紧自我解嘲：“你看你，还以为多着呢，今天我就给你准备上，又不值个钱。”

我赶紧对大伯说：“下次回来时，我给你提一大包。”

父亲接住我的话：“嗯，嗯，他在医院，让他给你开一大包。”

堂哥赶紧说：“不用不用，我买。”

我说：“去痛片不是啥好东西，不敢老吃。”

大伯说：“吃了身上得劲些。”

这当儿，母亲打来了电话，催我们去接他。

不得不走了，可大伯依旧恋恋不舍。父亲说：“好好吃饭，你这岁数，饭量得扛上，转眼‘十月一’就到了，我们再回来看你。”

“那得等多长时间啊？”他像一个孩童般悲戚地望着父亲，只差牵住父亲的衣角。

16

记得去年七月十五回来时，大伯还很健谈，只是耳朵聋一些。

我问他“嘞得嘞嘚嘚啊”那首小曲儿到底是啥意思，这是我长久的一个疑惑。他说那叫《打嘞嘚》，是很久之前的一种行酒令。那时还不兴划拳，酒场上你想和谁喝酒时，就提一杯酒朝他唱，被唱的人和你碰了杯喝了酒，接着朝下一个人唱，如此循环，绵延不绝。我觉得这是一件很有兴味的事情。

他还讲了些村里的逸闻趣事，有的我从小听过，有的没听过。没听过的其中一桩是：他小时候，村里大庙翻修，正殿要塑一尊灵官老爷像，工匠苦无形象参照。当时，村里人钱堂堂过来瞧热闹，大家看他魁梧，就起哄拉他做了模特。像既成，当晚，钱堂堂暴毙。又几年，另一村民钱新生忽在村边路遇钱堂堂，惊异的他回来说与家人，家人大骇，说他肯定撞见鬼了，果不其然，当晚，钱新生也死掉了。

我觉得这是笑话，他肯定是真人真事。

去年，他还满脸活泛，短短一年，就成了这副样子，岁月，让他所有的光华消失殆尽，只剩一具枯槁的形体和一双茫然的双眼。

大伯用席篾编得一手好蛐蛐笼子，我上小学时，他就说全村只他一个人会这种手艺了。后来我还下决心，等长大一点，就从大伯手中把这门手艺继承下来。后来每次都回家匆匆，即使偶尔起了这个念头，却少了那种急迫的兴趣，似乎觉得也不着急，于是作罢，一拖二十多年。我知道，这手艺要在他手中失传了。

终于要走了，他挣扎着起来要送我们到村口。过到车前，父亲去二伯家告别。我不忍心，觉得自己该即刻解决一下大伯的药品问题，便问堂哥村里药店现在哪里，他说还在原先大队部。大队部离这里很远，跑一趟很费工夫，我犹豫了。赶紧掏出钱包，从里面抽出一百元钱给大伯。堂哥一见，抓住我的手说："嗨，你别管，我下午给他买上就行。"我正欲往大伯上衣口袋里塞时，突然一个念头闪过脑海：我执意这样做，是否会置堂哥于不仁不义转而他迁怒于大伯由此弄巧成拙加剧大伯的艰难处境?

这当儿，二伯夫妇和父亲从家门里闪了出来。我迅速把钱放回自己口袋，装作若无其事的样子。

车一拐弯，就上了二级公路，我再次把故乡远远地抛在了身后。

2016年12月24日

和顾娜分手后，贾小柯继续无所事事了一段时间，东寻西觅，终于又找到一份工作，在一家车行做导购。名片上印的是“客户经理”，听起来像模像样。他毕竟做过很长一段时间专职司机，懂车，活泛，会察言观色，所以很快熟悉了工作环境，成为一个业绩不错的员工，收入也有了保障。

那种同居式的生活，实质与婚姻已无差别，一旦从身上剥离，灵魂的许多零件似被抽去，任是艳阳高照，心中却总是瑟瑟的冷。百无聊赖，照例上网，或打麻将，一应花销都是找朋友借的。饶是如此，顾娜的身影还时不时会出现在他眼前，让他心头一紧，本来兴致勃勃的事情，瞬间没了滋味。直到有了这份工作，在马不停蹄的迎来送往中体会到一种类似价值和尊严的快感，才逐渐把顾娜撇到一边，并还清了很长一段时间以来的所有欠账。也终于，在他的意识里模糊出现了“事业”这个词语，觉得这才是一个男人真正的外衣和底气。

一天，贾小柯随父母去柳树镇给他因病逝去的小姑父奔丧，他大姑的女儿孙晓梅在琐事的间隙问他有对象没有。他怔一下，摇头。孙晓梅指着正在厨房外洗菜的一个姑娘给他看。姑娘肤白，瘦，一头刚刚烫染过的黄色的蓬松的卷发。因为干活低头，露出一段光洁的脖子，在阳光的照耀下晶莹剔透。这段脖子，让贾小柯的心扑通扑通猛跳几下。孙晓梅问，咋样？贾小柯笑笑。孙晓梅说，姑娘很能干，自己在镇子里开了个内衣店。贾小柯不置可否，“能干”这个词语，并没有在他这里给姑娘增添多少光环，但此刻他却在这个词语的引导下真切注意到了姑娘在洗菜盆里上下飞动的手，觉得表姐的话果真是没错的。

“不错吧，”孙晓梅又说。贾小柯又笑笑。

“人家要招上门女婿，我觉得对你来说正好。她们姊妹两个，老大已经嫁出去了。”因为熟悉他家的情况，孙晓梅这样说道。

倒也不能说“正好”，只是不成问题罢了。早些年，父母已经给他承诺：如果他愿意入赘谁家，他们绝不反对。如果他要娶妻入门，他们砸锅卖铁也帮他完成心愿，就像当初对待他哥哥那样。

顾娜也是姊妹两个。在和顾娜相处的那两三年里，他也问过顾娜，到底谁上谁家。可顾娜对此根本没有概念，所以后来始终搁置未提。倒是这么多年的社会经验让他明白，如果他入赘女方，确实可以省父母许多钱财和麻烦。至于孩子姓谁家的姓，那有什么要紧？

洗菜水溅到了姑娘裤脚上，姑娘用湿漉漉的手挽起一截裤腿，露出一段莲藕般的小腿。此时，姑娘抬眼飞快地瞟了他一眼，似乎注意到了他与孙晓梅的窃窃私语。

深秋了，贾小柯不知挽起裤腿的姑娘是否能感受到空气中的寒意，脚脖子上星星点点晶莹剔透的水珠是否冰凉，反正他替她感受到了。

接下来的事情飞快而顺畅，一个月后，姑娘已经躺在了贾小柯城里出租屋的床上。在姑父葬礼上的初次见面，贾小柯看到了姑娘身体首尾两端的白，如今终于窥得全貌了。哄骗一个姑娘上床，是贾小柯的拿手好戏，几乎没有不成功的。事毕，在姑娘潮红的脸的映衬下，他纳闷，一个人的皮肤怎么可以如此之白，紫外线就对她没有一点杀伤力吗？

再一个月后，贾小柯做了这个叫郑欣的姑娘的上门女婿。

并非没有思想斗争。第一次温存之后，贾小柯已经决定要和郑欣在一起。但郑欣在镇子里，他在城里，之间相距三十公里。不算远，却是一段凭贾小柯当前条件和能力无法克服的距离。他在车行工作，可以开着各式崭新的车子帮客户试乘试驾，却无法把任何一辆开到柳树镇去。车行下班晚，待到下班，通往那里的最后一班公交车早无踪影。而且，他们没有休息天，周六周日，反而是生意最好的时候。这让贾小柯很无奈，夜晚在床上，只好辗转反侧，孤独又心痒难忍地思念着那瘦而修长大概已经独属于他的雪白的身子——他讶异，只要不在自己身边，郑欣出现在他脑子里总是通体雪白的身子轮廓，而脸的模样却不甚清晰。越想，越不清晰。

第一次床笫之欢，待郑欣抱着他沉沉睡去，看着郑欣缠绕在他身上的雪白身子，那个总是困扰他的问题再次浮上他的心头：他是郑欣的第一次吗？但是，他没有也不计划像当初试探着问顾娜那样把这个问题问出来，只好自我宽慰，都什么时代了，还关心这个！而他具有的生理知识，无法从两人的实际行为和表现中得出结论。他深吸一口气，仿佛要把某个念头从脑海摁至胃里，以便从此再不思及这个问题。

他也央求郑欣多来城里看他，但下了床的郑欣很冷，她说："我有内衣店呢。"据说，她的内衣店干得欣欣向荣，他没有理由阻滞人家的财路，何况人家还不是自己媳妇儿。于是，一天忙罢之后，他总是打手机问候一下。电话总是会及时被接起来，却也不过如此。他问，她答，他一句，她一句，他没话，她也没话。最后，只能是他主动把电话挂掉。短信、微信也是，他发，她才回。

这样持续了大概十天。某日，因为陪客户吃饭，回来得太晚了，又喝了许多酒，头脑昏沉，一上床，就睡着了。半夜醒来，他才意识到昨晚没给郑欣通电话。赶紧翻看手机，郑欣也没给他通电话，包括微信、短信。许多天来在他心中若隐若现的薄薄失望，终于化为薄薄凉意。

第二天晚上，他故意没给郑欣打电话，看她什么反应。而人家果真没把电话拨过来。第三天，他再试探，亦是如此。他也拗起了性子，第四天、第五天，依然如此。因为心里揣着这个事情，亟待夜晚来临验证，白天的日子，有时居然显得寂寂难熬了。第六天，他终于投降，主动把电话拨了过去。仍像以前那样，电话瞬间被接通。简单寒暄过后，贾小柯问："我不给你打电话，你就不能给我打个电话?"郑欣说："又没什么事。"这句话，如催化剂一般，让贾小柯的薄薄凉意汹涌起来。他赌气般未道任何象征着挂电话的结束语，摁下了手机的挂断键。

当初顾娜动不动就把电话打过来，让贾小柯一度很烦，尤其是和朋友在一起的时候。可郑欣如此冷漠，又让他怀疑她是否有点寡情。这让他犹豫，他到底是否应该把自己的终身与她绑在一起。念及他已得到她的身体，心便软了。

于是，两个人终于三拜九叩，成了真正的夫妻。

走入婚姻的贾小柯遇到的第一个问题，是他的岳母，他如今亦称作妈的这个叫作邢秀秀的女人，让他辞掉城里的工作。乡下没有城市人那种规矩，岳父岳母是可以称作叔叔婶婶的，也通常称作叔叔婶婶的。但像贾小柯这样的上门女婿，对岳父岳母必得称爸妈。结婚之前，有人就此郑重其事告他。贾小柯心里一笑，想，这有什么，只要不逼自己称自己的亲爹亲娘为叔叔婶婶也就好了。

这是他婚假的第六天，再过四天，他就得回城里上班了。即使新婚宴尔，郑欣仍是他所不能理解的那副冷漠模样，让他在床上床下的所有热情和挑逗都显得无聊、无趣。当年和顾娜，可不是这么一种感觉啊！当然，青春的身子还是让他贪恋的，尤其是和顾娜分手这么久且再没有别的女人之后。郑欣也会做必要的配合，但再没有第一次时的那种羞涩和妖娆了。

典礼、回门、会亲家，一切琐事都已过去，忙碌和疲惫之后，他也感到了一丝轻松。怕耽搁生意，今天一早，郑欣回店里上班了。中午吃饭时，就他和邢秀秀在家。

邢秀秀说："新婚小两口，两地守不住，回来找份活干吧。"

贾小柯是喜欢当前这份工作的，他自然舍不得。他坐在凳子上端着碗往嘴里扒拉着饭说："我正干得好呢。"这时，筷子从碗底翻出一块姜，炝锅时被油炸得焦黄，他随手夹起就扔了出去。邢秀秀剜了他一眼，表现出极大的不满。贾小柯以为姜块扔在地上不妥当，就用脚踢了踢，想把它踢到放泔水桶的那个角落里去。

邢秀秀说："冬吃萝卜夏吃姜，姜是大补呢。"

原来说的是这个。冬吃萝卜"夏"吃姜，看着窗户外杨树枝头最后几片摇摇欲坠的叶子，贾小柯没吭声。他就奇怪，从小到大，他都会像方才那样把碗里的姜给扔出去，习惯得不能再习惯，自然得不能再自然。如果在餐桌上或朋友家，至多不像刚才那么随意，扔的地方不同罢了，怎么到这里就成了事儿了呢？他没再说什么，筷子运作的速度却慢了许多。

邢秀秀又补了一句："一斤姜五块多钱呢。"

还不依不饶了，贾小柯生了气，本来碗里还剩了几穗面条，他啪地把碗放在了灶台上，上了楼。上楼时他还想，不是一斤姜五块钱吗，你不妨计算计算碗里那几穗面条几片菜叶到底值多少钱！

他们住的是镇子边农村的那种老式独家院，楼上楼下。他和郑欣住楼上，老两口住楼下。上楼上到半截，邢秀秀在厨房喊道："贾小柯，你啥意思！"他没理她，上了楼，一屁股坐在沙发上，打开了电视。郑欣还在店里忙活，原来说好中午他要给她送饭的，突然就没了心思。

十分钟后，孙晓梅突然把电话打了过来。听了电话才明白，这个多事的婆娘，居然把这么丁点小事电话告诉了表姐，只因她是他们的媒人。邢秀秀说："一个上门女婿，刚几天就这样，这不是在和我们家示威吗？他吃我家的喝我家的，我说他一句就怎么了？"

孙晓梅也觉得邢秀秀小题大做，便好言劝慰几句。邢秀秀说："也不是一片姜的事儿，凡事要有个规矩吧，上门总得有个上门的样子。咱再说回来，就事论事，西头老赵家那个上门女婿，结婚前不是个假斋公么，说什么不吃姜不吃蒜，饿他几天，吃起来一疙瘩劲儿呢。你要不管，我找他爹妈！"

贾小柯哭笑不得。

这还没完，晚饭时分，郑欣从店里回来，上楼的第一句话就是："你干嘛和我妈生气？"

贾小柯瞟他一眼，说："你们家炒菜的姜丝都要一条一条吃掉？"

郑欣说："吃掉也毒不死。"

贾小柯突然发现，郑欣说这话时，和邢秀秀的口气一模一样。此刻，他的气恼中，又夹杂进一丝委屈，不想争辩，便下了楼，出了院子，在村子里闲逛起来。

镇子里，他只认识小姑和表姐两家人。当年，孙晓梅是靠小姑介绍嫁到了这里，他是靠表姐介绍招到了这里。这么糟败的心情，他不想上她们任何一家串门，只好毫无目的地乱走。走了大约两三里路，经过许多人家的家门，弥漫在空气中的饭菜香，让他的肚子也咕噜噜地叫了起来。在一个门口，他还隐约听到一句，那不是老郑家新招的上门女婿么，倒是一表人才。他突然觉得“上门女婿”是个多么羞耻的称谓，连“一表人才”都不能减损这种羞耻半分。他决定再往前走走，到个繁华点的地方，找个小吃摊把晚饭解决掉。一摸，口袋里没带钱。

新婚第二天晚上，郑欣说：“以后把工资交我吧。”贾小柯本来就是冲动型性格，尽管有诸多不满意，他还是希望和怀中这个终于温热起来的女人一道前行，起码在彼时彼刻，绝无二心。而且，他大约知道，各家夫妻大概都是这么做的，所以毫无异议，当即爽快地答应了。他脑海里突然飘过顾娜，想起他在失业的那许多日子里，一直是花人家的钱，心里就愧疚起来。这种愧疚，迅疾转化为当下的一种柔情和决心。为表诚意，他光身下地，从包里掏出婚礼当天他得的“新人钱”，一股脑儿给了郑欣。此刻，他有点后悔了。

叮咚一声，手机来了一个短信。掏出一看，是郑欣。短信就四个字：回来吃饭。依旧那么冷冰冰，没有一点他所期望或能感觉到的温度或歉意。贾小柯没再向前挪动脚步，站在原地踌躇半天，叹一口，身子扭转回去。

没有这个短信，贾小柯亦无路可走。总有一堵看不见的墙，突然无缘无故就竖到了他眼前。踏入社会以来，这种情境不同却总是熟悉的感觉常常把他侵蚀，让他青春阳光的面容覆上一层别人不易察觉的阴翳。

回去后，岳父岳母和郑欣都在厨房。他拖过一把小椅子坐下。郑欣给他盛了一碗汤面，并没直接递到他手中，而是搁在他近旁的小餐桌上。他自己端起，呼啦呼啦吃了起来。餐桌上有一盘馏热的馒头，他没动，也没人让他。

又发现一片姜，贾小柯犹豫一下，夹起，本来想扔到厨房角落的泔水桶里，迟滞一下，搁在了餐桌上。他看到大家都看到了他这个动作，但都没说什么。

空气滞重得让人不舒服，岳父老郑用咳嗽声清一下嗓子，打破了这份沉寂。他说："小柯啊，咱们家是个民主的家庭，有啥话就说，不必背背藏藏的……"嘴还在动，话还没说完，却被邢秀秀呛断了："没事少放你娘的屁。"岳父已经张开的嘴停留一小会，合上，起身出去了。

吃完这一碗，没再多吃，贾小柯上了楼，打开了电视。过了一小会儿，郑欣也上来了。这几天，两个人看的是同一电视剧，所以不存在抢台让台问题。广告间隙，郑欣眼睛朝着电视，说："你把城里那份工作辞掉吧。"贾小柯这才想起，今天邢秀秀是说过这话的，只不过后来因为生气中断了这个话题。

他依然像答复邢秀秀那样答复郑欣："我正干得好呢。"

"可你连星期天都没有，以后如何回家？"

这确实是个问题。这个问题在婚前就曾经萦绕于他脑海。不过贾小柯素来是个得过且过的人，他才没有耐心和勇气去做深一步的考虑呢，好像问题真正到了眼前，不费周折就会自动解决掉似的。

"你可以进城啊。"

"我有内衣店呢。"

"可我也有我的工作啊。"

“是你来的我们家。”郑欣眼睛依旧朝着电视，冷冷地来了这么一句。

“那你也是我老婆！”这句话没有任何分量和应答逻辑，可气急的贾小柯想不出其他更有力度的来。

两个人不再说话，各自气呼呼却装作平静地继续看电视。每晚两集的连续剧结束，贾小柯拿起遥控器，打开了电影频道，里面正放成龙的电影。这部电影贾小柯已经看过好多遍，但仍旧吸引了他的目光，到了关键处，他的嘴角终于咧了起来，嘿嘿笑了一声。

也许是这一声嘿嘿刺激到了还在生气的郑欣，她说：“睡觉吧。”

贾小柯说：“等等，看完。”

“现在！”郑欣不容分说。

贾小柯就是这么个性格，他几乎已忘掉了刚才的不快，讪着脸对郑欣说：“再少看一会儿。”

郑欣刷地起身，“你要看晚上就在客厅睡吧！”然后大步流星走进卧室，关上了房门。

贾小柯撇一下嘴，想，管你！

看了一会，贾小柯突然就无趣了，那种空落落无所凭借无所依附充满不安的无趣。成龙在屏幕里所有动作所有噱头制造的喜剧效果，只成了一个影像在他眼前晃动，不再有任何实质性意义。他拿起遥控器，把红键按下，屏幕里的喧腾幻作最后一条光亮彻底偃旗息鼓了。

贾小柯起身，往卧室走去。握住把手拧门，里面居然反锁了。他的心咯噔一下。

他反扣手指敲了几下门，里面没有应声。他又拍了几下，依旧没有。拍的力度加大，还没有。他先傻了一小会，愤怒开始噌噌噌往上涌，脚便不自觉启动了应对程序，一股力量从膝盖往脚尖处疾驰，脚掌便抬起几厘米，但他还是忍住了。

踅回沙发，一骨碌躺下，头枕在沙发帮上，生了半天闷气，想她不会如此绝情吧，可眼见时间流逝，挂在客厅墙上的闹钟秒表在暗夜里咔咔行进，越来越响，里面依旧没有动静。

这是一年中最难熬的一段时间，天气变冷，却还没有暖气。到了午夜，屋内温度似乎下降得更快。贾小柯想，你他妈的总得给我一床被子吧。

直至贾小柯睡着，郑欣也没有出来。凌晨五点多，贾小柯被冻醒了。刚从睡梦中醒来的他感受着被沙发帮硌疼的脑袋，怔忪半天，从依稀可辨的家具中，才逐渐回到现实，认清自己处境，借着弥漫在客厅里的寒冷空气，让浸到心中的寒冷转化为一种决心。翻翻自己的包，里面还有几十块钱，他起身，下楼，打开大门，往远处走去。

未休完婚假的贾小柯回到了车行。

接下来的事情是，邢秀秀给他父母添油加醋告状，随之以婚姻相威胁坚决提出让他辞去城里工作的要求，并承诺给他在当地找一份工作。他父母利用有限的人生经验三番两次苦口婆心给他做工作并动员孙晓梅及一切可以动员的人给他做工作，让他识清眉眼借坡下驴顾全大局团结一致向前看，他终于忍受不住各种聒噪，权且妥协了。

整个过程，郑欣家没有一个人和他直接会面和通话，他们坚决要吃定他，而且，似乎事先预料到能够把他吃定。

贾小柯接下来的工作单位是一家钢铁厂，工作简单到极致，拉闸，合闸，再拉，再合，挣钱也可以，却极度无聊。劳动过于简单，是对一个人智商的侮辱，而且，工作室里就他一个人，连个说话的人都没有。想想在车行的那种迎来送往，简直是恍若隔世。

邢秀秀不止一次和他说："你看你来到我们老郑家命有多好，谁能给你寻到这么轻巧的工作？你看老李家那谁谁谁，还有老魏家那谁谁谁，都是在厂里搬料，累还不说，关键是一天下来糊得灰眉土眼，哪有你神气?"说得贾小柯都快倒胃口了。

至于他和郑欣，虽说磕碰别扭仍旧不断，但越过一段时期回头看，两人关系还算是平稳且大致可以接受的。有一段晚上，因为一件小事，两人起了龃龉，小柯就从柜子里取出一条被子单盖，同床不同衾，而且憋足劲坚持了好多天。事实上也不用憋多大劲，因为贾小柯发现，后来他并不怎么贪恋郑欣的身子，和当年对顾娜的那种热情劲儿简直不可同日而语。郑欣那种冷，虽然偶尔经他一番挑逗会升温到让他也能暂时忘我，但底色总是存在的，事后总觉无趣。于是，快半年了，郑欣的肚子仍没有动静。也就是这段时间，突然有一天，趁郑欣不在，邢秀秀叫住了他，语重心长推心置腹地说："小柯啊，晚上睡觉怎么能不脱衣服呢?"贾小柯既惊讶郑欣这事也和她妈说，可笑，说还不说透，用"不脱衣服"打了个幌子。可怜的是，某晚郑欣在他心灵最柔软的那种时刻，成功收走了他的工资本。事后想来，略略后悔，忍不住扇了自己一下，他吃过没钱的亏了，看来自己在女人面前意志总是不太坚决。

工厂离家十多里地，郑欣给他买了一辆电动自行车，如下班时间合适，他会路过郑欣的内衣店把她给捎回去。他把车骑得飞快，坐在车后的郑欣紧紧搂着他的腰的时候，两个人最像一对夫妻。也有郑欣生意好的时候下班很晚，她不让他等，他就独自回去。也有独自回去邢秀秀老两口不在的时候，紧锁的铁门板着脸对他嘲讽，让他心中老大不是滋味。他对郑欣说："我来你家都这么长时间了，还不能给我一把钥匙吗?"见郑欣没吭声，他又补了一句，"我是你老公啊。"郑欣眼睛都没抬，说："我二十多年了还没钥匙呢，你才几天？"这话倒是事实，让贾小柯把气闷在心里，再无话说。

转眼到了春天。一天傍晚下了班，几个工友约贾小柯喝酒。贾小柯心怯，给郑欣去了个电话以征得同意。

郑欣说："好。"不再多说一个字。

于是就喝酒。喝完，都有点晕乎乎。有人提议，"咱们去洗个澡吧，我请客。"说请客，自然指的是桑拿，普通洗浴不需要强调这两个字的，贾小柯心就痒痒。从城里回到乡下后，他再没洗过桑拿了。看时间，已经快9点了，心又怯。窗外，下起了小雨，正好有个由头。他给郑欣再去个电话，郑欣已回了家。他说："老婆，下雨呢，现在回不去，我和朋友去洗个澡吧？"

郑欣又说："好。"听起来依旧爽快，却依旧不多说一个字。

这种爽快却让他平添几分担忧，但玩的吸引力远远大过这份担忧，就一起洗澡、按摩，一切结束，已经快11点了。出门，雨下得更大了。掏出手机，却关了机，心就咯噔一下，要是郑欣给自己打电话怎么办，她不会怪罪自己是为开什么小差故意关的吧——当年和顾娜在一起，他是开过这种小差的，因为怕顾娜把电话打过来，他也是关过手机的——打开手机，却是没了电，屏幕亮了一阵子，便又自动关机了。他放了心，想如果郑欣回去责问他为什么关机，他可以拿手机给他看。

即使如此，他依旧无法排空那种仿佛自己做了什么坏事的不安。他皱皱眉头，我他妈的啥也没干，不安啥啊？

这是今春的第一场大雨，比临行时贾小柯在卫生间撒的最后一泡尿还来得畅快，雨水哗哗哗浇灌着地上的一切。不能再耽搁了，他骑上电动车就往家走，雨大，道路模糊不清，可贾小柯仍骑得飞快，他靠着感觉分辨道路，越来越感到不安，只好靠速度来消解不安。忍不住再问自己，事事都和郑欣请示汇报过了，不安又来自何处？

快到一半路程的时候，电动车栽到了路中央的一个坑洼里，一个反弹，车和人分离，贾小柯跌到了路边。起来，倒是没受伤。再发动着车子往前走，车却滞重且摇摆起来。下车细细查看，却是前轮胎爆了。真他妈的，贾小柯在心中暗骂，这可怎么办？想向人求助，不自觉就掏出了手机，一掏出来，他的眼睛被惊瞎了！不知什么时候，手机居然自动开了机，而且，上面赫然蹦跳出郑欣的六个未接电话！他赶紧把电话拨回去，号码刚刚跳跃到手机屏幕上，又神奇地关了机，再也打不开了。

真是见鬼了，贾小柯又讶异又害怕，郑欣和邢秀秀两张发怒的脸同时横在他眼前，郑欣的冷，邢秀秀的刁。也不再想求助的事儿了，决定就那么把车给推回去。

推车过程中，贾小柯才发现，如果把火熄掉，车根本就推不动。如果把车发动着，推车的手搁在把手上一不小心就会带大油门，车便急速前窜，他就得随着车子的速度往前跑。赶紧放松油门，车戛然而止，而惯性却不饶他，胸脯便越过握着把手的胳膊往前栽去，戏耍他一般。就这样，一会走一会跑，贾小柯跌跌撞撞往前赶。中间，因为坑洼，车还倒过好几次。雨水加汗液不断漫入他的眼睛、衣服、鞋子，刚刚洗过的头发，都糟蹋得不成样子了。

总算到家了，他一手扶车，一手拍大门，怕雨水声削弱拍门的声音，他用的力气老大。黑暗的门缝里突然迸射出的一束灯光，随之门打开了，是邢秀秀。那张愠怒和厌烦的脸，在门廊下昏暗灯光的照耀下一览无余，夺目惊心。

贾小柯怯怯地叫了声“妈”。他很少这么称呼这个女人的，一旦脱口而出，羞愧迅速烧红了他的脸，那种做错事的感觉又强烈了几分。

他在心里骂自己，神经了要叫她一声“妈”呀？

邢秀秀侧下身子，容他推车进去。他把车支在门廊下以防被雨淋着。为表歉意，他主动去帮邢秀秀关大门。邢秀秀一把把他甩开，低声喝问道：“这么晚死哪儿去了？”

这个女人说话本来就难听，但这句话带出一个“死”字，还是让贾小柯心里很不舒服。他没理她，兀自上楼。上到半截，邢秀秀趋步紧跟过来，拉住他的衣服下摆说：“问你死哪儿去了？”

第二个“死”字进一步刺激了他，贾小柯的怒火升腾上来，把方才所有的不安和歉意冲销得一干二净。他平息一下心情，不想和她一般见识，简单说了句“洗澡去了”。不说不要紧，这句话反倒给了邢秀秀与他纠缠的气力，声音瞬间尖利起来：“洗澡能洗到现在，不怕把皮给洗脱了？”

贾小柯不理他，继续上楼，邢秀秀死拽他的衣服怕他逃脱，这样两人就拖曳着到了楼上走廊。贾小柯停下，冷冷地对她说：“我给欣欣打过电话，不信你问欣欣。”邢秀秀说：“我现在问你呢。”贾小柯说：“路上车胎破了，我推车回来的，耽搁了点时间。”

邢秀秀说：“放你娘的狗屁！”

“放你娘的狗屁”，是邢秀秀经常对她老公说的话，而通常在这句话后，本欲再讲一番道理的老郑会迅速低眉顺眼，俯首称臣。听得多了，贾小柯后来也没觉得有什么突兀和稀奇，但她此时此刻突然用在这里，一下子打开了贾小柯怒火的闸门，残存的酒意又给了他胆量，端过她的原话就顶了回去：“放你娘的狗屁！”

觉得不够，又补了一句，“你少管？你爷！”

邢秀秀惊呆了，她以为自己已经驯服了这小子，万没料到他胆敢如此骂她，尚在拽着他衣服的手慢慢松开。贾小柯也惊呆了，他也万没料到自己会骂出这么一句话，那一瞬间凭借本能预料到的后果，让他的两个腿关节簌簌发抖。他想挽回点什么，可大张一张嘴什么也说不出来。

邢秀秀默默转身，本在贾小柯眼中无比强悍的身姿突然颓败下去，下楼去了。

贾小柯又呆了一会，他还没从刚才的震惊中彻底清醒过来，只是，腿关节不像刚才抖得那么厉害了。走廊外的雨，仍在哗哗地下着，毫无停息的征兆。他闭眼凝神片刻，也转身，过到门前，扭门，进去。把湿衣服脱到客厅椅背上，过到卧室门前，再扭门，门再一次被反锁了。他也没有感到特别的意外，只是遗憾手机充电器在卧室里不能拿出来。折回客厅，在沙发默默坐了良久。

一件类似的往事浮上心头，记得有一次，因为他最后一个回家忘关大门，邢秀秀连续数落他几天不算，还挨个给他父母和亲戚打电话，弄得风雨一片。思绪由此蔓延，他居身于此的这个家庭给他造成的种种不快鳞次栉比涌来，突然让他觉得刚才的失控也许是一件好事。因为在那一刻，他突然生出一个决心，无比清晰，又无比坚定。

贾小柯再次回到城里，有一种蜕皮般的轻松。

再进车行也不是什么难事，他也喜欢那份工作，可一想到这半年多的许多不堪，真是不想面对那么多熟人的眼光和好事者的问询，就暂且晃荡着。

那晚栖宿沙发，没有像第一次那么冷，他把沙发巾掀起来裹到身上，以让自己看起来不那么狼狈。但抑制不住的各式念头连带矛盾心理却折磨得他整晚几乎没有睡觉。

他是第二天上午离开邢秀秀家的。早晨，郑欣出来，他想看一下她的态度，她的态度是他最后取舍的依据，结果，她看都没看他一眼就下楼去了。

他进到卧室，先找一身衣服穿在身上，剩下的收拾成一包，连带客厅尚未干透的那身。给手机充上电，稍待能够开机，便给城里的一个有车的朋友打了个电话，让他来镇子里接自己一下。朋友到了后，他本来应该出去迎接一下的，可他存了心，生怕自己出去后邢秀秀把大门从里面给锁了，于是就用手机发了地图定位，让朋友直接把车子开到门前。朋友进来，贾小柯唤他上楼。邢秀秀满脸狐疑，跟着上来，贾小柯拿起包裹递给朋友，打开衣柜，抽了一铺一盖两床被褥出来。邢秀秀说："你干啥?!"贾小柯不理她。邢秀秀说："干嘛拿被子?"贾小柯说："被子是我妈缝的。"邢秀秀说："被套是我家的。"贾小柯就把被子抖弄在床上掏被罩，邢秀秀怔了一下说："别掏了送你了。"贾小柯依旧掏，结果被角可能是怕他们睡觉蹬乱，被邢秀秀用针线缝住了，贾小柯用了很大力气才扯开。

当然随后并不平静，各种给他做思想工作的人蜂拥而至，但贾小柯铁了心，再没回去。他和郑欣办过婚礼，却没领过结婚证，所以两人分手少了许多麻烦。

这天，贾小柯去商场购一双鞋子，在一家店铺，碰见了也在买鞋的小董。两个人一年多没见面也没联系了，彼此看到对方，就一起乐。商场第五层是美食城，两个人就上去喝啤酒。自然要问对方情况，贾小柯说了和顾娜分手以及结婚离婚的情况。小董说："其实还是顾娜靠谱，可惜了。"小柯也惋惜。问他现在干啥活计，小柯摇头。小董说："你跟我干吧。"小柯诧异。原来，小董在一家贷款公司做业务，他手下正缺人手呢。大致了解了工作性质，反正自己也无着落，小柯就答应了。

第二天上午，贾小柯到小董所在公司报到。简单办理了入职手续，小柯就跟上小董出去跑业务。小董现在是业务组长，贾小柯算是组员。很快公司就把名片给他做出来，亦是“客户经理”。不出一年，已经当过两个“经理”了，贾小柯在心里笑。

他们的主要工作是给有小额贷款需求的人发小广告。当然谁有需求并未写在脸上，所以只能广撒网多敛鱼。广告名片大小，也就是大家在轿车的窗玻璃或雨刮器上常见的那种被夹着的小硬纸片。正面印着公司名称、地址、手机号码，以及“创新金融，诚信为本”等字样，背面写着：

> 无须抵押担保　无须前期费用
>
> 最快2小时到账　额度2万—30万元
>
> 公务员、个体户、上班族（22—60周岁），户籍不限，月收入2000以上均可申请，其他讯息请咨询客户经理。

但凡有人通过他们找公司贷款的，他们可提取贷款额的百分之八作为佣金。每笔业务最少两万，也就是说，公司每走两万块钱，他们就能挣一千六。贷款人付给公司的利息根据个人收入情况和信用指数从一分三到两分六不等。平均以两分计，公司一笔业务能赚四千八百元，款额发放时，公司先把一年的利息扣掉，然后，贷款人按月偿还本金。这样，除去员工工资及一应开支，公司稳赚不赔。

入行之初，贾小柯想，谁傻了付这么高的利息来贷款？干了没几天就发现，客户居然多了去了。第一个月，贾小柯办成三笔业务，两笔两万，一笔五万，入手七千二百元。钱打在卡上只是一个数字，贾小柯能够幻想出厚厚一沓的模样。

说是无须担保，其实对贷款人还是有条件限制的。比如得有固定收入，也就是说，你得拿出单位由银行代付的工资本，出示连续五个月的银行流水。这是基础条件，然后，查你的信用记录，收入越高越稳定，信用记录越良好，利息越低。

业务再做下去，贾小柯发现，除了极少数因为买房等原因急需用钱而又从银行贷不出款或嫌手续麻烦的，剩下的大多数是赌博鬼，或吸毒鬼。

贾小柯眉眼正，有笑脸，会说话，这种人一看就让人信赖，所以，他业务做得好。

大凡行政事业单位的工作人员，他们不仅收入有保障而且广有人脉，即使缺钱，一般也是找朋友借。所以，他们的工作重心放在那些半死不活的企业上。除了不管不顾地往路边的车上、单位大门口插广告贴广告，他们也上门兜售业务。一般单位有门房和保安，不好进去。贾小柯机灵，他会冒充劳动局或人事局等部门的工作人员，说找相关业务部门办事，这些虚帽子通常能把人给唬住。即使门房老头或保安狐疑半天，贾小柯反而会愈发装出一副坦诚的样子，所以最终还是进去了。这叫心理素质。他的许多刚入行的同事就不行，人家看一眼，自己先就心怯了，目光赶紧躲闪一边，被人识破马脚。进去后，挨房间发广告发名片，也有发了半截被人撵出去的。有时也带着公司专门定制的鼠标垫、笔记本等小礼品进去，这些东西一般人都用得着，这样能容得他们说一两句话，不至于一张口便被人喝出去。

但凡是女孩子长得漂亮些，就不需要遭受像贾小柯这样常常遭受的呵斥和白眼。美可以击败一切，别说只是进去随便聊几句发个小广告了，所以，公司女孩子多、男孩子少。而大凡干这种工作的，又都是一些想多挣钱却又吃不得苦的女孩子，这样就有了矛盾，白白糟蹋了她们得天独厚的好条件，最后，还是贾小柯他们挣得多。

一天，贾小柯接到一个咨询电话，听声音似曾熟悉，却想不起是谁。约定到某大酒店大厅见面，那里环境好，有沙发，鲜有人过问他们到底在干什么营生，是他们经常选择的理想见面地点。见了面，却是顾娟，顾娜的姐姐。在和顾娜相处的那两三年里，他和顾娟见过两面，聊过几句。

看到顾娟，贾小柯心中还是怏怏不快。当初他和顾娜最终没走在一起，顾娟是直接阻力，因为她自己嫁了个正式工，所以看不起当时还在给某领导开车的贾小柯，嫌他是临时工，没保障。后来，她却与正式工离婚了，当然是其他原因，和男人的工作没关系。分手的事情到处都是，屡见不鲜，他不也和郑欣分手了么？这个经验让他认识到，婚姻这玩意儿太复杂了，不单是两个人，还把两个家庭搅和在一起。

而他和顾娜同居的那几年，单一个顾娟搅和进来就够他受的。也许顾娟不知道，他们分手的直接原因也是因为她。当年，她要到贾小柯与顾娜租住的地方借宿几晚，顾娜就把他赶了出去。某天晚上，实在无处可去，贾小柯回去，却发现顾娟不在。他怪顾娜对他不管不顾，顾娜说顾娟只是回来得晚，终于二人发生了大的争执，最后分手了事。如今想来，简直可笑。比起郑欣他们一家子对他的态度和所作所为，那些事还叫事吗？

顾娟贷款，是为了还信用卡。信用卡刷爆，却还不上，这种人多了，只好贷款。更多的人，贷了款又还不上，接着从另一个地方贷，最后形成恶性循环，到贷无可贷，那些赌鬼、吸毒鬼都是这么做的。

帮她办理完毕手续，他还是忍不住问这个差点成为他大姨子的女人顾娜结婚没。

顾娟和顾娜眉眼很像，她斜乜着眼睛狐疑地盯他看了一阵子，说：“想啥好事呢?”

贾小柯看到她目光里的嘲讽，想你牛逼啥啊？他不能说，“我一个月挣好几千，你他妈的所谓的那些正式工还得让我帮他们贷款呢。”但不自觉抖弄了一下身上挺括的名牌西装。

但还是获得了一点有用的信息，顾娜现在在一家美容院做事。临走时，顾娟说：“别整那些没用的。”

这句话让贾小柯费解。“别整那些没用的”，是让他别再对顾娜心存念想，还是告诫他倘若再出手就得动真拿硬。

他决计还是见顾娜一面。某天晚上趁心情好，贾小柯找到那家美容院，却终究鼓不起勇气进去，就在附近的一个台阶上等，烟一支支往外掏，最后烟蒂横尸一地。顾娜终于相跟着两三个女孩出来了。借着美容院门口明亮的灯光，他看到顾娜妆容有了些许变化，不再是他熟悉的那般素面朝天，眉眼口鼻因化妆品的打理较之以前更加精致明艳。说不出哪种形象更好，他的心突然痛了一下，想喊出那个他喊过千遍的名字来，嘴刚刚合拢成一个圆圈，却发现顾娜突然朝她的小姐妹摆摆手，走到路边，打开了一辆亦被灯光照耀的锃亮的黑色轿车的副驾车门。隔着投在前挡风玻璃上斑驳的夜景的倒影，他看到司机是一名男子。顾娜上车后，两个脑袋凑到一起，再分开，没猜错的话，是吻。然后，马达声轻轻响起，车子几乎毫无声息驶离，好车子就是这样，没什么动静。

“我终于失去了你，在拥挤的人群中……”，美容院门口一直飘着的淡淡歌声正好唱到了这一句，把贾小柯的身体从内到外唱到冰凉。

第四个月头上，在小董推荐下，小柯也成了业务组长。业务组长不再挣佣金，除了两千元底薪，还会从组员的业绩中提成，类似某些传销组织的那种上下线关系。当然，自己做业务也行，但要把业绩算到某个组员头上，到时候私下把提成提到自己口袋里就成，且能给组员抵任务，一举两得。

组长的主要任务是发展组员，也就是发展“客户经理”。用了一个多月时间，贾小柯才发展了五名，简直比跑业务都难，而一个组十名才算满额。这五个人东奔西跑，却没有贾小柯干业务时的那种效果，所以，当组长后第一个月的纯薪金，并不比自己做业务拿得多。但是，组长的好处是不会被单位裁撤掉。而组员，如果连续两个月每月业务做不够两笔，就面临被裁撤的危险。

小柯发展的第六名组员，是一个叫程静静的姑娘。程静静模样大致可以，但口有点拙。第一个月下来，只跑成一笔。小柯把自己的一笔业务给他，才凑够两笔。第二个月，程静静干脆一笔都没跑成。这个月，贾小柯又发展了两个组员，两个人业绩都差，贾小柯把自己跑的都算给了他们。快到月底的前两天，程静静来找他，说自己不是这块料，不想干了。

贾小柯自然要挽留，说了些大而空的勉励的话，说大概明天，还有一个客户找他，这笔应该能成交。他答应这笔给程静静。他说：“连续两个月任务完不成才会被裁，上个月算是完成了，这个月我先帮你这一笔，到了下个月，你稍微努力一下，说不定任务会完成得很好呢。”

程静静说：“谢谢你的好意，问题是即使你把这笔业务给我，而我实际上也没什么收入，总要穿衣吃饭呢。”说这句话时，程静静不自觉地撩了一下头发，这个动作和当年顾娜撩头发的动作十分相像，再配上当时满脸的楚楚可怜，他心里的某个部分瞬间柔软起来，一句话便脱口而出："提成你别给我了，自己留着花吧。"

说完，贾小柯有点后悔，那可是一千六百元钱哪。可话已经收不回来了，他干脆说道："下个月我亲自带你跑，教你一些技巧。"

程静静脸的色泽变了一下，那是感激、惭愧，还有一点点少女的娇羞杂相糅合的结果，让贾小柯瞬间又恍惚了一下，觉得自己做出这个决定到底还是值得的。他从另一个层面反观了一下自己的做法：领导嘛，就得大度，慷慨。

三九少年，血气方刚，有时也有控制不住自己身体和欲望的时候，像当年那样，贾小柯也偶尔去寻花问柳。如今，钱对他来说不是什么大问题，除偶尔回家时给父母一千两千，剩下的尽可任他糟蹋。不同的是，当年他和小董他们结伙去，而现在是一个人去。到底人在长大，他也感觉自己有了些身份，懂得羞耻了。但再不会有以前欢愉畅快的感觉，一个人去，总显得偷偷摸摸，心里先是有了惭愧，那种感觉便大打折扣。关键是，即使欲望满足了，心里某处，一块类似饥饿与空虚的地方还是填不满，有时出来后，甚至比寻欢之前更大了。那种时刻总是夜晚，街灯打在他身上、脸上和周遭的一切物体上，看着街上鬼影幢幢的树的倒影和暧昧不清的匆匆行人，一种之前从未体验过的因无聊而来的悲伤总会袭上心头，让他垂头丧气自艾自怜起来。

他终于明白，牢牢烙在他脑海里的顾娜与新男友上车后瞬间头碰头的亲密样子，那才是最让他心动和羡慕的。

于是，贾小柯逐渐去得少了。

贾小柯说话算数，果然带着程静静跑起了业务。但这个女孩也许真不是这块料，她永远觍不下脸和人多说几句话，结果有时到手的鸭子又飞了。但她似乎很享受和贾小柯在一起的感觉，虽屡战屡败，却跟着贾小柯一起跑，再也不说辞职的事。

贾小柯也享受这种一个女人依赖他的感觉，顾娜独立，郑欣冷漠，相比之下，就显出了程静静的好处。虽然她不大漂亮，但仔细看来，她面容还是不错的，只不过身材矮点胖点罢了。记得小董他们说过，寡瘦的女人，性格也大多挑剔，郑欣算是让他领教了。这么一想，他也就不大理会程静静其实是在拖累自己。到了饭点，两个人就随便进个饭馆吃一点。心情好的时候，贾小柯还会点两个菜，要两瓶啤酒或一小瓶二两装的白酒。这种时候，程静静也会陪他喝一点。程静静和他碰杯的样子，满足，郑重，有时甚至有一点陶醉，每逢她显现出这种表情，贾小柯的心就扑通跳那么一小下。

不想吃什么，就把它们从碗或盘子里挑出来搁到桌子上，再不用像在郑欣家那样面对姜丝犯难了。但这种无所顾忌和随意，并不能完全让胃欢愉，老在外面吃，食欲总会变得恹恹。这天傍晚时分，两个人又犯难了。贾小柯问程静静想吃啥，程静静像每次那样回答："你吃啥我吃啥。"贾小柯用眼睛把一溜饭馆的招牌扫过去，什么都不想吃。程静静问："你家有锅吗？"贾小柯瞪大了眼睛。程静静说："咱们自己做饭吧，我会一点。"贾小柯本来想拒绝，他隐隐有种说不清道不明的感觉告诫自己，别和这个女孩太亲密了，但胃和另外一种说不清道不明的感觉撺掇他说出了这样的话："没有，可以买啊。"

于是两个人就进超市，买了电磁炉、炒瓢以及一口不锈钢锅，再就是几只碗、一小块面板、一小袋面粉、一根擀面杖、油盐酱醋以及两三种蔬菜，还割了一小块肉。这些东西都是按程静静的要求买的，看来她胸有成竹。

这几乎是他与顾娜当年情境的又一次重演。不同的是，顾娜当年这么说，他欣然同意，甚至有点兴高采烈。事实上，他们也借此开始了两个人的同居生活。购物的时候，贾小柯有点恍惚，又有点后悔——他终于明白了自己刚才为什么会有那种不大情愿的感觉。说到底，这个事情并不像表面呈现的这么简单，她给他做个饭什么的，还预示着两个人关系的另一种可能。事到临头，他才发现程静静并不怎么能入得了他的眼。那话怎么说的，曾经沧海难为水。而他居然会答应，只是他孤寂得太久了，他需要某种切实的温暖，就像母亲给他做的棉被子。

然而东西已经置备齐全了。他趁程静静不注意，几次把眼睛瞥过去努力再去发现这个女孩其他的他没有发现的可爱之处，似乎除了脸蛋外，其他都真的乏善可陈。

不就是一起做顿饭吗，自己为什么要多想呢?

现在贾小柯租住的是一套一居室的小房子，比当年他和顾娜租住的房子好多了。他插好电磁炉，程静静开始洗菜、择菜。他没想到，这个姑娘居然会擀面，只是因为面板太小了，她擀不畅快，让她的功夫大打折扣。

随着擀面的节奏和幅度，程静静略过丰满的臀部一撅一撅的，牵扯了贾小柯的眼睛。他发现他的下身鼓胀起来，有那么一刻，他想过去从身后把她抱住，哪怕她受了惊吓，糊他满脸的面粉都不要紧，但还是抑制住自己了，赶紧把眼睛扭到别处。当然，这种抑制也不费多少力气。

面条盛到碗里给他端过来，看上去花花绿绿的挺好看。用筷子搅了几下，挑一口放进嘴里，算不得有多可口，但要比外面的好多了。程静静的眼珠盯着他，他想想，微笑一下，竖起拇指表示了赞许，然后，把吃面条的速度加快，以和刚才的赞许看起来相称。程静静如释重负，专门用一个小碗给他盛了碗面汤。这个在他看来并非必要的简单动作，唤醒了贾小柯那种家庭生活中男主的满足感，就像他母亲偶尔心情好的时候对他父亲表现出某种关心之后他父亲所表现的那样。

吃完，收拾完一应碗筷，突然闲下来再无事做，两个人就有点尴尬。没有电视，也没有别的可以一同玩的东西，甚至，窗外也没有下雨。贾小柯说："我送你回家吧。"

程静静没吭声。贾小柯突然有了种过河拆桥的惭愧，赶紧把话往回挽，"要不咱出去走走?"

程静静依旧没吭声，但她已经站了起来，并伸手拿过放在他那已经略显污浊的被子上的坤包，挎在肩上。两个人一起往门外走，贾小柯心里有一丝轻快，却也有一丝遗憾。到底是轻快大过遗憾，快到门口时，他紧趋两步，好以主人的身份帮她打开房门，手还没碰到把手，程静静突然从身后抱住了他，脸埋到了他的后背上，叫了他一声名字，"小柯。"

在程静静随他来出租屋的路上，贾小柯其实并非没有设想过这样的场景，甚至设想是他抱住了她，就像她擀面时他想的那样，这是一个男人永远在脑海中闪回只要有一丝可能便会借题发挥的性幻想。但他告诫自己，别一时冲动让事情无法挽回。此刻身后隔着衣服仍能感觉到的那种温暖，以及很久似乎再未体会过的某种肉欲的感觉瞬间引爆了他的身体，他已经没有能力再多想什么了，转身，也抱住了她，两个人拥吻在一起。

然后，两人在熊熊燃烧的青春火焰中趔趄着身子倒在床上。

刚才的那丝遗憾不复存在了，至于明天会怎样，贾小柯已懒得去想，反正，很长一段时间以来他心中那块空落落的地方终于被这个皮肤略显粗糙却丰满热烈的身子暂且填满了。

很快，程静静发现自己怀孕了。这倒也没让贾小柯怎么震惊，顾娜当年不也为他打过两次胎吗？从那晚开始已经又过了俩月，程静静的业绩仍旧没什么起色，也许是她想到自己与贾小柯的特殊关系，索性放弃了任何努力。横竖这么个状况，贾小柯干脆很男人地说道："算，你也别再费这个劲儿了，我养你！"

但程静静坚决不愿意打胎，并把她怀孕的事情告诉了母亲许三叶。许三叶守寡多年，程静静刚上小学时，她父亲因病死掉了。

婚姻的事情就提上了日程。奇怪的是，就像顾娜与郑欣一样，程静静也是姐妹两个，姐姐已经嫁了出去，她母亲原本靠她招女婿上门呢。已有前车之鉴，这是贾小柯万万不能答应的事情。小柯的父母也支持他的意见。他们说："咱家再没钱，也要帮你把媳妇娶进来。"贾小柯第一次婚姻的失败，让父母觉得有点对不住这个孩子——嘴上说得好，两个孩子，到底没做到一碗水端平。

许三叶倒也没有如何坚持，说闺女嫁出去也行，她坚持的是彩礼的数目。在农村，一般结婚彩礼是八万，但她非要十万不可。理由是，贾小柯是二婚，她们家需要用钱的数目来撑个面子，以弥补贾小柯二婚带来的负面效应，应付亲朋好友的七嘴八舌。

贾小柯纳闷，他和顾娜同居几年，在郑欣那儿却算不得二婚。因为和郑欣举行了那么一个貌似热闹实质无聊现在想来几乎是迷迷瞪瞪的婚礼，后来都没一起钻过几次被窝，现在却成了货真价实的二婚。八万与十万，之间似乎差别不大，但对于贾小柯的父母来说，五万已经让他们非常吃力，只因为八万是个惯例，他们才勉强接受并计划通过东筹西借来解决。再往上走，吃力指数会以几何级数倍增，他们是万万不想也不能答应的了。这半年多来，贾小柯收入倒是不少，但全被他糟蹋掉了，手头几乎没有什么积蓄。

贾小柯和程静静属于自由恋爱，但两家还是象征性地找了个媒人，这样当面不好说的话可以靠媒人的口传递。许三叶一口咬定十万，一分也不能少。她说，她要的是面子，并答应这十万块的彩礼钱自己一分不昧，随后会给小两口买一辆车子。

在他们这个地方，彩礼钱全陪嫁过来，也是一个惯例。开明的女方家长，有时还会给闺女搭上三万两万。贾小柯对程静静说："八万的车子已经很好了，为什么非要十万块钱，我卖过车，六万的车子，也不错。这么着，你让你妈留两万自己花，彩礼就八万好不好？"但在这个事情上，程静静完全听她母亲的，不复有一丝此前对贾小柯的那种依赖。有时两个人争辩急了，程静静会说："我妈一个人，过得多不容易，她无非就是在村里人面前挣一个面子，你还计较这么多！"让贾小柯生气却没有脾气。

最后，贾小柯自己在公司贷了两万块钱交给父母，这个事才算了结。

中间，因为媒人谈不下去，贾小柯父母亲自上门见了许三叶一次。回来后，母亲对他说，你那新丈母娘，以后也够你受的——说"也"，是因为他们已经领教过邢秀秀。贾小柯注意到，母亲说这话时，目光忧郁而疲惫，欲言又止。他知道，父母并不赞同他的这桩婚事，只是因为程静静逐渐膨起的肚子，他们才硬咽下这口气。

婚后，两个人住进了城里，贾小柯跑业务，程静静挺着肚子给他做饭，也算得一种像模像样的家庭生活。中间有过争吵，有时还很激烈，主要是因为钱的问题。贾小柯吸取他和郑欣的经验，坚决不肯把工资如数交给程静静，只是每月给她两千块钱作为日常花销。他要孝敬父母以帮助他们还清因自己结婚欠下的债务，还要按月还清那两万块钱的贷款，此外还有一些必要的交际与应酬，所以每个月几乎剩不下什么钱。而这些花销，贾小柯又不能和程静静明说。程静静知道小柯每月收入不止这些，关键是，她在追求小柯期间尝过好处，她自然会认为小柯当时对她好，现在自然也会对别人好，于是经常疑神疑鬼。一个人在家又很无聊，动不动会把电话打过来，不分时间和场合，弄得贾小柯很没面子。回到家，也是旁敲侧击，暗示不断。在这场婚姻中，贾小柯感觉自己大概就是胃稍微舒服了一点，其他都是一地鸡毛。尤其是，程静静还没结婚就怀了孩子，新婚夫妇最重要的性的交流被阻隔了，吵得多了，贾小柯后来都懒得回家。

在和程静静吵架的事情上，贾小柯吸取了和顾娜的教训，只是拌嘴，努力不说太过伤人的话，更不会动手。就像两个人拉着一条橡皮筋，眼看弹性限度到了极限，贾小柯自己主动松一松。还有，程静静毕竟怀了他的孩子，那个没有声息但的确存在的小东西，有时会给他一种奇妙的感觉，并由此升腾起男人的那种宽容心与责任感。

如果顾娜不打掉那两个孩子，现在也能满地跑了吧。

这还不算，婚前，许三叶信誓旦旦答应用彩礼钱给他们买辆车子的，眼看程静静临盆日期将至，仍旧没有动静。贾小柯和程静静念叨了几次，程静静却并不怎么着急。偶尔和程静静回娘家，自己也借机提了几次，说自己跑起业务来，没车总是不大方便。许三叶照例翻白眼，“挣那么多钱干啥，指不定给了谁呢！”看来程静静把他们小两口家庭财务的事也报告这个老女人了。这点程静静和郑欣有点像，啥事都听她妈的，啥事也告诉她妈。而顾娜，当年是多么有主意啊。

索性破罐子破摔，带点脾气催。许三叶说：“程静静他姐夫做生意，借走了三万块钱，说好只借半年，钱回来了就给你们买。”贾小柯说：“没必要非买十万的车子，不是还剩七万吗，买个六七万的车子就行，一样开。”许三叶又翻一下眼睛：“咱老郑家是说话算数的人，说十万的车子就是十万的车子！”

其实贾小柯自己也并非这么着急，是他的父母一有机会就在他耳根旁吹风。如果贾小柯不快点把车子拿到手里，他似乎也成了程静静母女的同谋或帮凶，站到了亲生父母的对立面。当然，没车到底是不方便的，他通常坐公交或打车。有时路程远一点又恰巧顺路，他也搭小董他们的车。

再过三四天，程静静的预产期也就到了，贾小柯已经托人联系好了医院。生产后，程静静会回乡下贾小柯家坐月子，他已经和父母商量好了。程静静是不愿独自回婆家的，可生产后立即回娘家又不大符合当地的风俗。好说歹说，他终于做通了程静静的工作，就在这边等孩子过了满月，随后遂她的意回娘家。而通常，孩子百日后才可回娘家的。

临产前一天，贾小柯和公司请了一周假，计划在医院陪程静静。下午，还有一笔要跑的业务，正好小董也要去那里，他便搭小董的顺车。那里是城郊接合部，散乱的楼房、平房里租住了许多他们的工作对象。

见了面，简单判断，贾小柯就知道对方没多少诚意，不想多费口舌，他就出来在路边等小董。

小董见的人，一看穿着打扮就是个风月女子。这种人他们见得多了，大家都以为她们来钱容易，可恰恰是她们经常缺钱，并不怎么稀奇。稀奇的是，这个女孩属于出奇漂亮的那种，而且是小董最最喜欢的那种类型。果然，一问，她在某洗浴中心工作。没有固定收入和固定住所，按他们公司的规程，自然无法办成。但女孩娇嗲嗲地用两条喷香的胳膊环住了小董的脖子，让他给想想办法，小董就心动了。能够心动，是因为他还有别的底气，他们会做网贷，只要贷款人有身份证就行，那些网贷公司自然有他们的路子收贷。女孩承诺，只要他能帮她贷出款来，她愿意陪他一晚上。

小董心猿意马，忍不住对姑娘动手动脚。姑娘才不傻呢，虽不拂他的兴致，但也不让他得逞。他只好带她去办理流程。

从那个小区出来到贾小柯站的地方，短短一段路，小董几次把右手从方向盘上腾出来去摸坐在副驾驶座上姑娘的身子。姑娘脸上始终保持的笑意让他的胆子越来越大，这种突然到来的毫无阻力的艳遇让他兴奋不已。他已经看到了贾小柯，贾小柯也已看到了他。当年，他们曾一道去风月场所风流，彼此并不避讳。就在他将要踩下刹车的前一刻，小董突然有了向小柯炫耀的欲望，一把搂住姑娘的脖子，拉到自己这边来亲了一口。这个动作超出一路常规，姑娘猝不及防，手就握住了小董的方向盘，车突然转了方向向右冲去，撞到了瞪着眼睛看小董在搞什么名堂的贾小柯身上。

左小腿线性骨折，右腿关节粉碎性骨折，贾小柯先于程静静住进了医院，还不是一家医院。小董的车子有保险，赔偿不是什么问题，他先是帮小柯在医院垫付了医药费，鞍前马后侍候着，还于第二天帮小柯把程静静送进了医院。他们原本就是朋友，后来小柯混到这步，小董功不可没，他也没有多话可说。关于事故发生时那一幕不足为外人道的细节，他替小董隐瞒了。

伤这么重不说，关键伤得不是时候。当天，小柯的父母都撂下手中活计赶紧赶到城里来。第二天，小柯父亲照顾小柯，小柯母亲照顾程静静。女儿分娩，许三叶自然也赶了过来。

顺产，男孩，母子平安。小柯母亲自然高兴，但她已经有了一个孙子，这不过是锦上添花罢了。许三叶似乎更为高兴，无论小孩子睡着醒着，她都会忍不住说："来，让奶奶看看。"小柯母亲很不高兴，有时故意帮她把"奶奶"换成"姥姥"。许三叶有时翻白眼说："我们村，奶奶姥姥都叫'奶奶'。"

程静静出院后，按照事先约定，随小柯母亲回到了婆家，许三叶没事，也随着程静静跟了过去。这期间，小柯的右腿做了手术，左腿打了钢板，受得不是人受的罪，却只能把所有苦、所有痛、所有思念及焦灼咽到肚子里。

同病房病友，是市财政局的一名科长，下乡时车翻了发生事故，也是骨折。每天，都会有各式人等来医院看望他，各种鲜花和高档营养品堆了满满一地，还侵占了小柯这边的位置。提回去，再堆满。特别是有一天，他们局长带了一大堆人齐刷刷来到病房进行慰问，挤得小屋子满满漾漾，让小柯自己都觉得他在这里是一个障碍。果然，小柯父亲主动从病房退了出去，以给他们留下下脚的位置。小柯能从父亲的目光中看出那种隐隐的艳羡，自己就惭愧起来。小柯的组员中，也有三两个忙里抽闲过来看他，只是可怜地提一兜水果，至多一提牛奶。而公司领导，至今没管过没问过。小柯不禁在心中感慨，到底单位性质不同，以前所有的荣光，不过是自我感觉良好。

半个月头上，许三叶来医院看他。趁小柯父亲出去，许三叶说："小柯，咱商量个事吧。"那么喜欢颐指气使的人，突然用了这样的措辞说话，小柯已经预感到某种不安，便瞪大了眼睛。许三叶说："让这个孩子姓程吧。"小柯皱起了眉头，说："为什么？"许三叶说："也不为什么，我这一直把你当亲儿子看，就让这个孩子姓程吧，也算给老程家开个门。下个孩子，姓贾好不好?”

这时小柯父亲进来了，许三叶赶紧说：“这个事情就这么说定了好不好。”收拾上东西就走了。

父亲问小柯她说什么，小柯迟疑半天，还是把许三叶的要求告知了父亲。父亲勃然大怒，“我们是把她姑娘娶进门的，她凭什么提这样的要求!”

到第二十天头上，小柯母亲突然跑进城里来，说许三叶叫了一辆车子，把程静静和孩子都给拉走了。小柯母亲挽留，说孩子还没有满月，这不合规矩啊。母女两人都没搭她的茬。许三叶皮笑肉不笑说道：“静静没在你家住过，整晚睡不好觉，我给咱接回去，保准给养好孩子，这样也好腾出你的人来去城里照顾小柯。”

一听这话，小柯父亲破口大骂，既骂小柯母亲没留住孩子，又骂许三叶奸诈狡猾。近来发生的所有事情，都超出小柯的预料，他既恨且烦，却由于双腿的限制，毫无应对之策，只好劝父母说：“等我出院后再和他们理论。”

第二十五天，小柯终于出院。他不顾医嘱告诫“不能随便乱动”，一刻也不能等待，立刻叫了小董的车子到程静静家。路上，他曾想象这个恶婆娘可能会拒绝他进门，但到了后，还是让他进去了。

小柯终于见到了自己的孩子，孩子皮肤很白，眉眼与他很像，嘟噜噜的黑眼睛转动着看他。一路上积聚的怒火，终于被孩子明亮的目光稀释了。许三叶问他想好没有，他想挽留这一刻的美好，不愿把脸撕破，就想了个权宜之计，说：“下一个孩子姓程好不好?”许三叶立即拉长了脸，说：“下一个要是女孩怎么办?”

小柯的怒火刷地升腾起来，他没想到她能说出如此自私又无耻的话，他劝诫自己冷静，再冷静，最后黑着脸说：“不行。”

许三叶出去后，小柯给程静静做工作。但程静静眼睛既不看他，也不搭话，只是抱着孩子摇来摇去，说一些大概所有女人当了母亲都会说的象声词，唔唔唔，嗷嗷嗷。那种表现出来的全身心，反倒显得贾小柯的一切话都是无聊和不合时宜。

如果拿婚前婚后做比较，郑欣在婚后的所有冷漠尚有迹可循，而程静静的变化却令人匪夷所思。贾小柯又一次恍惚，面前这个因坐月子养得白胖臃肿的女人，和那天在身后抱住他的到底是不是一个人？

等再次登门，许三叶果然不让他进去。他给程静静打电话，一遍遍打，程静静不接，后来，还关了机。

腿还在将养，哪也不能去，只好一个人待在床上胡思乱想。从这场婚姻开始往后捋，贾小柯甚至怀疑是否压根就是她们母女设计好的一场骗局。但想到起初程静静结识他时的所有表现，又觉得不大像。自己本就郁闷，加上父母整日里的咒骂和念叨，他脑仁子都疼了。

伤筋动骨一百天，他这种情况，也许会延续的时间会更长一点，起码这三个月，回公司上班是没指望了。公司便暂且安排人替代了他的职务，而他失去组长这个职位后，既没了底薪，也没了提成。他知道，公司不养闲人。

突然有一天，他收到法院一纸诉状，程静静提出了离婚。理由是，婚前特别是产后，贾小柯未尽丈夫与父亲之责，无论在经济或行动上，都没照顾他们母子。

贾小柯咨询了律师，即使那些理由不作数，如果程静静以夫妻不和为由提出离婚，最终法院还是会判决的。关于孩子的抚养权，贾小柯也没什么希望，因为孩子还小，更适合跟随母亲成长。而且，一旦孩子判给程静静，贾小柯每月还得付抚养费。

这才是货真价实的赔了夫人又折兵！“如果我坚决不离呢？”贾小

柯问道。

了解了他的具体情况，律师说："你们只是办了结婚，但没领结婚证，在你这方面，几乎受不到什么保护。而女方那边，却可以以事实婚姻起诉你，得到人家想得到的东西。"

他曾领略过不领结婚证的好处，如今却傻了眼。

他不敢想顾娜，顾娜代表着某种美好，离他似乎太过遥远了，仿佛一个梦境。他想起了郑欣，唯到此刻他才怀疑，自己当时那般决绝地离开郑家，是否太草率了？

痛定思痛，他考虑妥协，不就是孩子的一个姓吗，有啥大不了的，只当自己入赘到程家好了，又不是没入过！和父母商量，父母断然拒绝，并被他的"背叛"气得浑身发抖。他们说："咱老贾家丢不起那个脸！"

"老贾家"，贾小柯在心里冷笑起来。当年邢秀秀不断给他灌输"老郑家"，哪怕老郑是那么懦弱一个人；然后是许三叶，老公都死掉了，还念念不忘"老程家"；如今，又是自己的父母说什么"老贾家"。而他贾小柯，招也招过了，娶也娶过了，可什么时候才能有一个真正属于自己的家？

一只甲虫探头探脑从地上跑过，为了显示残余的愤怒，贾小柯父亲抬起脚狠命踩下，并左右转动脚掌碾压几下。有生以来，贾小柯第一次替这些他以前也会这么对待的生灵感到了疼痛，两条残腿深部也像受到惊吓，感应般跳动起来，并拽得他的心一阵发疼与发紧。

时近深秋，又有几片叶子掉了下来。

2017年11月23日

独自看守 |

两副铐子，大号的，粗而壮，一头铐在床头两侧最边缘的两根栏杆上，另一头则固定着冯明辉的两个手腕。这样，他的两条胳膊就以头为中心对称打开，胳肢窝完全暴露在外面。

两团乌黑的腋毛，在窗外日光或病房灯光的照耀下，像两个靶子的靶心，昭然若揭，赫赫煌煌。

腋毛起初是油亮的。后来，结晶了一层灰白的黏糊糊的东西，于是变得晦暗不清。长久未清洗，靠近的时候，能闻到一股淡淡的酸臭味道。

这两处让人避之唯恐不及的地方，孙山岗偏偏表示出极大兴趣。

他会找来各式工具对那两块“试验田”进行探究，把本就混乱不堪的腋毛搞得更加混乱。

比如，他会把一张纸卷成一根笔杆状的东西，顶端撕成条状，让它成为一把刷子，然后，拿刷子轻轻拂过冯明辉的腋窝，细致，专注，一丝不苟，就像文物工作者清洗一件价值不菲的古董。他的耐心和孜孜不倦让古况惊叹。

这时的冯明辉，会痛苦或幸福地把身体扭来扭去。说痛苦，是因为古况确实看到了他脸上显露的痛苦模样，配合表情，他会把自己的身体在尽可能的范围内扭来扭去——两副手铐、那条打了石膏的伤腿成为事实上的三点，固定着冯明辉身体的平面。于是，他的扭动只能对逆来顺受构成一种缓解，因为他根本逃脱不掉，当一个胳肢窝在身体扭曲到最大限度权且隐藏起来时，另一个胳肢窝则会互补般更舒展地露在外面。这样，极度痛苦的冯明辉不得不背弃医嘱去动他那条已是粉碎性骨折的伤腿，就像拔下一颗已钉牢的钉子以让身体松动。说幸福，是因为孙山岗把力度减至最轻的时候，尚能承受的冯明辉会尽力克制，在微皱眉头表明抗拒后闭上眼睛咬紧牙关，至多发出一点不合时宜的呻吟。这恰恰是孙山岗最为追求的效果，即如百般磨砺锤炼某种技艺，而呻吟是衡量这种技艺的一个指标。于是，古况惊异地看到，只穿一个三角裤头的冯明辉，裆部的那团东西居然会膨胀、勃起。如得到证据一般，这时的孙山岗脸上会呈现一种如释重负般的光辉，宛如重大试验取得阶段性成果。这时，他会扭头对古况说，哼，人家幸福着呢！似乎刚刚想起旁边还有他这么一个观众。人一成功就会激动，力度就把控不好了，冯明辉的呻吟就会不合时宜地变大，变成呐喊、号叫，透出烦躁、抗议和歇斯底里，并最终把身体扭来扭去，让孙山岗的努力前功尽弃。

再比如，他会拿一枚曲别针，先把一头展开，让另一头还保持原样，这样用拇指和食指捏起来会方便些。他明察秋毫，能够准确找出冯明辉腋毛与腋毛间的间隙，然后用曲别针轻轻扎下去。这亦是一项令人叹为观止的技艺，因为孙山岗从不胡来，他会整齐地呈规则图案扎过每一个地方，把那些点放大，仿佛不会下围棋的小孩子只能也最爱把全部棋子整整齐齐地摆在棋盘上，不过这张棋盘杂草丛生罢了。力度呢，不能小，不能大，既得让冯明辉叫出来，还不能把他的皮肤扎破，这需要怎样的专心致志和心灵手巧啊？因为曲别针体积小、长度短，这样孙山岗会不知不觉地把鼻子凑近冯明辉的腋窝。古况起初只是怀疑他的嗅觉，后来才意识到这是一种忘我的情怀。

所有的工具，都取材于他们的工作包，只不过有了孙山岗点石成金的技艺，每样东西才能不辱使命奔向冯明辉的腋窝。

他们干刑警的，每个人都有这么一只包。里面装着曲别针、大头针、（古况想，孙山岗之所以不用大头针，是因为太尖了，一不小心就能把冯明辉扎一只窟窿。经过几天的观察，他发现孙山岗总喜欢在难度的刀锋上跳舞。）各种材料纸、（询问笔录、讯问笔录、受立破三表之类。）二页纸、（如信纸一般，不过印在上面的横纹是黑色的，续用在讯问笔录或询问笔录纸的后面；报案人写报案材料也用这种纸，哪怕事先写好随后也得誊写一份，似乎只有写在这种纸上面的报案材料才入得了案卷。孙山岗就喜欢用这种纸制刷子，软硬恰到好处。）印台、（这更是不可或缺，记得有一次他跟一个老同志去一个村子里问笔录，居然都忘了带印台。幸好当时春节刚过，老同志训斥他一番后，出门撕下一小块对联纸来，用唾沫将纸濡湿，然后将被询问人右手的食指肚儿按在对联纸上，居然也按出了红红的指印。每忆及此事，他一方面感慨老同志果然经验丰富，另一方面禁不住替那个村民恶心，似乎那根手指永远沾染上了那种恶心的口水臭味并在他鼻子前晃动。）手铐。（他们都喜欢那种小号的铐子，不像现在铐冯明辉的这种粗壮硕大，因为体积小重量轻更易携带。）此外，还有香烟、药品等等，随个人需要而不同。

包大小不一，与职务高低、警龄长短成反比，因为只要他们带得齐全，领导和老同志则可以省掉一些东西——没有差别，何显优越？于是夹一个小包成为派头和身份的象征。

孙山岗研究冯明辉腋窝的时候，古况心里并不轻松。

他反躬自省，要想完全接受并融入这个职业，尚需一段时间——别说亲自动手，即使当个合格的看客，也相差甚远——别的同事面对这种场面，自然是见惯不惊甚至欢欣鼓舞或倍加赞赏的。动手者与观瞻者的区别，恰如鲁迅笔下刚刚调戏过小尼姑的阿Q与酒店里的看客，无非是十分得意与九分得意的区别罢了。但对古况，却是一种别样的折磨。

上警校时，古况读过一点弗洛伊德。老先生说，有一种人，会把自己与别人“等同”起来，于是，能感同身受别人的痛苦。这种感觉，和常人所谓的同情不是一个概念，几乎等于别人的痛苦在自己身上“加强再现”。古况从理论上找到了自己问题的心理根源，怒己不争的感觉时不时会击打自己的心灵。

张少安不止一次地对他们说，面对嫌犯，警察的首要任务就是彻底摧垮他们的尊严，自尊一旦被击垮，接下来的问题便迎刃而解。作为有着丰富侦查经验的刑警队长，如此言辞振振地强调这一点，其中自有道理。

当然，面对不同人，采取的方法还有细微差别。

对于有身份的人，毁掉他们尊严的办法是让他们做没尊严的事。古况曾经领略过张少安审讯一个猥亵女学生但拒不认罪的小学校长。校长金边眼镜，西装革履。张少安不打，不骂，只是让他学做一个“发动摩托车”的动作。让古况佩服的是，张少安居然还对着那个小学校长向古况他们亲自做了示范：两只手半握拳，即如握着摩托车的把手，一条腿着地，另一条腿抬起来，用脚不住地朝后蹬，就像踩摩托车的启动杆。关键是，要配合“蹬杆”的节奏，口中发出“呜呜”的声响，类似摩托车发动时的引擎声。起初，小学校长自然是不肯就范的。张少安说：“如果你不照我说的去做，我就把你裤子扒下来让你光穿一个裤头在院子里跑步。”说着，就去抽取校长的真皮裤带。校长傻眼了，两害相较取其轻，只好哭丧着脸按照示范简单做了两下。张少安不满，又去抽取他的裤带。三番两次，校长终于投入地“发动”起“摩托车”来，有那么一个时段，似乎发动得上了瘾，无论动作还是声音都惟妙惟肖，让人忍俊不禁、叹为观止。古况站在一旁，既觉其滑稽，又为之羞愧。就在校长大概是因为累了而支撑不住瘫坐地上的那一刻，他满脸淌汗耷拉着脑袋有气无力地说：“我交代，我交代。”

对于没有身份的人，那则要简单得多，拳打脚踢就好了，直至打得他们跪地求饶。人一下跪，尊严自然土崩瓦解。

冯明辉就属于没身份的人，却也是在这种策略下发生了事故。

突审冯明辉，是古况从警以来第一次参与的所谓“真正”审讯。参与，就是说你不能像看小学校长“发动摩托车”那样，做一个袖手旁观者。

对于古况这种从警刚满一年的“新兵蛋子”，根本无从判断冯明辉是否像张少安说的就是这起案子的杀人凶犯。整个破案过程，他只是跟从比他年长点的老民警走家串户，照猫画虎般在小本子上根据老民警的询问做一些似是而非的记录，有时甚至连询问的意图都不甚明了。突然有一天，张少安宣布案子破了，杀人凶犯就是押在他们面前的这个瘦弱不堪的湖北佬。

按张少安的话说，只等这个湖北佬交代就行了。

20世纪90年代，在所有刑案中，口供还非常重要，甚至说绝对重要。没口供的案子到了检察院根本就通不过，批不了。

所谓审讯，就是让冯明辉交代他应该交代且警察能验犯罪证据的事情。

张少安说，审讯要的就是阵势。为推波助澜这个阵势，古况的口、手、脚也像其他老同志的口、手、脚一样分别发挥了作用，即如交响乐中那件最不起眼的乐器——第一次领略这种阵势，他是胆战并兴奋的——他终于加入合奏，很大程度是有讨好领导的成分，不是说干什么像什么，卖什么吆喝什么吗？

整个审讯过程，冯明辉以他的极度忍耐和桀骜一方面诠释着张少安审前碰头会上说过的“天上九头鸟地下湖北佬”的论断，另一方面用有时终于忍耐不住的凄厉大叫粗壮着古况的神经，现身说法地帮他诠释自己从事的职业。

终于，冯明辉选准一个机会，在地板中间挣脱他们，梦幻般从敞着的一扇窗户飞跃出去，靠墙的一只皮沙发上还留下了他一枚借力的脚印。

所有人都骇得只知啊啊大叫，唯有张少安眼明，迅疾冲向屋门打开锁死的门扣拔腿就往楼下跑。

他们这才回过神来，不忘继续惊呼，尾随张少安往楼下跑。

智者千虑，必有一失——门是锁死的，窗却是打开的——因为天气太过炎热，汗臭味、烟臭味很快弥漫了整个屋子，便有人打开了窗户，而张少安也未加制止。

幸亏只是二楼。

楼下的花池里，冯明辉还想挣扎着起来，但早已被人死死按住。

在张少安的大呼小叫中，一辆北京212吉普车吱嘎一声停到人群前，大伙儿死拖硬拽把冯明辉塞进车子，撂在后排座位上。

冯明辉一落座，大家旋即散开，只有孙山岗脱手不利，还抓着冯明辉的一条胳膊。

有人喊，“快，快，上车，上车！”古况紧挨着车子，回头看了一眼，“上车上车”的喊声此起彼伏响成一片，一个比一个积极，看那急切的神态，有的人似乎恨不得把古况从车前拖开自己冲上去。古况恍然大悟，赶紧钻进车子，并为自己的片刻犹豫而感到惭愧。这样，和孙山岗一左一右把冯明辉夹在中间。

整个过程，其实就是一瞬。

张少安从前面坐在副驾驶上，司机发动车子朝县医院呼啸而去。

进了医院，首先是一些例行检查，拍片子、抽血什么的。医生把单子开好塞给他们，古况和孙山岗用一把轮椅推着冯明辉，张少安跟在后面，在这个医院的几个功能科室间转来转去。说是两人推，其实是古况一个人用力，孙山岗只是在关键处搭一把手。身份决定的嘛，就像在部队，上下尊卑分明，在所有共事的过程中，大家都认可并维护这种格局，所以古况并无怨言。

许多检查，需要冯明辉脱掉衣服，古况便不厌其烦地帮冯明辉把衣服脱下、穿上。倒是张少安看着厌烦了，终于忍不住大吼一声，“穿什么穿，倒有功劳了?!”就像对古况没好气似的。于是后来，轮椅上的冯明辉就只剩下一条三角裤头。后来才想起冯明辉的衣服落在了某个地方，去寻，早已不见踪影，也许被医院勤杂人员当垃圾扔掉了。

于是后来在医院的那段日子，冯明辉始终就穿着一条三角裤头。天热，也没什么大碍。

右小腿粉碎性骨折，手术安排在第二天上午。怕损伤加剧，先用夹板给简单固定了一下。

铐子是张少安亲自铐好的。这种固定方式虽说对冯明辉有点残忍，却最为可靠，看来他也满意自己的杰作。

铐好后，他把孙山岗叫出去交代了几句，自己起身离开了——这是当领导的好处，一切有上进心的人，都会艳羡并据此展望未来。

一番折腾，已将近午夜。

送走张少安，孙山岗一骨碌躺在靠门处的那支空的病床上，两只鞋子啪嗒啪嗒应声而落。

忙活了半夜，都有点累了。古况在窗户这边，见孙山岗那样，犹豫一下，也斜靠在窗边这支空的病床上。

冯明辉的病床夹在他们中间。

不便说什么，也没什么可说的，病房里突然有了一种异样的令人恍惚的安静。

冯明辉闭着眼睛呻吟，声音微弱但扰人神经，就像琢磨过他们的心理后恰到好处地调节好了发声旋钮，光明正大地以此种方式抗议、喊冤、控诉，而他们也只能认为是因为疼痛。

孙山岗不吃他这一套。终于，他被呻吟声惹毛了，大喊一声，“哼哼个×！”

古况的神经正受折磨，尚在犹豫如何是好，孙山岗的吼叫吓他一跳。他心里赞许孙山岗办事的干脆利索，这是他们这些老干警的共同优点：想到做到。冯明辉的呻吟应声而止，但过了一会，又卷土重来，只不过把旋钮往小处调了调。

孙山岗刷地从病床上起来，抡起拳头朝冯明辉肋骨上擂了两下。

冯明辉彻底不吭声了。但还不甘心，终于在间隔很长时间之后憋憋屈屈地发出一种愈显委屈的哼哼声。这种哼哼声掩映在孙山岗轻微的鼾声之下，可以理解为是向古况发出的探询。

古况心里不忍，任他去了。

半个小时后，孙山岗醒了过来。他张口就是一句话，“你也是个傻×。”

古况一愣。

看古况纳闷，孙山岗补充道，“稍聪明点，能摊上这苦差事？我是没躲利索，你是迎上来。真论资排辈拣软柿子捏，也未必轮到你。我他妈更傻，都参加工作好几年了，还犯这种低级错误，让那两个比你都迟进几个月的猴猴蛋讨了便宜。看吧，十天半月逃不掉。”

古况这才若有所悟。同时，心里略微涌起一星感激。他的话虽粗，能和自己这么说，却意味着一种平等。

看守嫌犯确实是一桩辛苦活，麻烦活。有时辛苦倒还不要紧，麻烦却让人受不了。他们遇到的第一桩麻烦事，就是冯明辉要大便。

孙山岗说：“忍忍。”

冯明辉说：“忍不了了。”

孙山岗没好气：“忍不了屙床上。”

冯明辉突然号啕大哭起来：“你们冤枉好人不说，还不叫人屙屎撒尿，你们比恶霸还恶，比黑社会还黑！”

见他一个大男人孩子般哭起来，古况的心先软了下来，但他不敢擅自做主，也不知如何处理，便把探询的眼光望向孙山岗。

其实孙山岗也只是故意刁难他一阵子，现在脑海里正盘算如何解决这个始料不及的问题。

处理方法有两种：用便盆或去厕所。

便盆及一切日用品，办理住院后，护士都送进病房了，现在就搁在床下面。用便盆的好处是，冯明辉不用离开病房，这样相对安全一点。但他大便的同时，会把整个屋子熏臭，而他们却必须一起待在这个屋子里不能离开。而且大便结束后，还得给他倒便盆。便盆倒是可以指使古况去倒，但一想到整个屋子里弥漫着这个家伙的大便味，而自己要像咸菜般在这种味道中腌制，感觉受不了。

去厕所的麻烦是，他们得小心翼翼地看护紧，不能有任何闪失，比如这家伙一旦抱定了必死的决心从厕所的窗户跳下去怎么办？（既然已经跳过一次楼，不是没有这种可能。）要避免这种意外，就得有一个人的手和这家伙的手用铐子铐在一起，那自然也是古况。那么，在这家伙大便过程中，古况就得面朝蹲坑把一只胳膊伸向他做全程陪护和观摩。

他怕古况不情愿，就反问了一句："你说怎么办？"

古况看看冯明辉的腿说："他现在腿还骨折着，活动是否会加重他的伤？"

孙山岗皱一下眉头，心想你倒是为他考虑得周全。他看了冯明辉一眼，这家伙早已停止了号啕听他们做决定，两只期盼的眼睛灼灼放光。他的气就不打一处来："反正还没做手术，有什么问题明天一并处理。"

这样算做出决定了，古况就从裤腰上摘取链在一大串钥匙上的手铐钥匙。

孙山岗摆摆手说，"我来。"他也麻利地摘下挂在自己裤腰上的手铐钥匙，先打开冯明辉左手铐在床背上的那一端，示意古况过来。古况愣一下，旋即明白了他的意思，虽有点不情愿，但没表现出来，过去伸出了自己的右胳膊。随着手铐齿轮咬合的声音，他的手腕便和冯明辉的手腕铐在了一起。然后，孙山岗又打开冯明辉右手铐在手腕上的这一端，顺势拉住他的胳膊助他用力以便他能坐起来。因为力气用得大了，冯明辉还没做好准备，在起身那一刻身体活动幅度过大牵扯到了那条伤腿，痛得“啊呦”大叫一声。孙山岗一巴掌拍在他脖子上警示他不要小题大做，冯明辉果然不吱声了。

病房离楼道尽头的卫生间距离不短。孙山岗还算心善，犹豫一下，走出病房从护理站取回一把轮椅。两人一起用力帮助冯明辉从床上下来坐在轮椅上。因为一条腿行动不便，一只胳膊又被古况牵扯着，简单的动作却显得艰难。冯明辉只穿一条三角裤头，活动过程中，阴毛和睾丸便不时地从一侧露出来。天又太热，三个人都出了一头汗。

轮椅推到卫生间门口，两个人用力帮冯明辉站起来，然后架住他的胳膊努力让他那条伤腿不沾地，冯明辉跳着拐拐往里走。

进去了才发现，唯一的坐便器上，坐着一个老头。老头的一条胳膊打着石膏绷带，用一条丝巾拴在脖子上横挎胸前，显然也是个骨折患者。

一个几乎裸体的男人被另外两个男人夹着，腕上还戴着手铐！老头被他们这种阵势弄得恐惧或迷茫了，嘴唇微张却说不出话来。

还是孙山岗先开了口，“完了吗？”

老头先是点点头，继而发现点错了，又摇摇头。

可冯明辉却已经憋不住了。他用自己那只未被束缚的手指指旁边的蹲坑说，“我就到那儿。”

孙山岗松开架着冯明辉的那条胳膊，过到窗户前，这扇常年不关的窗户的金属合页已经锈蚀，关它费了许多力气。窗户闭合后，卫生间里的味道迅速浓烈了许多。孙山岗从裤兜里摸出一支烟，也没让古况，自己点上。

冯明辉用那只可供支配的手麻利地褪掉裤头急匆匆蹲了下去。因为一条腿伤着，身体的重心只好落到了好腿的这一侧，蹲下去的身子便呈倾斜状。饶是这样，也痛得要命，一条胳膊还得伸向前方照顾和他牵连在一起的古况，这样整个身子便无比吃力。

那种熟悉的能够勾起人心理和生理反应的声音轰然奏响，令人作呕的气味迅速飘进古况的鼻腔。

也就是一支烟工夫，古况却体会到了在时间意义上一个人能够忍耐的极限。

完了，却发现忘带手纸。

孙山岗说，“擦个×啊?”

冯明辉面露为难之色，经验告诫他不敢在孙山岗面前犯犟。

孙山岗从窗户那边走过来，朝那个老头说，“手纸多吗?”

老头仍旧瞪着那双似乎一成不变的眼睛，把手里一直握着的一截卫生纸展开捧出来，就像在敬献一条短促的哈达。孙山岗一把揪过来，从中间一扯两截，一截递给冯明辉，一截依旧还给老头。老头受宠若惊，频频点头感激孙山岗的善解人意。

始料未及的这些不堪之事，验证了孙山岗骂自己“傻×”所言不虚，无怪乎古况也开始后悔事发时自己表现得太积极了。继而转念一想自己的资历，他便在心里摇摇头认了命。孙山岗却一直不能释然，怨天尤人，骂骂咧咧，一会骂自己，一会骂冯明辉，偶尔也在骂自己的同时捎带骂骂古况。到后来，终于化繁为简，或者意识到了“冤有头债有主”，矛头指向冯明辉一个人了。

古况把孙山岗对冯明辉的“折磨”，视为一种迁怒。不幸就在于，因为个人的心理特质，孙山岗对待冯明辉的行为却一箭双雕——他像冯明辉一样惧怕孙山岗的心血来潮。

他玩人的花花点子，又是那么的多，自己还不能借故躲开，擅离职守。

无论古况如何掩饰、压抑，孙山岗还是在他脸上看出了异样。一次，在古况终于没控制好伴随着冯明辉的痛苦不约而同地“啊”了一声的时候，孙山岗瞟他一眼，冷冷地丢了一句：“大老爷们，别像女人一样好不好啊？”

满脸满眼的瞧不起，让古况心生惭怍。

所以这天晚上，孙山岗因为有事让古况一个人顶班的时候，古况居然心生欢喜。

按说，这种情况是绝对不允许的，涉及工作纪律。不，是铁律。张少安几次来病房都再三叮嘱，两个人都必须坚守岗位，谁也不准擅离职守。

孙山刚对古况说：“领导的话，你有时当放屁好了。”

古况惊讶孙山岗敢这么说，他发现一个大致规律：警龄越长的人，越口无遮拦。

孙山岗还举了一则领导把说话当放屁的例子。

几年前，他初进中队。（队部在乡下。）到了星期天，（那时还没实行双休日，对于他们刑警，侥幸没摊上案子的话，能勉强休息一天。）需要留一个人值班。张少安对他说：“你还年轻，没结婚，家里事情少，就待在队里值班吧。周一上午我们来了后，你补休一天。”其实，那时他刚刚谈上一个女朋友，正急不可耐地盼着休息日回去联络感情呢。可领导已经这么说了，他也不好拒绝，于是就傻乎乎地在队里值了一天班。周一上午，他从吃完早饭就眼巴巴盼着张少安他们来。盼啊盼，盼到了快中午，张少安终于坐着北京吉普212拉着其他队友来到队里，他热情地站在院里迎接并等张少安发话让他走。可张少安看了他一眼，兀自进了自己办公室。他讪讪地不知该怎么才好。看看时间，也快中午了，想不妨吃了午饭再说。吃午饭时，他故意和张少安坐在一张桌子上等他开口，可这家伙居然无动于衷。耐着性子把饭吃完，他终于忍不住问道："张队长，我回家吧？"张少安转过脸斜着眼睛瞅他一眼："咋了，家里有事？"

孙山岗对古况说："后来，我每想起这句话都会生气。你说，什么东西啊？这社会，就是软的欺，硬的怕。你刚来，也长点脑子，别让人家给欺负了。再后来，该我值班我值班，不该我值班我就回，问都不问他！他也拿我没法。哼，人就是贱！"

这算得上推心置腹了。孙山岗这么说，一方面是给自己擅离职守鼓勇气，另一方面也是向古况表情意。因为他走后，意味着古况的责任的确更大了。

古况并非不知道纪律及违反纪律的后果，两人之所以能达成默契，一方面是利用了张少安对他们的"信任"——这种信任如果深究，其实大有意味。因为在张少安眼中，即便孙山岗也是"新兵蛋子"，他们没有违反纪律的胆量。另一方面，是他们借机钻了组织的空档——这么多天，无论是张少安还是其他队领导，都没在夜晚过来探视过。

孙山岗愤愤地说："他们吃肉，总不成咱不喝口汤吧？"

这话说得似是而非，不得要领，古况大致明白他的意思。而古况之所以允诺，并不是百分百出于战友间的关心和情义，只是他真的需要摆脱孙山岗，好让自己的神经休整一下。要不，冯明辉没疯，他疯了。

何况，孙山岗述说了自己必须回家的原因。原来，今天是他老婆的排卵期，他得回家为“造人”着想。结婚两三年了，他们至今没有孩子，这让他很焦虑。“他妈的，为了革命事业，总不能绝后吧。”他怨气重重，甩出这么一句话。

即使再年长一些，古况也不可想象自己会像孙山岗这样大剌剌地说出这么隐私的事情。

多少年以后，古况才真正意识到这铁律的意义：不仅仅是担心嫌犯的安全，更重要的是，两个警察在一起，彼此能够照应，一旦发生不测，在那个手机尚未普及的年代，另外一个人还可以跑出去喊人。此外，彼此又能形成监督。如果只一名警察，立场稍不坚定，完全可能被嫌犯及亲属收买而发生泄密行为。一旦如此，他们所有已经掌握的证据可能流于无效。

窗外夜幕沉沉。

古况背转脸，眼睛瞧着窗外。他不想让冯明辉看出自己脸上掩饰不住的轻松神色，他需要镇定一下情绪，也好盘算一下接下来自己该做点什么。窗玻璃犹如一面镜子，调好角度，恰巧可以观察冯明辉的一举一动。

从二楼往下望，路边各色摊贩或明或亮的灯光星星点点，分据道路一侧左右迤逦而去，渐至稀疏。再往上，是大而黄的暗淡路灯，没有摊贩的灯光密集，却遥遥没有尽头。

古况突然意识到，今天没准是老天赐予他的一个机会，让他利用自己在警校学过的审讯知识，通过和冯明辉促膝谈心，从他口中挖出一些对案子侦破有价值的东西。念及此，建功立业的使命感在他心中激荡起来。

他清楚地记得给自己带预审课的邢老师，一个慈祥的老女人，在课堂上讲过一桩案例，是她自己的亲身经历：一个涉嫌杀死自己情夫的年轻女犯，在看守所已经关押了近一个月，却死活不肯交代自己的罪行。预审民警束手无策，通过关系找到她帮忙。她到看守所仔细了解了女犯的情况，已经心中有数。她先是给女犯买了一套内衣，然后安排她洗了一个热水澡。果然，这些事情办完后，女犯供认不讳，而且明确告诉那些与她打了很长时间交道的预审民警，她之所以这么痛快，完全看的是邢老师的面子。

邢老师说："你们可以想象一个曾经养尊处优的女人一个月不洗澡不换内衣吗？很多时候，感化是面对嫌犯的一种最好方式，而这种方式恰恰容易被我们的基层民警忽略。"

古况觉得通过这几天相处，冯明辉绝对可以感受到自己和孙山岗对待他的不同态度。他正好可以借此机会，对自己从未实际验证过但在偶尔心血来潮的热情鼓荡下基于想象不免虚高出来的预审能力，牛刀小试。说实话，即使他是"新兵蛋子"，对于张少安他们普遍采用的那套对待嫌犯的办法，也觉得是不值一哂的。

古况信心满满。扭转头，看到冯明辉瞟向自己的眼睛慌忙转向另一边，但随即又转回来，向自己挤出一个笑容。

在病房灯光的照耀下，铐子冷光闪闪。两团光之间，是冯明辉那张窄巴巴的小瘦脸。小瘦脸两边，是两条骨架不大却略显孔武的胳膊，应该是长期干重体力活的结果。脖子之下，两排肋骨根根可见，更显出他身子之瘦。

多少次，在冯明辉没被孙山岗折腾疲惫地闭上眼睛的时候，古况会盯着他看一阵子。的确，古况从冯明辉身上看不出一点凶恶的迹象——如果他真是凶手，那么则会彻底改变古况此前对杀人凶犯应有形象的粗浅认识。

事实上，从警一年多来，现实在不断改变着古况的认识。如果简要概括他和同事之间的最大差别，那就是凡事他总往好处想，退一步，起码不至于那么坏；而他的同事，凡事则往坏处想，几乎瞧不出一点好。所有他接触过的工作对象（嫌犯），一眼看上去总感觉不像“坏人”。而果真有看起来“真不像”的，他的同事则说，那只能说明这个人会伪装。

有时候古况也会反躬自省，是不是自己过于书生气了？一个不争的事实是，他的战友们确实依靠他们的逻辑破获了许多案子，那些“真不像”的，恰恰的确就是。

也是，如果依照自己的逻辑，岂不天下太平了？

这涉及他们的侦查机制。在没有科技手段支撑的年代，他们通常采取的是摸底排查的老办法。具体到他们中队，通常是一名老同志加一名新同志，两人一组，被领导像豆子般撒出去挨家挨户了解情况，发现线索。用行话说，叫地毯式摸排，不漏人，不漏户，所有与案件可能有关的情况，悉数调查。如果有情况，随时汇报。如果没情况，收队时简要汇报排查情况。所以，核心线索掌握在领导手里，他们每组只知道自己走访了解掌握到的情况。

在手机没有普及的年代，因为通信不畅，到底该何时收队常让他们挠心。特别是大案要案，专案组往往驻扎在案发地的村委或学校，有时也住民房。于是，经常会有这样的情况，已经过了通常意义上的饭点，肚子里饥肠辘辘，感觉可以回去了，怯怯地回到驻地，却发现其他组还没回来。不幸被领导瞧见，肯定挨一顿臭骂：“就知道吃！”所以大家是宁迟勿早。可迟得太过厉害，临时寻来的厨师又不等人，饭没了，只好泡方便面。

那些久侦未破的案子更让人苦不堪言。挨家挨户走访过许多遍，老乡们都被问烦了，甚至自己都不好意思再进去，进去还是那几句连自己耳朵都厌烦了的话。遇到特殊案件，老乡们怕受牵连引来报复，干脆不客气地给你吃闭门羹。实在无处可去，又不能回队，如果再逢上天寒地冻、寒风呼啸，只能找个避风的角落瑟瑟发抖熬时间。

冯明辉涉嫌的这起案子，是入室抢劫杀人。

受害人叫赵大奎，古况他们都认识，当地的一个土财主，靠开铁矿日进斗金，是张少安的一个朋友。年龄也不大，三十多岁，发财后，换了老婆，在村子边缘处修了一栋花费不菲的别墅。古况他们都跟着张少安在那栋别墅混过吃喝。人家对警察很大方，进去后好烟整盒整盒啪啪地给他们撂。去一次撂一次，从来没有空过手。古况记得有一次酒酣之际，赵大奎拍着张少安的肩膀说，“老弟，你在政治上发展，我在经济上发展，咱俩联手，天下无敌了。”当时那情景，赵大奎很自得，张少安也很自得。

可这么一个人，说死就死了。

案子发生在大中午，老乡们都在歇晌，又是村边，线索便难找。

他的院子里，喂养了总是呼哧呼哧吐舌头的大狼狗。据说，那天中午，狗一声都没叫。

老乡们窃窃私语：这是阎王让他死，躲都躲不掉。

清理现场的时候，在死者家柜子里还搜出一支他私藏的五连发猎枪，枪里有子弹。

朋友出了事，又在自己辖区，张少安破案自然很卖力。

首先让古况疑惑的是，仅从身材上较量，冯明辉就不是赵大奎的对手。赵大奎高大胖，冯明辉干巴瘦，当然不知凶手到底几个。如果仅冯明辉一个人，不可想象如何下手、又如何得手。

古况觉得张少安太不民主，到这个地步了，他们作为侦查员还不能通盘掌握案情，尤其是冯明辉如何被锁定为嫌犯的。这不，机会来了，可自己既不知己，也不知彼。

但古况还是计划旁敲侧击问一下，也许会有什么突破。

张少安在案情分析会上曾经说过，关于案件性质，百分之百是抢劫杀人，这点无须有任何怀疑。

抢劫杀人，也就是谋财害命。害命是为了谋财，杀了人，灭了口，财归了自己就安全了。可谋财的目的是什么呢？

古况计划从这里找突破口。

古况拖把椅子坐在冯明辉身边。冯明辉瞪着眼睛看着他，又挤出一丝笑容。为了表示配合，还朝他这边翻了翻身，身体扭动，手铐撞击床的铁栏杆咔咔作响，一条胳膊略微弯曲的同时另一条胳膊被极度拉伸，随着某些部位的肌肉突起，他的脸上出现那种时常出现的夹杂着厌烦和痛苦的神色。古况心里又忍不住凛了一下。他犹豫是不是可以给他打开一个铐子让他松弛一下，一想自己一个人，决不可行妇人之仁而大意失荆州。

“有女朋友么？”古况问。

“有过，吹了。”冯明辉伸出半截舌头舔了舔自己的下嘴唇，又用上牙齿咬了一下，嘴唇上那几块行将脱落的干皮暂时被唾液濡湿后消失不见了。

“咋吹了？”

“嫌咱没钱呗。”

没两句话，就谈到本质了，古况心中暗喜涌动，看来自己的思路是对的。

“没钱咋就吹了?”古况知道，自己的每一句话，只能在对方话语的基础上变换形态予以重复，目的只为引出对方下一句话来，切不可有自己的主观引导和提示成分。

“得盖房子，买家具，送彩礼，一大笔钱呢。”

“女孩都看重这些吗?”这句话一出口，他就觉得自己说错了。他不该以这种问询的口气朝这小子说话，一下子暴露出了自己的稚嫩。赶紧补上一句，修正这句话可能带来的影响：“是你运气差，没遇上个好女孩。”

“没遇到就没遇到吧，反正我没吃亏，把她给睡了。”

古况一下子羞红了脸。他始料未及冯明辉会说出这样敏感又不堪的话，所以一下子瞠口结舌了。而且，若把这个话题继续下去，肯定谈话会偏离他预设的轨道，便思忖该如何扭转这个局面。

还未理出思绪，冯明辉却问道：“领导，您睡过女人吗?”

古况的脸更红了，他担心冯明辉看出自己的表情变化从而改变两人原有的位势，口不择言回了一句：“我算什么领导，别瞎叫!”似乎所有的窘迫只是因为对方称自己为领导而难为情似的。

“迟早要当领导，我不会看走眼。”

古况也知道这句话无理无据，可仍旧很高兴。这丝高兴甚至把刚才的窘迫逼得无影无踪，两个人之间的气氛变得轻松起来。

他装作淡定地笑了一下：“嘴挺甜啊。”

“不是嘴甜，是实话，因为领导您心善，心善的人能升官。”

“好了，我说过，别叫我领导!”他皱一下眉头，色厉内荏呵斥了冯明辉一句。

“好，我叫您古警官吧。”

古况不置可否。

冯明辉脸上现出一丝猥琐的笑容："古警官，您还没回答我刚才的问题呢。"

古况故意冷下脸："瞎问什么！"

冯明辉大概从他的表情变化中窥出了一些端倪，突然压低声音面带神秘说道："古警官，我给你讲讲我和女朋友是怎样做爱的吧，保管精彩！"他挤一下眼睛，诡笑布满整个面部。

冯明辉说得这么直白，那个很少直接听到的字眼对他形成一种猛烈的刺激，让古况的下体突然跳动一下。他掩饰着皱一下眉头说："瞎扯什么啊？"脸再次涨红起来。

"唉，你看你。要是那姓孙的在，没准怎么欢喜呢！"

虽然古况有时也看不惯孙山岗的做法，可听冯明辉这么说，他还是有点不舒服，心想："小子，你也太把自己当瓣蒜了！"可也不好发作，便略带愠怒地喝了他一声："你以为都想听你那些破事！"

"你看你，我想让你高兴些么。"

古况听老同志说过，某些强奸犯进了看守所后，得一遍一遍不厌其烦细枝末节甚至添油加醋地讲自己的强奸过程，不仅得给同号的犯人讲，有时还得给无聊的看守人员讲。

他清楚，冯明辉是想用这种方法讨好自己。

这么你来我往了几句，古况突然意识到，现在两人的交谈，已经是由冯明辉主导，引领自己朝他的方向走。

不行，必须扭转局面！他直接转回正题："你说自己没钱，打工的钱都哪儿去了？"

"打工能挣几个钱啊？还老拖欠！"

"谁拖欠你了？"

“赵大奎啊。我在他矿上打工，你们不就是因为这个抓了我？古警官，你是个有文化讲道理的人，我犯得上为几个月的工资去杀人么？”

古况没想到那么大方的人会拖欠工人工资。因为不掌握案情，所以他也不知道冯明辉讲的是否属实。他沉吟一下，终于理出对方话语中的一个“漏洞”：“你怎么知道赵大奎被杀了？”

“全矿人都知道啊，这么大的事谁不知道？”

“全矿人都知道，可为什么不抓别人，偏偏抓了你？”古况有点气急。

“我正想问您呐，您看在我这么老实的分上，告诉我为什么。”

古况词穷了，他不得不承认，自己作为警察，的确道行太浅。

挫败感让古况没好气，只好说了句他们警察经常说却最没价值的话借此收尾：“别狡辩，好好考虑你的问题！坦白从宽，抗拒从严。”

“我没抗拒啊……”

“还说！”

十点钟，有女护士进来给冯明辉测体温。古况把体温计接过来，照例塞到冯明辉腹股沟下。

第一次给冯明辉量体温的，也是这个女护士。因为冯明辉的腋窝是完全暴露着的，她准备塞到他嘴里含着测，被孙山岗及时制止了。孙山岗问还有什么地方可测，姑娘想想说，“腹股沟。”古况当时还纳闷，后来才意识到是怕冯明辉把温度计吞到肚子里。

他突然想起暖水瓶里没有热水了，话带歉意，请求小姑娘帮他到楼道热水间打一瓶。小姑娘理解地笑一下，拿着暖水瓶出去了。

热水打来后，时间还不到，小姑娘准备出去，古况说：“不好意思，一会儿我不能出去给您送温度计，麻烦您还得回来取一下。”小姑娘趔回身，说：“那我索性等等。”这期间，古况和小姑娘寒暄了一小会儿。他们说话期间，冯明辉饶有兴致地眼睛骨碌碌转着听他们说话。

看着冯明辉那神情，古况觉得特讨厌。

女护士走后，冯明辉嬉皮笑脸：“小姑娘真不错，是吧？”

冯明辉这么说话，也意在讨好古况。可这种口气，特别是说了个“是吧”，让古况心里很不舒服，因为这种就某个问题探询式的问话，意味着他们之间的某种“平等”。古况突然发现，他其实是接受不了这种“平等”的。

但他还是抑制了一下自己的愠怒，沉着脸问冯明辉喝不喝热水。

冯明辉依旧嬉皮笑脸：“古警官，您真好。”

“少废话！”

古况给他晾了一杯，拿管子伸进杯子里，让他吸着喝了小半杯。冯明辉还想喝，古况说：“喝多了一会儿撒尿，没人侍候你！”

他发现自己的心也变硬了。

古况也没有多喝，他不想对着这小子在病房里撒尿。

躺下后，古况等冯明辉先睡着，这样自己也能略微眯一会。

孙山岗走之前告诫古况，无论这小子提什么要求，都不能打开铐子。如果屙尿，让他憋着。实在不行，也得在床上。为减少变数，孙山岗走之前还不忘让冯明辉努力清空了肚子。

刚才和冯明辉简短的谈话，让他觉得这小子说不定真是套路挺深。比如他刚才用敏感话题向自己讨好，便是一个很值得琢磨的伎俩。之前，他大概低看这小子了。这验证了老同志们常说的一句话：走江湖的毕竟是走江湖的！

冯明辉的讨好，让古况想起前不久另一个讨好他的人。

那个人叫桑明，因抢劫罪被他们送进了看守所。这个四川小伙儿来到本地刚三天，还没找到房子，便先寄居在老乡那儿，六七个人挤在A村的一所大房子里。案发那天晚上，突然有人说，“B村村外住着一干河南人，咱们晚上去弄俩钱花吧。”许多人便响应。他们也叫桑明，桑明害怕，但住着人家的房子，碍于情面，没敢说什么。有人就说，“你不用进去，给我们看着点就行。”桑明只好和他们一块去了。临走时，大伙都拎了刀棒之类的工具。桑明还是怯怯的，说自己不拿了。有人说：“干啥得像啥样，还是拿个吧。”他便拎了支笛子。

去了后，很容易就得手了，共进了四家，抢了几十元钱——都是民工，哪有那么多钱啊？前三家，桑明在外面望风，最后一家稍有麻烦，他进去看了一下。

那天晚上，古况他们都出去查案了，只有张少安和小康在队里。接到报案，张少安迅速带着小康和司机驱车赶往现场。有受害者反映，感觉这伙人就像A村的那伙四川人；又有受害者反映：最后进来的那个人拎了支笛子。

过到A村，远远看着一个院子里的灯还亮着。原来得手后，一伙人还兴奋着没睡觉。一脚踹开门进去，没待这伙人回过神来，七个人就被张少安他们三人生生地抓了，人赃俱获。手铐不够用，就用他们自己的腰带捆。

一支笛子，横在破桌子上。

回来后，桑明态度最好，没费周折就交代了。看管桑明的任务交给了古况。他一直蹲在地上捂着胸口瑟瑟发抖，古况说，“你都交代了还怕什么。”他说，“你们要拘留我吧。”古况开玩笑说，“罚款你交得起吗?”他说，“我挣足了钱还你们。”见古况仍是笑，他又问要拘留多少天，“十五天吗，我可什么都没干呀。”后来他哭了，说他在村里是一个好小伙儿，这下让乡亲们知道了多丢人，还有一个未过门的对象，听说了这丑事可怎么办？后来他的情绪稍稍稳定下来，从身上掏出几十元钱，求古况给他父母寄回去，还说不要让他父母知道他的事。其实，不几天后，刑事拘留及逮捕家属通知书就相继寄回了他家里。

沉默了好一会，他突然瞪大眼睛对古况说："我给您吹一曲笛子吧?"似乎他这样做了，就能表明个好态度，有助于对自己从轻。古况在心里笑，别说自己是全队说话最没分量的人，就是张少安，也莫能奈何。据有经验的老同志讲，像桑明这种情况，因为是持工具、入室、团伙作案，每起从轻判三年，四起案件合并执行，总刑期也不会低于十年——与桑明想的十五天是如何的天差地别啊——打死他都想不到。

桑明的讨好，纯粹出于自发，他是把自己放在低位的，类似哀求；而冯明辉的讨好就不那么简单了，细细分析，这家伙似乎有着一种把他看透之后凌驾于他之上的自信和气势，即使语调低三下四，也只是一种伪装。

半夜里，他突然听到金属磕碰的窸窸窣窣声。

当时他正做着一个无比热烈的梦，这种梦的特征是它会让你在它的情境里陷得很深，甚至你已经有一缕意识开始呼唤自己必须醒来，它仍拉着你紧紧不放。毕竟心里惦记着一些事情，他狠狠劲，终于挣扎着睁开眼皮，甚至不知道是意识还是潜意识给了他这股力量。虽只那么一瞬，他还是想回味一下梦境，但引起他那么强烈又真实情感的"事情"转瞬即忘，只感到身上有一些酸疼，似乎刚刚用过很大的力气。也就是此刻，他彻底醒了，意识把他完全真切地抛掷到现实环境中，顷刻间他明白了自己的身份和任务。

灯仍旧是开着的，自进来后晚上就没有关过。

赶紧把目光投向冯明辉，结果惊出一头汗来！

他看到，冯明辉左手的三根指头正握着一个什么东西努力地探向右手手铐的锁眼，窸窸窣窣声就是从那里发出的。

古况的小幅翻身动作，也惊吓到了冯明辉。他表情先是一震，继而抱歉地笑笑，说：“不好意思，挠挠痒，打扰您睡觉了。”

那三根手指头还握着那个东西。古况跳起来趿拉着鞋过去，这才看清，是一枚展开的曲别针。从那独特的形状来看，无疑是孙山岗白天用过的。

古况把目光逼向冯明辉的眼睛，让对方能感到自己虽隐忍但毫不客气的怒火，问道：“曲别针在哪儿拿的?”

冯明辉又笑笑：“就在床头。”

古况保持着眼睛里的怒火，只是在听到他的回答后稍微眯缝了一下眼睛表示怀疑。目光并未从冯明辉脸上移开，如果他说的是谎话，在这种目光逼视下，自然会躲闪并露出破绽的。

冯明辉的目光移到了一边——在古况看来，这家伙的目光似乎离开得大大方方，丝毫没有古况所期待的慌乱，就像一个人因为眼睛睁累了随便转转做一下休整，因为他很快就把目光转了回来，和自己的目光对接在一起。

“挠什么痒痒?”

见古况这样问，冯明辉脸上突然呈现出一丝轻快的神色，如释重负一般。他努一下嘴唇示意古况看他的手腕，上面有一圈长久戴铐形成的深棕色勒痕，就像那种浅表的伤口结痂一般。他说：“这里痒痒，痒得很，手又够不着，正巧枕头边有这个，借借力。”说这句话的时候，他又在自己左手能够活动的范围内举了举那根曲别针，然后扔到地上。

他自己也有不小心碰伤的时候，伤口结痂的确会有痒的感觉，仅凭这点，冯明辉似乎所言非虚。他后悔的是，昨晚躺下后过了很长时间，临睡觉前，他终于还是起了恻隐之心，应冯明辉的哀求把他左手的铐子往右手那边移动了几格，让两个铐子的距离大幅缩小，这样，冯明辉就可以侧身睡觉了——连续几天，他都没侧身睡过觉了！庆幸的是，两个手腕之间，毕竟还保留了那么一段距离，否则，说不定真会发生什么不测！这家伙跑了就是一桩自己吃不了兜着走的大事，渎职丢了饭碗尚在其次，为此进了牢房对他们警察而言也不是什么稀罕事。

这还算轻的，如果逃跑之前他趁自己在睡梦中把自己掐死或用什么东西砸死呢?

他又惊出一头汗来，情绪便开始激动，随之也变了脸色。

还有，虽没有每次注意，（那种时候于他也是痛苦的，所以经常不忍直视，会背过身去。）但他总见孙山岗逗完冯明辉后，都会把曲别针扔进门口处的垃圾桶里。在他记忆中，只有一次孙山岗把用完的曲别针随手扔到了地上。

而冯明辉说是在床头捡到的，古况万万不会相信。

同自己一样，孙山岗也是警校毕业，他们都知道手铐的原理和构造：有经验的人，凭一根铁丝就能捅开手铐。所以无论如何孙山岗不会粗心到把曲别针遗留到床头让这家伙耍奸。当然，如果他不给冯明辉移动铐子，即使真是孙山岗粗心，凭他自己的力量是无论如何也打不开的。

他这才意识到还是老同志有经验，把他的两条胳膊分那么开，就是杜绝各种可能。

曲别针来源的另一种可能是，昨天下午孙山岗随手把曲别针扔在地上，（他希望这样，如此也能减轻自己一丝罪责。）冯明辉趁自己睡得熟，把腿探到地上用脚趾头夹了上来。右腿还打着石膏缠着绷带不可能，他特地注意了一下冯明辉的左脚趾头，倒也没有灰尘染过的痕迹，当然也许早在床单上蹭掉了。

真用脚趾头把曲别针从地上给夹起来，能准确施力扔到床头也不是一桩简单事——古况真是不敢小瞧这小子了。

再一想，果真是这样，也赖自己移动了其中一只铐子，否则，冯明辉的脚是探不到地上的。

这么说，这家伙昨晚故意装出可怜相博取自己同情从而帮他移了铐子是蓄谋已久？

床头的栏杆共有六根，当时他移动那只铐子时，还存了心眼让两只铐子中间隔了一根栏杆，当时冯明辉哀求，与其这样不如不移动，他还是无法侧身睡觉。他说："求您了，您看这么着已经好几天了，再这样下去身上不起褥疮，我也要疯掉了！"

是否真能疯掉，古况没去多想，但冯明辉努力翻身让看他身下某些地方久卧变色的皮肤却是事实。他犹豫一下，才又往那头又移动了一格，让两只铐子在紧挨的两根栏杆上铐好，检查了一番，确信没有问题才作罢。

真是万幸，如果他信了这小子，彻底放松警惕而把两只铐子铐在一根栏杆上，没准已酿成大祸！

看来他果真是利用自己的同情心明修栈道暗度陈仓。

古况越想越气，当即用手铐钥匙把移动过的那只铐子打开，抓住铐环把那条胳膊给拖回来，重又铐回原先的位置上，让他再呈一个"大"字把身子打开。

冯明辉见他怒了，赶紧讨好说："古警官，俺真是挠挠痒，您是不是误会了？"

古况顺着他的话问道："误会什么了？"

"你是不是担心我想出了什么歪点子？"

"什么歪点子？"

"俺没歪点子啊，是怕你误认为俺有。"

"少废话，睡觉！"

古况余怒未消。上警校时，一位老师曾经忠告他们："有一天你们做了警察，决不可对罪犯滥施同情，否则无异于自掘坟墓。"

他分析自己这种也许真是不合时宜的同情心的由来，没准正是孙山岗和张少安对待冯明辉的"过分"而催生的。昨天上午，张少安曾经来过病房，他一把揪住冯明辉的头发问道："考虑清楚没有？"面对张少安的问话，冯明辉照例以沉默回应。张少安突然抓起冯明辉那条伤腿，使劲地往床上磕了几下，痛得冯明辉大叫起来。古况的心也随之揪作一团，他简直担心那些刚刚合在一起的骨头会被张少安再次磕得粉碎。要不是有病床上褥子和床单作缓冲，他准能听到石膏磕击床板的声音。他简直不理解他们为何对待他这般狠心。经过这一晚自己独自面对冯明辉的经历，他似乎理解了一些什么。

但凡孙山岗在的时候，冯明辉喜欢闭着眼睛。虽然眼皮耷拉上了，古况却能看出，眼球会在眼皮之下不时地转动，可见心情并不平静。这个现象也被孙山岗观察到了，他暗地里对古况说："告你，这家伙肯定有问题，要不怎么连看都不敢看我？"古况嘴上没说什么，心想："还不是怕你呗。"现在想来，也许没那么简单。

但古况的本性还是想为眼前这家伙做"辩护"，为他辩护，就是为自己辩护。姑且不说冯明辉是否真是案犯，即便是，在孙山岗那种态度的参照下，这家伙也应该对自己心存感激。古况觉得，通过这几天的交往，他们之间应该存在某种互不言说但彼此都心知肚明的温情。但凡这家伙是人且有心的话，他就应该小心翼翼地保护这种关系，而不是不管不顾肆无忌惮地破坏，尤其是在今晚自己一个人的时候——激怒自己，对他有何好处？除非他真是恶贯满盈，所有人性中好的方面全被泯灭——唯有在这个前提下，他刚才的所作所为才可理解！

再转念，古况觉得自己把事情想得太过了，也许这家伙真是如他所说的“挠痒痒”呢？还有，他毕竟不是警察，未必有机会接触过手铐，他怎么知道能用铁丝捅开呢？

古况从警刚满一年，持枪证还没办下来，没有携枪的资格。任何一个从警之初的警察，对手铐都有着一种特殊感情，那是一种身份的归属感和自豪感，就像警服一样。毕竟，就是有持枪证的老民警，枪也不会总带在身上，而手铐却可以。古况当初在派出所实习时，一天辖区某个村庄举办物资交流大会，他也被派到集市上执勤。那天，所长特意安排他穿便衣去执行一个小任务。之所以派他，因为他来所里没几天，面貌生疏，镇子上的人基本都不认识他，最为适宜。他在街上闲转寻找目标时，突然看到在一个卖农具的摊子前，摊主和一个留着两撇胡子的年轻男子正发生争执，旁边围了一堆人瞧稀罕。古况挤进去，原来那男子拿了一把镰刀说自己已经付了钱，但摊主坚持说他没付，说着还把自己的衣兜翻出来让大家查看，自早上开始练摊，他还没开市。男子仍在抵赖，说你身上没钱不能证明我没给钱，也许你塞给别人了。老头指天画地说自己说的绝对是实话。古况看到这个情况约略明白了几分，便劝男子把钱付给老头，或者把镰刀留下。男子恶狠狠地瞪了古况一眼，说：“你算老几啊？”古况刷地从裤兜里掏出了手铐，说：“你给不给，不给跟我走一趟。”男子傻了眼，乖乖放下镰刀走了。周围群众投来赞许和艳羡的目光。

一年多的从警经验，让古况觉得，起码他们这个地方，并没有真正像港台电影上那样穷凶极恶的亡命之徒。就像那个强拿镰刀的男子一样，无论如何赖皮，一见警察就乖了。还有那天晚上张少安他们三个人抓回七个抢劫犯，也说明这个问题。他们还是怕警察的，或者说，他们还是“认”警察的。要真有人拒捕导致打斗起来，最后什么境况还真说不清楚。

没事的时候，古况喜欢拿起手铐把玩，锯齿滑动齿轮的声音，听来很是让人舒服。

他也试着用铁丝去开手铐，虽能成功，可也不那么容易。他尚且如此，面前这家伙能有这功夫？别说功夫，他是否知道这个“道儿”都说不定。

对了，得探探他，好了却自己的疑惑。

“以前玩过手铐吗？”古况突然问道。

“啊，您还没睡？”冯明辉答道。

“问你以前玩过手铐没有？”

“咱一个平民老百姓哪可能玩过这金贵东西？”

“那你拿铁丝碰手铐做什么？”

这句话一出口，古况就忙不迭地懊悔起来。这么弱智的问法，如果这家伙真知道这个“道儿”，肯定会回避这个问题；如果不知道，自己不是明摆着告他了吗？真他妈的！

“古警官，您真的想多了，我就是想挠挠痒。”

两句话，什么都没探出来，他已经不知道第三句话该咋问了，黔驴技穷的古况这才真正意识到自己就是一个不折不扣的“新兵蛋子”，以为自己掌握了不少审讯技巧，轮到动真格儿的了，屁都不顶用。

古况不再说话，可这个悬而待决的问题一直冲撞他的胸口，弄得他坐卧不宁。想问，不知如何开口，不问，心里又憋得难受，他感觉自己全身都要冒汗了。

他真想像张少安那样一把揪住这家伙的头发直截了当地问：你到底知道不知道能用铁丝捅开手铐？

左思右想，烦躁难眠。看看表，已是凌晨四点。

索性不睡等天亮，可又有一种扛不住的疲倦让他坐不起身。这段时间，黑夜白天不分，他的生物钟彻底紊乱了，尤其到了这个时辰，四肢百骸都软软的，没有劲儿。

冯明辉所有发出的声音：翻身、呻吟、叹气、梦呓，（他妈的，他居然睡着了。）还放了一个屁，特别是手臂不自觉地牵动手铐发出的咔咔声，（这种咔咔声响动较大，更让他觉得刚才的窸窸窣窣声可疑。）都对古况的神经造成折磨，他愈加烦躁，恨不得跑过去也像孙山岗那样抡起拳头在他袒露的肋骨上擂上两下，好让他安静。

再后来，屋里屋外所有的声音都对他构成侵扰。古况在心里暗地祈求：他妈的，快快天亮吧，天亮孙山岗就来了。

此时孙山岗在自己心目中，已经成了救星。

终于，睡意还是压倒了烦躁，他合上了眼皮。

睡意分若干种，一种是瞌睡了，但稍微努一把劲还能撑住。一种是彻底撑不住，任把自己交给黑甜之乡。在这两者之间还有一种，那就是在听之任之间还保留有百分之一的警觉，就像拉窗帘时留一道窄窄的缝儿，虽然屋子里已经漆黑一片，那一道光亮却愈显刺眼。在这种境况下，你的思绪得像目光一样，努力绕过那道光亮，不让它刺激你的眼睛才行。

古况现在就是这么一种境况，铐子再牢靠，他都得保留一丝警惕以备不测。

那一道光亮愈来愈窄，甚至就要消失不见了。突然，一阵金属磕碰的窸窸窣窣声再次传入耳际，就像窗帘猛地被人拉开，但因为眼睛还适应不了光亮，所以人还没有整个回过神来。他让意识挣扎着苏醒过来，赶紧把头扭向冯明辉，却见那家伙仍旧呼吸均匀，睡得香甜。

看来是自己神经过敏了。

这样反复折腾，终于在黎明那一刻，古况彻底跌入梦乡。

这次，古况是被张少安一把揪住头发给薅醒的。

张少安怒气冲冲骂道：睡，睡死你！人哪儿去了？

古况扭头，看到冯明辉的床头只留下了两副冷冰冰的手铐，人已不知去向——固定他双腕的铐环开着，豁豁牙牙的咬合齿在早晨窗户投射进来的阳光照耀下如犬牙一般闪着瘆人的寒光……

他“啊”地大叫一声，冷汗刷刷冒了出来，抡起胳膊打开张少安薅他头发的那只手，计划跳下床去追——却是一骨碌从床上坐了起来。

惊惧之中，他才意识到这是一个梦。

喘息半天，依然冷汗涔涔。

他知道，此后无论孙山岗再有什么事情，他绝对没有勇气答应他独自看守了。

2017年3月20日

早自习的铃声早已响罢，在李依露踏进教室那一刻，里面总算基本安静了下来。随着门被推开，那种熟悉的被暖气熏蒸了的混杂气味扑面而来。大多数同学打着哈欠，懒洋洋地拿出课本，伴随着窸窸窣窣的翻书声，开始了一天的学习之旅。剩余的，或扭着脑袋交头接耳，用最快的速度结束他们意犹未尽的闲话，或继续无动于衷地在课桌上趴着，补他们永远补不够的觉。整个课堂看上去，依旧是东倒西歪一片。

以前，李依露会大喝一声，好警醒所有的人，让课堂整齐划一。随着时间推移，她懒得喊了。即使喊了，也无济于事。

在环视课堂之前，她已瞟到在教室后面，站着一个面容姣好衣着入时的女人。李依露并不急着走过去寒暄，而是装作煞有介事的样子，分别在她平素关注的几个学生面前停留片刻，看他们正在复习或阅读的内容，以此聊尽班主任的职责。完成这个程序后，她才迈着轻快的脚步朝后面走去，并在脸上呈现出她一向迷人的笑容。

看到她的笑容，那个女人也笑了起来，似乎还带了一丝羞涩，渲染了她的魅力。

如果没记错的话，这应该是宁馨的妈妈。

因为课堂乱到了让所有老师不可忍受，借鉴别校经验，从这个学期后半段开始，李依露也开始邀请家长参与自习管理。在班级家长微信群发出倡议后，大多数家长积极回应并支持决定。她按照回应顺序给家长排了班，每周一排，每人一天，轮流值日，往复循环。自从家长参与这项活动后，不管是因为新鲜还是真有震慑，早自习纪律确实比以前好多了。

遗憾的是只能帮助看管早自习，因为大多数家长白天得上班。

李依露轻声问道："您是宁馨妈妈吧？"

那个女人微笑着点点头。

李依露把目光投向教室前排，宁馨恰巧也朝这边张望着。两人相视一笑，宁馨吐一下舌头，赶紧把头扭了回去。

"不错，您家宁馨成绩一直都很稳定。"

宁馨妈妈笑笑说："谢谢老师关照。"

宁馨妈妈身着一件一看质地就非常好的粉色羊绒大衣，毛领托腮。乌黑柔软的头发下端微卷垂肩，是李依露最艳羡的头发样式。她曾经做过那样的发式，但始终打理不好，也许赖她头发过硬的缘故。于是后来，她改为一头蓬松的运动短发。宁馨妈妈那张脸，一看就做过很好的保养，洁净，莹亮，尽管比自己年长许多岁，不消比较就知道比自己皮肤还好许多。

难怪宁馨是班上最漂亮的女孩。

李依露以女人惯有的方式恭维宁馨妈妈："您的衣服真漂亮！"

宁馨妈妈又笑笑："一般吧。"

她无比期待地等着宁馨妈妈回一句"您的衣服也很漂亮啊"，哪怕是投桃报李的恭维也好，但宁馨妈妈没说，而是改弦易张问道："李老师，我该做些什么?"

"您站在这里就行，想的话也可以在教室里来回走走。"

宁馨妈妈点点头，又笑笑。

应该说，宁馨妈妈举手投足都是温婉得体的，那算得一种修养，但不知怎的，李依露特别不喜欢她这种不露声色的暗自得意。她记得某天早晨霍鹏飞妈妈曾抓住她那件已略显陈旧的短款羽绒衣夸赞个不停，那种咋咋呼呼的热烈回想起来都是令人愉悦的——那件衣服怎能和这件相比呀?

宁馨妈妈挪动了脚步，她略显沮丧地微微低头，再次迅速扫描检视了自己的新衣服，无论款式、色泽，她依旧确信是漂亮优雅的，只不过没得到别人赞同，她心里没底。

而且，从教室前面到后面，虽说短短一路，她还是惊异居然没有一个孩子抬起眼睛在她的衣服上停留，哪怕片刻。这么一想，她愈加失望，似乎还有一点心慌。

她安慰自己：他们毕竟还是孩子，对衣服没感觉的。

衣服是李依露昨天下午下班后独自逛商场买的。

这段时间李依露心情一直不佳，昨天下午郁闷到了顶点。她带的班，自初一以来综合成绩始终排全年级第一，但一升初三，急遽下滑，现在已排到全年级第五。究其原因，就是班里几个已彻底放弃学习的同学，在各科老师的课堂上都大声说话，插科打诨。他们之间似乎形成默契，彼此呼应，相互增援，你越制止，他们闹腾得越欢。前天上午，历史课上到半截，终于气走了带课的陈菲老师。她挺着五个月大肚子眼泪哗哗地当着全班学生的面声称：我再也不会踏进这个教室半步了！

班长顾乐然向李依露汇报此事时，李依露对他说：“没事，陈老师说的是气话。”她这么说，是因为不止一个老师向她诉苦并说过类似的气话。

为此她焦虑不堪并煞费脑筋努力扭转这个局面，但收效甚微。找家长，家长也无奈，私下的道歉解决不了任何问题；找校长，校长说咱们是义务教育，总不能劝退学生；分别和这些学生谈心，做思想工作，但他们佯打癔症，左耳进，右耳出，或干脆摆出一副死猪不怕开水烫的样子，你奈我何？更可气的是，这批学生中，有男生，也有女生——那么小的姑娘就这般没羞没耻，让李依露非常痛心。

昨天下午历史课，陈老师果然没到教室。等了十多分钟，顾乐然到物理教研组找她汇报此事。她的心一兜，赶紧放下手头活计，到历史教研组找陈菲。

陈菲漠然的表情中带着决绝：“我真的不会再给你们班上课了。”

李依露在她惯常的微笑中带着请求：“那怎么行，孩子们已经初三了，耽搁不起。”

“你可以和校领导说，换别的带课老师，我真的受不了。”陈老师蹙起了眉头，说罢，把脸扭到了一边，明摆着已经不愿再和她交谈。

李依露的微笑僵掉了一部分，但依旧和颜悦色：“别的老师也遇到了同样的问题，不还是继续带着课吗？别耍小孩子脾气好不好。”最后一句话她是犹豫着说出的，仗着自己毕竟年长陈菲两岁。

陈菲把头扭了过来，眉毛的方向已经发生了改变：“我不是小孩子，而且我向你郑重申明，我担心的正是我肚子里的孩子！”她凌厉的话语掷地有声。

说完觉得还不够，又补了一句：“别的老师是别的老师，我是我！

别拿别人和我说事儿!”

这句话终于把李依露惹恼了，心想你如此自私，怎能为人师表？不过，陈菲的话也唤醒了自己的一丝委屈。她也结婚三四年了，自从做了这届学生的班主任，为了他们，自己连孩子都不敢要，闹得老公沈前很有意见。她安慰他说，等这届学生毕业，她死活不当班主任了。谁想牺牲这么多，最后却落得这般下场。

她彻底收了笑容，说：“学生自有学生的不对，可你这样，明显就是你的不对！你有胆量不上课，不上好了，我不会再请你。至于换老师，你自己找校长去说!”说完扭头就往外走，出门那一刹那，眼泪不争气地流了出来。

在楼道里仰头半天，总算把眼泪收住。高跟鞋的咔咔声送她往班级那边走，咔咔声在校园里楼道里回荡，寂寞，焦灼，不知所措。

老远就听见教室里闹哄声一片，虚掩的木门似乎都要被那热烈的声音撑破。她一脚踢开门进去，也不怕刚装修过的教学楼那货真价实的木门把尖细的高跟鞋头磕破。这一声突然的巨响让整个教室安静了瞬间，闹哄声正欲沿惯性挣扎反弹之际，大家都看清了她那一反常态狂怒而略显扭曲的脸，惊怖之下，都乖乖偃旗息鼓缴械投降了。课堂出现了少有的令人觉得极不真实的安静。

稍事停留，她让咔咔声从门前跃上讲台，环视一圈，用比平常高八度的尖厉声音说：“这下你们满意了吧，连老师都不愿来给你们上课了！你们好好玩吧，玩到下课，玩到毕业，玩到你们结婚生子，看谁愿意管你们，看谁愿意陪你们!”说完，扭身冲出教室。

下午最后一节自习，她也没去教室，这在她是少有的事。她靠在椅背上，回味着自己糟败的情绪，越发自怜起来。曾经一度，她多么荣光啊，每次学校张榜公布成绩，不消去看，她都知道年级前二十名中自己班级那遥遥领先的份额。最好的一次，居然占了一半。那些争气的孩子，就像用八抬大轿把自己抬到了众人眼前，让她笑靥如花、脚步轻快。可后来，自从那些男孩子唇上冒出柔软的髭须、女孩子过于关心自己的胖瘦后，局面逐渐改变，虽然前二十名中还有几个同学努力帮自己撑着颜面，但班级的总体成绩却节节下滑。

她不知道问题出在了哪里，因为，并不是仅仅自己班级的孩子在长大。

直至放学，情绪仍旧没有调整过来。甚至，连家都不想回，途经一个商场，她犹豫片刻，折身进去。

当沈前在沙发上听到熟悉的用脚踢门的声音时，他的心习惯性地打了一个小小的哆嗦。毫无疑问，李依露的手里一定拎满了东西。无论家里是否有人，他总是用钥匙开门。与自己不同的是，李依露却总是敲门，手腾不出来，就用脚。

果然双手拎满了包，脸上还有笑。

笑是讨好的笑，沈前已经万分熟悉，每逢她擅自做主买了东西都这样。但今天却带了些许苦涩，还有的，大概是厌倦。

沈前已经拿捏好了动作和表情的分寸：对她不加理会，装作正被电视剧情吸引的样子，帮她打开门扭头就走，脸上的热情度一定得在日常惯有的平静之下。这样既表达了自己的不满还落不下什么把柄：你指责我对你管得太宽买个东西都不能随心所欲，我说我正忙着看电视呢。

夫妻数年，这点小把戏李依露还是窥得透的，她便收敛了笑容撇撇嘴。

既然人家撇了嘴，证明已经识出了自己的不满，沈前便开始挽救两人的关系，于是问道：“又买啥了？”脸上依旧没有表情。他晓得，迈向她的步子一大，便是纵容。

“没买啥。”

这样的答复明明就是不满了。沈前喉头哽了一下，暂时沉住了气。

李依露踢掉脚上的高跟鞋换上拖鞋进了卧室，沈前用眼睛的余光追随着她手里提着的几个大小包裹做着猜测和判断：无非还是衣服罢了。那些外包装袋看起来都不怎么高档，想来也花不了多少钱，这样沈前略微安心了一点。随即，沈前又为自己刚才的想法感到羞愧，好像自己真的害怕老婆花钱似的。

他自我解嘲，他只是怕李依露乱花钱——他不是曾经多次为李依露买下那么昂贵的衣服或首饰吗？

少顷，李依露从卧室出来了。他焦灼等待的双眼甫一迎上去，便被惊瞎了。

李依露的头上，赫然多了一顶头套。不，是假发。

然后，他看到，他无比熟悉的那张微胖圆脸，被包围在假发围定的小圈圈里，脸瞬间小了一半，还好五官能够挣扎着露出来让她显示还是自己。因为脸的宽度和面积大幅缩小，便和脖子融为一体，滑稽感登时显现，就像在一条颀长的脖子顶端抠了些窟窿权且当作五官。

如果是别人，他也许会笑出来。但面前是自己的老婆，他的愤怒迅速被引爆了。

但不知如何发作，他只是面部神经牵扯了一下肌肉以显示自己的厌恶和惊异。

“怎么样？”李依露扮作调皮的样子摇摇头以给他指明关注的重心，额前齐眉的刘海随之左右摆动。

本来那副样子已经够人难受了，一摇头，更让人受不了。

他冷冷地说了声："恶心。"

"怎么就恶心了？"从声音的高度，沈前就知道李依露的眉毛已经竖了起来。因为刘海遮着，竖也是白竖。

"你不觉得恶心？"沈前的声音依旧沉静，而且，用的是反问句，这样，不仅成功抑制住了愤怒的显现，似乎表现出正饶有兴趣地就事件本身与李依露展开彬彬有礼的探讨。

这种阴阳怪气太耳熟能详了。李依露无法循着他的轨道把"探讨"继续下去，便斩钉截铁地做出结论："我觉得挺好！"

"好你就戴呗，只要不怕把学生吓着。"沈前也没好气。

"那是我的事，你管不着，别拿学生和我说事儿！"这句话说完，李依露倏然心惊，她觉得这句话，简直就是对下午陈菲向自己发飙的拙劣模仿，不禁羞愧了一下。

"爱咋样咋样，谁管你！"

李依露又进了卧室，鼓捣了一会儿，穿一件紫色长款紧身棉衣出来。沈前眼睛不离电视，却忍不住用眼角瞥了一下。以他的审美，这件衣服搁在李依露身上是不错的，而且他素来相信自己的审美。但想到是李依露自作主张买的衣服，他心里就有隐隐的不快，何况，她头上依旧戴着让他更不爽的假发。

短短瞬间，李依露已经调整好了自己的情绪。她不计前嫌，在沈前眼前转了个圈，面带嬉笑和得意，问道："咋样？"

因为情绪的惯性，他当即抛出一句违心之言："难看。"为了掩盖掉违心的本质，他还补了一句："难看死了。"

"咋就难看呢，都说好看啊。"

"谁说好看了？"

"导购啊。"李依露嘟了一下嘴。

“相信卖东西的，你傻啊。”

“还有挑衣服的几个顾客。”

“没准是托儿。”沈前鼻子哼了一声。

“可我自己也觉得好看啊。”李依露仍旧不甘心。

“你还觉得那破假发好看呢。”

李依露这才想起自己头上戴的假发，便一把摘掉，扔到沙发上。即使沈前心中仍有不满，但面对眼前亭亭玉立的自己的女人，他内心还是赞赏的，那是男人面对漂亮女人的本能，哪怕她是自己的妻子。李依露除了脸微胖，身上没一点赘肉，虽然是棉衣，这种紧身款也能显出她凹凸有致的身材。假发摘掉之后，审美障碍被清除，效果更是尽显。

但沈前不能出尔反尔，他犹豫一下，选择了不吭声。

李依露恍然想起了什么，趿着拖鞋过到门前，把脚重新装进高跟鞋里，咔咔咔走过来，再次调整好表情说：“再看看，咋样？”

高跟鞋就像展览馆里展品的托台，更能衬出清瘦女人的美，这点沈前是深以为然的，李依露也完美演绎了沈前的认识。但他依旧沉默，让眼睛定定地盯着电视，唯喉结难得自在，向上提了些许。他忍着，不让自己当着李依露的面吞下去。夫妻就是这样，由于过于熟稔，身体和表情的些微变化也逃不过对方的眼睛。

李依露终于忍不住，让声音提高了几分：“喂，我和你说话呢！”

“如果你想让我说好看，那我就说好看好了！”沈前语气中带着嘲讽。

“你就是见不得我买东西！告你，没花多少钱，这件棉衣才三百块！三百块你去哪儿买这样好看合身的衣服？”

“好不好看和贵贱有关系吗？”

“你这毛病真讨厌，从来就是打击我的自信！你不就是嫌我自己买东西心里不舒服了吗，你以为我看不出来？假发搞活动，我买它只是备用，也许偶尔搭配衣服时戴一下，你也知道我以前留长发好看。才三十块钱，不买白不买。”

“三十块钱就不是钱了？”

“瞧瞧，说出心里话了吧？哼！”

“那么难看的东西，偶尔戴一下也是给我丢脸！”

“不戴就不戴。”李依露暂且做了妥协：“光说衣服，好不好看？”

李依露确信衣服是好看的，这应该不是一道什么难题必须要沈前来帮她解决。而且，她已通过自己的辩驳、指责以及妥协步步接近了事实真相，只不过还没有得到对方的最后确认。因为婚后形成的习惯，她无比需要这份确认，似乎沈前的一句夸奖，抵得上别人的千万句。这许多年，自己的大多数衣服，都是他陪自己买的，由于他的独特眼光，再加上自己的完美身材，每件衣服穿出去，总能得到朋友和同事的赞扬，也造成了自己对他的迷信。但是男人就是男人，总不会把逛街作为快乐，每次李依露必须死拉硬拽才能得逞。而女人对逛街的需求永不餍足，甚至几乎成为她们手到擒来的快乐源泉，这就造成了夫妻间的矛盾。比如今天，她就是因为情绪太糟才进的商场。出来后，心情果然明朗许多，如果沈前足够配合，哪怕含了小小的欺骗，她的快乐不仅会继续，还会水涨船高，可偏偏这个家伙一副死样子，真是令人扫兴。此外，男女对购物的认识有着本质的区别，沈前搞不懂的是，李依露明明有许多几乎仅仅露面一两次的新衣服，为什么还要不断地添购，一买再买，让衣柜爆棚。而且，她似乎对折扣物品、降价物品有着狂热的喜爱，只要便宜，就想据为己有，甚至不管是否适用。所以，从为家庭经济着想出发，他也得守住最后一块阵地，负隅顽抗，以确保自己以及家庭的长期利益。他也不是太过小气的人，他不只一次为她买过相对于他们的收入而言算是昂贵的衣服，但他不喜欢她瞎花钱，就像刚才他脱口而出的话："三十块钱就不是钱了？"今天的事情，从根子上说，他是厌恶那顶假发，于是恨乌及屋，要一棍子把李依露的审美信心和审美成果打掉，以绝后患。

在他思想深处，她是他的，所以他希望她以自己所希望的形象出现。她的任性，对自己构成一种冒犯。

于是他冷冷地说："好看不好看，我已经说过了，没必要再重复。"

"不好看我也穿，明天就穿！"李依露气呼呼地进了卧室。手里另外的几个纸袋子，是她淘的便宜内衣、卫衣之类的，她已经没有情绪再穿给他看。

李依露坐在讲台凳子上批改昨天收上来的作业，抬眼，看到宁馨妈妈饶有兴致地站在冯少敏面前观看什么。她便起身下去，也走到那里。原来，冯少敏课桌上摆了一份英语卷子，他撕了四个小纸片，分别写了ABCD，团成团，握在手里。撒下去，看着哪个顺眼，展开，依照上面的字母在卷子上填写答案。李依露心里不屑，但没在脸上表现出来。看到她过来，宁馨妈妈和她对视一下，目光中透出惊异。她苦笑一下摇摇头，又回到了讲台上。

自习接近尾声，李依露突然想起一桩事情，她站起来清了一下嗓子，说："下午来校时，请每位同学带一百四十五元钱交到班长那里……"

这时，从教室后面传来一个阴阳怪气的声音："没钱。"

不消看就知道，还是冯少敏。李依露没理他，继续说下去："上次家长会，我已征得每位家长的同意，统一订购学习资料……"

结果那声音又打断她的话："没钱!"

一种熟悉的厌恶感从心底升起，李依露皱了一下眉头。她正思忖是否理会这种时不时在她以及她班里所有老师课堂上出现的不和谐音，结果看到班长顾乐然啪地从座位上站了起来扭回头喝道："冯少敏，你还要不要脸?!"由于动作幅度过大，把后面同学的课桌都撞得歪斜了。额头上的几粒青春痘，在天花板上日光灯的照耀下灼灼闪光。

冯少敏毫不情怯。他缩缩脖子摊摊手，把目光对向顾乐然："我说没钱，没说不要脸。"

李依露努力保持平和的口气："冯少敏同学，课堂上请你保持安静好不好?"

"我只说我没钱，怎么了?"

"你影响课堂秩序了。"

"顾乐然还骂我了呢!"

"顾乐然同学是班长，他有责任维护课堂秩序。"

"那也不能骂人。"

"他骂你啥了?"李依露故意问道。

"骂我不要脸。"

"那我问你，你要脸吗?"李依露绽出一丝微笑，以消解这句话的杀伤力。即使如此，她依然后怕，觉得即使有微笑作掩护，这句话仍是重了，生怕引起什么难以预料的后果。

"没钱的人就不要脸了?"冯少敏又缩缩脖子摊摊手。那种他自以为很酷的样子，让李依露觉得很恶心，就像他满脸密布的粉刺尖上那一触即破跃跃欲出的脓液。

班里所有同学的目光，或瞄向冯少敏，或瞄向顾乐然，或瞄向李依露，然后在三人之间不停转换。

教室后面的宁馨妈妈，目瞪口呆地看着这一幕。在这短暂但也激烈的冲突过程中，宁馨妈妈的脚纹丝未动。在李依露看来，哪怕装模作样，她也应该走到冯少敏课桌旁给他一丝震慑的。这点失望，加上最初的那点失望，让她自习结束时，仅向宁馨妈妈打了一个异常冷淡的手势便走出门去，抛下教室内因铃声响起及她匆匆离去双重原因激发出的闹哄一片。

走向教研组的路上，她又为自己这点小心眼而略感自责。

对于冯少敏的变化，如果她硬要找出一道分水岭，应该是从这桩事情开始的。

那时刚升初三，某日课间，李依露正在教研组休息，突然听到楼道里乱哄哄一片，在闹腾声中，夹杂着一个男人愤怒的斥责声讨和一个孩子尖利的挣扎咒骂。

她赶紧起身往门外走，看发生了什么事，却见带初二化学的冷加林老师用手拧着冯少敏的耳朵往她这边来。一个使劲往前拉，一个拼命向后挣，两个人用力方向不同的腿和胳膊交互纠缠在一起，形成一个不规则的几何图形。到底因为年龄小，更因为疼，在挣扎中，冯少敏的身体在冷老师不依不饶的拉扯下往这边移动着，相隔那么远，也能看到冷老师粗黑的面庞上太阳穴处青筋暴起，而冯少敏脖子上的青筋梗得比他初发育的喉结还要显眼。

这情景让李依露又急又气，她赶紧疾步过去劝冷加林放手。冷加林魁伟粗壮，那显而易见的手劲，让她担心冯少敏的耳朵瞬间会从脑袋上被剥离下来。因为嘈杂，更因为情急，她的声音亦显尖利，于是让劝告听起来变成了针锋相对的愤怒。

冷加林撇开手，把右手食指对准李依露："你怎么教育的学生，一个个都快上天了!”

她这才了解到，是冯少敏课后占用了教工厕所，妨碍了冷加林方便。

而冯少敏的那只耳朵，在长久的拖拽下已经因失血变得苍白，半天都没有恢复过来，在涨得通红的脸庞的反衬下，更显怵目。

毕竟是自己的学生，她的心被刺痛了一下。她努力调整了一下情绪对冷加林说：“也犯不着这样啊?”

冷加林见她这样说，更加生气了：“只有你这样的老师，才能培养出这样的学生!”

说完气哄哄地扭头而去。冯少敏朝他身后声嘶力竭地喊道：“冷加林，你个王八蛋……”没喊完便被李依露拖进了教研组里。

他们学校，教工厕所和学生厕所是分开的。不知男教师厕所那边情形怎样，她们女教师这边，只有三个蹲位。从外面根据占地格局来看，应该大同小异。课间时分，学生会一窝蜂地上厕所，人多蹲位少，有胆大的学生就会溜到教工厕所。当然，主要是男孩子，胆大些的女孩子也有，相比毕竟少些。如果不是自己班的学生，她其实是能理解冷老师的。因为，他们也有内急的时候，学生可以事急从权溜到他们这里，他们却不能在众目睽睽之下溜到学生那里。还有，即使教工厕所还留有蹲位，和学生一起方便总觉尴尬，如果恰巧是自己班的学生，几乎有损师道尊严，让自然而然的事情变得局局促促、小心翼翼，就像在做什么见不得人的丑事。最初学校厕所没翻修前，蹲位和蹲位之间连隔板都没有，那就更难为情了，如果情况允许，他们简直想扭头出去。而那些学生，居然还有大大方方向老师问好的，至多也是低低头避开老师直视的眼睛匆忙了事而已。

那天的情况就是如此，冷老师憋了一泡屎三步并作两步匆匆忙忙往厕所跑，进去后三个蹲位都占满了。他本就是个动不动吹胡子瞪眼的人，于是跳着脚呵斥他们，有个胆小的男孩匆忙起身跑掉了，连厕所都忘了冲。也许是冷老师的暴躁名声在外，在他方便期间，另一个男孩也迅速对情势做出判断草率解决完自己的事情逃掉了，单剩下了冯少敏。冷老师噼里啪啦舒坦之后，觉得该管管这个事情，就继续屏着呼吸忍着厕所难闻的味道站到冯少敏面前问他是哪个班的。冯少敏心虚，没说话，但他惯常的那种飘忽眼神被冷老师误读成蔑视、挑衅或玩世不恭。这下子激怒了冷老师，他一把揪住冯少敏的耳朵就把他给掂了起来。情急之下，冯少敏只是兜起了裤子，连屁股都没有擦。冷老师又大声喝问他哪个班的，在未及预料阵势的威慑下，他报出了自己的班级。可冷老师哪能从数字分清其中的区别，又问他班主任是谁。他挺了挺，没说，抓他耳朵的力道瞬间加大了，疼痛之下，他说李老师，又问名，“李依露”三个字才从他口中嘟哝了出来。他还以为事情暂且了结，无非这个家伙给他告个黑状挨老师几句批评算了。谁想黑胖子不依不饶，继续揪着他的耳朵往门外薅。他开始反抗、踢打，这反而更加激发出冷老师凛然的管教欲念，并惊来大批围观的学生，在操场踢球的也不踢球了，追逐打闹的也停了脚步了。当然，还有许多老师对冷老师的行为表示赞同和附和。大家或满脸兴奋嘻嘻哈哈，或满脸正气冷眼观摩，看他在那只纹丝不松的手的拖拽下，踉跄狼狈地往教学楼那边走。

虽说自己也不大喜欢冯少敏，但冷加林这么做，李依露还是有点生气。先不说他是否小题大做，即便冯少敏错到家，他也应该私底下和自己沟通的——她是冯少敏的班主任，冷加林如此在众目睽睽之下羞辱自己的学生，其实也是羞辱自己。又想到冷加林恰巧是和冯少敏发生的冲突，她不禁在心里冷笑一声：等着瞧，够你喝一壶的！

因为，冯少敏向来就是一个难缠的主。他难缠，他妈妈更难缠。

他们学校是九年一贯制学校。只要是户口在学区范围内的学生，小学毕业可以直接在本校升初中。冯少敏小学就是在这里读书的，他的事情，学校许多人都清楚。

冯少敏的小学班主任叫关露。她是在这个班的孩子上到四年级后期因为前任班主任考研离校后接任的。五年级时，一次冯少敏和班里一个叫林昭昭的女同学发生了争执，冯少敏动了手。其实也没什么大不了的，就是用拳头朝林昭昭的胳膊上擂了一拳，小孩子打闹，下手也不会太重。

状告到关露那儿，关露连原委都没问一下，就在班里当众批评了冯少敏，男孩子打女孩子嘛。

冯少敏当众挨了批，心里委屈，回家后把事情的前前后后包括老师不分青红皂白的批评告诉了妈妈秦玉婷。他说，是林昭昭把他的文具盒碰到了地上，他让对方捡起来，对方不捡，这才发生的争执。关于他动手打林昭昭的情况，他选择性地略去了。

秦玉婷一听，气不过，就找到了学校。她先到了班里，当时老师还没去。她问清谁是林昭昭，便声色俱厉骂了那孩子一通，把林昭昭吓哭了。随后，她找到教导处主任，说关露当班主任不称职，要求学校立马撤换。

主任是个老头，各类家长见得多了，立马堆起笑脸，和颜悦色劝导她，说即使关露有什么做得不对的地方，可因为这么点小事就撤换班主任，学校有多少老师也轮不过来。谁想这句话更加把秦玉婷给激怒了，她说："如果不撤换，我会告到教育局、纪检委，不但告关露，连你也一块告！"主任一见她那气势和做派，知道碰到了一块难啃骨头，想自己没几天就要退休了，何必没事找事，引火上身，便直接把秦玉婷推到了校长那里。

毕竟官大一级，说话管用，何况校长向来被老师和学生们暗地里称为“黑脸校长”。几个回合的解释辩驳之后，秦玉婷收回了撤换关露的要求，但关露必须得当着全班同学的面给冯少敏道歉，就像她当初当众批评冯少敏那样。虽然退了一大步，但校长知道，对任何一个老师来说，让当众给学生道歉，那还不如干脆撤掉算了。何况，作为校长，他必须得维护老师的权威，否则弄得众叛亲离，学校还怎么管理，老师还怎么带课？

他决定利用自己的权力和威严努力把稀泥和下去，争取让双方都能接受。他派人把关露叫到自己办公室，故意沉下脸，当着秦玉婷的面批评了关露几句，然后责令关露当着自己的面给秦玉婷道个歉。他想，等关露道了歉，自己手里就有了接下来对付这个难缠娘们的武器，然后步步为营，节节向前，直到事态平息。

关露是个还没有结婚的姑娘。姑娘就是姑娘，无论在学生面前何等威严，却总是脱不了姑娘的稚气，尤其在比自己年长的人面前。校长批评她的时候，虽然心里不舒服，有抵触，却还是耐着性子听着，没敢分辩，更没敢顶嘴，哪怕秦玉婷咄咄逼人的指责覆盖在校长的威严之上。可让她给这个女人道歉，她无论如何也接受不了，于是就嘟了一下嘴，习惯性地略带赌气样地扭动了一下身子说：“我不！”

如此简单的动作、话语，却让事情的性质整个发生了逆转，武器非但没交到校长手里，倒给了秦玉婷攻击校长的口实。后来，因为目的没有得逞，她果真把学校一应人等一同告到了教育局。关于校长，第一条罪状便是：他和关露“有一腿”。

“我都快气疯了，气死了，那种情况下，她还在和校长撒娇！”这就是秦玉婷不断和教育局诸多部门和领导说的话。

为防事态继续扩大，在教育局的干预下，学校给了关露一个不叫处分的处分：诫勉谈话——听起来是处分，说得出口，拿得出手，但不记入个人档案，不影响个人前途。

话虽这么说，关露还是受不了，她没觉得自己有什么实质性过错。更受不了的是，自己一份好工作，一副好容貌，干干净净，清清白白，却在这个胡搅蛮缠女人的信口雌黄下，在学校一些不嫌事多别有用心人的推波助澜下，她和校长“有一腿”似乎成了一个无须证明的既成事实。很长一段时间，指指戳戳却假装正经的动作，躲躲闪闪又别有内容的目光，无时无刻不在她的视线与脑海中，弄得她灰头土脸还无法申辩。连找对象谈恋爱都有了心理障碍，每次相亲，未及见面，已情怯三分，担心对方已从某些渠道探得自己什么情况，于是提心吊胆，草木皆兵，生怕从对方的话语和表情中发现什么不好的端倪。

这件事及后续之事在全校闹得沸沸扬扬。所以，当初一开学冯少敏分到她的班级时，李依露的第一反应是恐惧和排斥，可也说不得口，总不能找学校拒收这个学生吧。

一段时间下来，她奇怪地发现，冯少敏其实是个还算乖巧的孩子。无论上课下课，他总是独来独往，不大和同学们打交道。他特有的名声早已在外，加上口口相传，所以同学们也尽量避着他，这样他想不孤独也没有法子。据说他在小学时成绩算是好的，可那件事情发生后，便一落再落，成为名副其实的差等生。所以，只要能睡想睡，他上课总趴在桌子上，也没有老师管他，都怕惹祸上身。

冯少敏的种种表现，让李依露舒了一口气。

自从被冷加林羞辱之后，冯少敏突然性情大变，目光里时不时闪出嘲讽和挑衅，身上那些潜伏着的毛刺短时间内唰唰冒了出来。他幡然醒悟，在课堂睡觉简直是辜负时光，开始变得无比活跃，不断根据老师的授课内容，任意生发，插科打诨，只为引起课堂上一阵阵附和的哄笑。

其实他的话并不可笑，可由于是在课堂上，更由于他们已升至初三，学生的学习劲头迅速朝两极分化，成绩好的瞄准重点高中破釜沉舟，三更起五更眠更加努力，成绩差的开始有经不念日撞一钟。那些自暴自弃的学生，巴不得课堂上有什么乐子让他们度过那些无聊的时光，所以无须召唤便成为他的同盟。只要他敢点燃捻子，笑声总会噼里啪啦，此伏彼起。

说教的力量完全无法驯服那生机勃勃的野性。李依露是个女教师，更准确地说是柔弱美丽的娇小姑娘——他们的个子突然间噌噌上涨，她和他们站在一起的时候，犹如淹没在一片茂密的森林中，她的权威似乎在他们身高的威压下不复存在——于是那些学生更加肆无忌惮。而其他所有的带课教师，终于在无可奈何之后，归咎于她这个班主任带班不力。

虽然李依露并无暴力倾向，但有时着实怀念自己上学时那已接近尾声的老师可以责骂体罚学生的权力。李依露曾经听父亲讲过，他们小时候，在学校挨了老师打，别说告状，回家连气都不敢吭，否则会换来另一顿暴打。那时的家长普遍认为，老师打学生是有道理的，你挨打，肯定是做了错事，既然错了，我不妨再打一顿好让你吃个记性干粮。到李依露上学的时候，大部分家长已经转变了观念，但许多脾气暴躁的老师并不能一下改变自己的习惯。她清楚地记得，初中时，数学课堂上有个男同学捣乱，老师把他叫到讲台前，什么话都没说，只飞起一脚，那个男同学就从教室门飞了出去，跌落到几米外的水泥地上。老师看都没看，继续讲自己的课。而现在呢？

不仅如此，冯少敏还是班上第一个不穿校服上学的学生。他之后，许多同学竞相效仿，教室里曾经整齐划一的蓝白色演变成花花绿绿。

关于这个问题，其实也不能完全归咎于学生。初一时，他们发了一套校服，春夏秋冬倒是齐全。当时学校要求每个学生要根据自己的身高，把衣服型号报得大一些，家长们以为学校虑及的是孩子们青春期身体迅猛发育的因素。后来才知道，三年，就这一套校服。

校服蓝白色相间，运动服模样。初一的时候，所有孩子的裤子需要折起很长的裤脚，上衣则像一个大麻袋罩在身上。由于过于宽大，坐下的时候，男女不论，每个人腹部都会自然隆起，就像怀胎五月的孕妇。而一待到了初二后半学期，那些个子急速蹿高的孩子，裤子曾经折起的部分即便全部放下，也像要光脚蹚过一片浅水滩，必须把裤脚提溜起一般。还有，校服布料上那些白色的部分已经布满再难清洗的陈年污垢，斑斑点点，惨不忍睹。

许多家长要求学校再发一身，说我们再穷，也不差孩子一身校服的钱。老师把家长意见反映给校方，可校方无动于衷，不加理会。

关键是，学校还规定，学生一年四季，春夏秋冬，只要上学，必须穿校服。如果谁胆敢违反，就扣谁的操守分。

一次，李依露召集顾乐然等几个同学判卷子，大家一边工作，一边说说笑笑。突然，顾乐然说："老师，我终于知道学校为什么给我们发这么难看的校服。"李依露瞪大眼睛饶有兴致地听他说下去，顾乐然顿了顿，吊足了别的男女孩子的胃口，意味深长地说："学校是怕我们早恋——面对这么丑的人，谁还愿意恋爱？"大家都哈哈大笑起来。

在一旁的宁馨说："社会越来越倒退了，我看过民国时期学生的照片，女学生还能穿裙子，好美好美。"

即使再丑，再不合身，李依露还是喜欢那种课堂上的整齐划一，那能平复她偶尔烦躁的心境，不知这算一种视觉美感，还是干脆就是一种职业病。

可偏偏冯少敏率先挑战了这条规则，并置李依露劝说于不顾。结果是，仿佛一只苹果，在一点溃烂后，细菌急剧繁殖，最终形成大片腐烂。

初三第一次期中考试完毕，李依露开过一次家长会。那次家长会上，冯少敏妈妈依旧像以往家长会一样没来，也许冯少敏根本就没通知到。这次家长会，李依露做了充分准备。她没有自己通报班里的情况，而是选择了几名学生，让他们以自己的感受和困扰分别写了发言稿，从孩子的视角和角度诉说班里的实际情况。孩子的世界毫不虚伪，他们初生牛犊，不畏不惧，指名道姓，痛陈班弊，箭头直指冯少敏及他的“跟班”等一群罪魁祸首，并向家长发出呼吁，劝他们管管自己的孩子。

在总结陈词时，李依露痛心疾首，道歉连连，情到深处，泪水夺眶而出，不歇不止。孩子们的真诚和老师的眼泪到底感染了大多数家长，他们群情激奋，纷纷建言，要以自己的实际行动帮孩子和老师们分忧解难。所以随后李依露在微信群里发倡议让家长帮助老师看早自习时，大家一呼百应。

尽管如此，李依露还是对冯少敏妈妈心存畏惧。不知怎的，她恰好没有回应。于是，她大方地在值班表中把秦玉婷排除在外。当然，可以想象，如果可能，秦玉婷自然也不愿意踏入这个学校一步，除非她的儿子再次受到不公平待遇。

冷加林那样对待冯少敏，如果被秦玉婷知道了那还了得？事情发生后，李依露抱了许多担心，为冷加林，捎带也为自己，毕竟自己是班主任，谁知这女人是否会一锅烩把他们都给包括进去。奇怪的是，好多天过去了，风平浪静。

因为冯少敏是自己的学生，有意无意的，她也了解到关于他小学时的一些别的情况。关露受了处分，再加上后续的那些始料不及的事情，心中自然无比气愤，可遇上这样的家长，又能有什么办法，只好打碎牙齿往肚里吞。某次，班里两个孩子又吵架，关露在批评这两个同学时，不小心附了一句："你们就都学冯少敏吧。"就这么简单一句话，秦玉婷又闹到了学校。她对校长说："你说这个老师是否哪里神经错乱了，别的孩子吵架，和我家少敏有什么关系，偏要这样指桑骂槐?"于是，关露在校长的逼压下，不得已再次向秦玉婷道了歉。

类似这样的事情，又发生过两三次。既然矛盾已经公开了，事情的局面已经演变到不能再坏，关露也不再像事情刚发生时那样一退再退一让再让了。她借由冯少敏经常说话破坏课堂纪律，以关心的名义，把冯少敏的课桌搬到了最前面，紧挨讲台。冯少敏习惯不了这种待遇，就请假不来上课了。秦玉婷问他怎么回事，他说关老师不让他上课。秦玉婷一听，怒火中烧，便再次闹到学校。关露冷笑一声，拿出了冯少敏的请假条，秦玉婷傻了眼，第一次当着老师的面扇了儿子一巴掌。她又拿出关露把孩子一个人放在教室前面说事，校长这次也趁势出击，说许多家长巴不得这样呢，非但上课不受别的同学干扰，老师讲授的内容也能听得仔细。在她的反对下，关露倒是又把冯少敏的课桌给搬了回去，但她采取了新的方式，暗地里不断地告诫学生别招惹冯少敏，终于成功地把这个孩子彻底孤立了起来。

迫不及待出来透气的学生已经让校园叽叽喳喳响成一片。空气干冷，雾霾深重，这个灰暗的早晨，新棉衣也没能给她温暖。在走向教研组的路上，李依露正巧和周少华打了个照面。

因为李依露蹙着眉、低着头，周少华就开了句玩笑：“美女，咋不开心，丢钱了?”没待她调整表情回答，周少华就匆匆忙忙擦身而过。

虽然风风火火是周少华一贯的做派，但他怎么也无视自己的新衣服呢?

在学校里，所有老师各做各事，彼此交往都是微笑颔首，点到为止。即使同一个教研组的，也都是各自埋头备课或批改作业。带课少的老师，忙完自己的事就走，偌大的办公室里只剩下像李依露这样不得不留的，所有人都缺乏那种集体的归属感，所以也难以有什么热烈和融洽。

反倒是不多见面的周少华，总给李依露许多愉悦。

周少华三十来岁，博士毕业。从参加工作伊始，他就放弃教学，安心于行政管理，且乐此不疲，几年下来，倒也弄得风生水起，年纪轻轻就做了政教处副主任。他眼光敏锐，思维活跃，特别善于赞美别人，尤其是女人。当然，这只是李依露得出的结论，至于他对别的女人是否这样，她无从考证。李依露每穿一件新衣服，只要能碰到周少华，他总能给她以恰当的赞美。这种赞美，不光是停留在衣服上，他能在映入自己眼帘的一刹那，迅速找出衣服与人之间的和谐关系与幽微牵连，并让合适的赞词脱口而出，不虚浮，不造作，目光柔和，面容真诚，明在赞物，实在褒人。也有别的男人就她的容貌或衣服品头论足，但她能清楚判断出，那或是客气与敷衍，或是玩笑与挑逗，总不能像周少华那样舒适与得体。在李依露心里，可以这么说，有了周少华这样的欣赏者，穿新衣服简直是一件美好的事情。

不仅是新衣服，甚至旧衣服，周少华也不吝赞词。一次，李依露从衣柜里翻出她婚前穿过的一条质地很好没舍得扔掉但明显过时的阔腿裤，自己在穿衣镜前左扭右转老半天，觉得似乎还不错，便壮着胆子穿到了学校。谁想周少华眼睛突然放出亮光，不住地说那条裤子太适合她了。她清楚地记得，他说身材苗条的女人，如果故意用宽大的衣服掩盖身材，反倒像“微风摆柳”，愈加“婀娜娉婷”。她不好意思地说，老早老早的裤子了，还想着再穿一次就扔掉呢。他说，如果扔掉，简直是“暴殄天物”。不知怎的，这些在别人口中说出来肯定是酸不拉几的词语，在他这里总是令人悦耳悦心。

而且，即使李依露穿一件连自己都不大满意的衣服，如果恰巧能够遇见周少华，果然只能得到他的微笑，却得不到赞美。慢慢地，李依露自认为，他的审美标准其实是和自己相通的。

举内唯沈前，举外周少华，她的所有衣服，似乎就是为这两个人穿的。

所以，今早周少华的匆匆而过，愈加增添了李依露的一份失落。她只好劝诫自己，人家说不定忙着有什么急事呢，何况自己不高兴写满脸上，人家总不能不管不顾直奔衣服吧。

上午自己没课，李依露就到贾珂珂那里聊天。学校里所有教职员工，李依露心里认作朋友的，除了周少华，就只有贾珂珂了。

贾珂珂是心理辅导员，学校少数几个拥有独立办公室的老师之一。她是一名心理学硕士，比李依露晚一年进的学校。尚未成婚，而且，据她宣称，她永远不计划结婚。在这个问题上，她的话赤裸裸的。她说：“结婚，不过是让性行为合法化罢了，至于其他，还有什么益处?”

她一个人占据着学校专门设立的心理咨询室，每天应家长、老师或学生自己要求在这里帮助学生做心理辅导。

在李依露看来，贾珂珂是个大胆奔放却又邋遢的姑娘。她服装新异，发式大胆，但无论怎样变换，李依露都认为不合她的气质，所有外在，都让她与生俱来的美减损几分。彼此熟稔之后，李依露有时会忍不住对她的穿衣打扮指手画脚，善意提醒。她才不理她这个茬呢，依旧自穿自美，我行我素。而且，她的办公室总是不能够收拾齐整，各种物品东扔一件，西撂一件，满屋子随意和狼藉的气息，白白糟蹋了这么好的一个地方，就像裹在她身上不同风格混搭的衣服。明明是懒，她还为自己辩解，说办公室乱一点，会让学生进来产生某种舒适感。过于整齐严肃，正昭示着排斥与距离。谈不上欣赏，但李依露是喜欢贾珂珂的，她身上流淌的那种随意率性，正是自己缺乏的。

李依露走进贾珂珂办公室时，贾珂珂正在埋头看一本书。她瞟了李依露一眼，说："又买新衣服了?"

终于有人注意到了，李依露心里有了一丝欣喜，赶紧问道："咋样，漂亮么?"

贾珂珂头也没抬，飞快地说："漂亮啊。"

翻了一页书，又补充了一句："你哪件衣服不漂亮?"

如蜗牛触角般，李依露刚刚冒出来的那丝欣喜又知趣地缩了回去。如果贾珂珂不补充第二句话，李依露便可以安慰自己她说的也许是真话呢。可第二句一出口，抹杀了第一句话本就可疑的价值，这简直算双重肯定是否定的极好例子。算了，问谁不行，偏偏问她，她懂个好赖吗?

贾珂珂放下书，说："美女，又遇到啥心理问题了，本主给你疏导疏导。"

李依露把早自习的事情大略向贾珂珂讲了句，末了说："总是一颗老鼠屎坏一锅粥。"

贾珂珂问："冯少敏，就是她妈妈和学校闹事的那个孩子吧？"

李依露点点头。

贾珂珂说："我见过这个孩子。那些事情发生后，关露硬说他有心理问题，然后提请学校让我给他做心理辅导。后来，他在校长和关露的'逼迫'下来过我这里一次，但来了后，几乎一声不吭，能看出他心里有极大的抗拒，所以我们根本不能形成一种实质性的谈话，也就算了。"

李依露"哦"了一声，她从没听贾珂珂说起过这件事。

"倒是我见了冯少敏的第二天，他妈妈来了我这里一次。她见了我就问：'老师你说，到底是我孩子有问题，还是那个关露有问题？她让我家孩子来你这里，就是一种变相的打击报复。关露其实是在暗示我家孩子心理有问题，然后把以前事情的所有过错归咎到我家孩子身上，我警告你，从此以后，你不得再见我家孩子，否则会对他心理构成一种强化，让他真以为自己出了问题。请你按照我说的话去做，否则，我连你、关露、校长一起告！'"

李依露瞪大眼睛："哇，她真有这么厉害？"

贾珂珂说："当然。你是冯少敏的班主任，应该见过她吧，一个很漂亮的女人。"

他们班级每年开一次家长会，因为李依露事先对冯少敏怀了警惕，所以她特别注意了他的家长。初一刚开学那次家长会，秦玉婷来过一次，此后再没见过。李依露点到冯少敏的名字时，秦玉婷站起来礼貌地朝她笑了一下，但笑容迅捷收了回去，就像一只野兽刚出洞就看到黑乌乌的枪口。乍一看，她确实是个很漂亮的女人，再细瞧，略显神经质的眼神却有一丝不安和落寞，眼角眉梢间，似乎还蹲伏着某种凌厉之色。当然，所有印象，也许是自己事先积存的成见形成的错觉。

“那次见面，反而让我对这个女人有了强烈的兴趣。于是我四处打听，对她做了一些浅显的了解。据说，她依傍了一个官员，从某家企业调入银行，并成了这个官员的情妇，还生下了个儿子，就是冯少敏。但官员终于没有按照他原先的承诺给她婚姻，她一气之下告到纪委，让官员身败名裂。”

“我说呢，在学校填某些表格的时候，冯少敏从不填父亲的名字。”

“其实，无论她败坏关露的名誉，还是不断向各级部门告状，都有着她深刻的个人烙印。我对关露比较了解，她就是带些孩子气，我能想出当时她在校长面前的表现，而这就被秦玉婷视作‘撒娇’，于是诬告她和校长关系暧昧。从本质上讲，这算自身行为的一种投射。‘投射’你知道吗，这是一个心理学术语，简单说，爱挑别人毛病的，反而看不到或不愿正视自己恰好有所鄙视的那种品质。因为秦玉婷自己曾经就是‘那种人’，所以别的女人稍有什么她认为不适宜的举动，她就会往那方面想、那方面靠。何况，她心里已把关露视作‘敌人’，投射的利剑更是咄咄逼人，绝不会有丝毫怜悯。还有，她不断向各级部门告状，是她尝到了告状的甜头。她通过告状，满足了自己对那个始乱终弃男人的报复欲。还用心理学观点，这算作一种惩罚行为，而一种行为的后果或效应决定着这种行为以后的出现概率。我有时称它为‘行为惯性’，也就是咱们俗语常说的‘做惯了乞丐扔不了棍’。这是她总喜欢用告状解决问题的心理根源。”

尽管贾珂珂说的是最浅显的心理学知识，还是让李依露听得目瞪口呆。

看着李依露听得有了兴致，贾珂珂干脆大侃起来：

“还说惩罚。从惩罚者的角度来看，惩罚对于减少他们不喜欢的行为有立竿见影的成效，而这效应又强化了惩罚者的行为。遗憾的是，惩罚所引起的复杂效应，她并不清楚。事实上，惩罚并不能消除别人的行为储备，而只是在惩罚存在的场合使行为的出现概率下降。这就是为什么关露当面给秦玉婷道了歉，后来却用尽法子孤立冯少敏的原因。”

“你也听说关露孤立冯少敏了？”

“你都听说了，我能不知道？我私下专门对这个事情做过一些调查啊，说不定有一天我还要把这个事情作为一个案例写篇论文呢。”

“照你这么说，关露对待冯少敏的行为也算一种惩罚吧？”

“当然，你现在所经受的，正是其复杂效应的一部分。”

“那我该找关露讨还公道了？”

贾珂珂把手朝门外一摊，做了个“请”的动作。

李依露笑笑，问：“那秦玉婷后来怎么偃旗息鼓了呢？”

“那是冯少敏学乖了。小孩子其实是很聪明的，他逐渐从被孤立的事情中认识到，他回家和妈妈告状，非但不解决什么问题，反而使他的状况越变越糟。”

李依露恍然大悟，原来，冷加林是在冯少敏这种认识下躲过了一劫。

“我后来再没和冯少敏这个孩子谈过话，如果这个孩子真有什么问题，从根子里讲，是被他妈妈和学校联手毁了的。秦玉婷那么害怕孩子在学校受委屈，正表明她对孩子爱之过深，这是单亲妈妈最容易出现的问题。她要把自己所有的不幸化成希冀，然后寄托在孩子身上。但恰恰因为这种病态的爱，却毁了孩子。我在想，为什么冯少敏和女孩子争斗之后受老师批评那么一点小委屈，他也要回家告诉妈妈，恰恰说明在他成长的过程中，他妈妈就见不得他受任何委屈，让他形成了无论大事小事都向母亲求助的习惯——等他醒悟过来，已经迟了。

还有，咱们作为教育方，也不够宽容。当然，话说起来容易做起来难，别说关露一个小姑娘，就是一个有经验的老师，也未必能处理好这种事。谁受到那种关乎自身清誉的责难，也不会无动于衷、淡然处之。这就是一个人的不幸，可以这么说，人活在这个世界上，就是一场宿命。”

“可为什么冯少敏突然性情大变了呢？”李依露给贾珂珂讲了冷加林的事情及之后冯少敏突然的变化。

“应该这么理解，这许多年，冯少敏其实是一直压抑着自己的。他表面冷漠，内心其实有着极大的仇恨。冷老师那种真枪实弹的刺激，终于把他潜藏在胸中的那种成分复杂的激情给引爆了。于是，他把对冷老师与之前不大清晰却始终存在的对整个学校的仇视叠加起来，开始以个人的方式叫板。当然，凭他的能力，暂时也只能做到在课堂上捣乱，以达到让老师生气的目的。但另一个随之而来他却始料不及的后果是，他在所采取的行为中找到了一种‘价值感’。就像你刚才说的，‘总有几个与他一丘之貉的学生’附和他，无形中他们成了一个有着共同目标的群体，而他理所当然地是这个群体的领袖。”

李依露以前找贾珂珂聊天，大部分主题还是女人间鸡零狗碎的事情。即使偶尔也谈到她的心理学，也只涉皮毛，一个不认真问，一个不认真答。可今天贾珂珂一席话，让李依露大为折服，她情不自禁夸赞道：“你真行啊！”

贾珂珂一撇嘴，一扬眉毛：“这有啥，我还惊叹你能教物理呢。这么漂亮一个丫头，脑袋里居然盛得下那么枯燥无味的东西，我想都不敢想。”

李依露很自得，就咯咯地笑了起来。

笑过之后，李依露又回到了问题上：“你说我今后该怎么办？”

“怎么办是你自己的事。”

“这不是让你想办法吗？”

“没办法，我也只能纸上谈兵。但听你刚才描述冯少敏的情况，我倒是为这个孩子庆幸，因为他做到了把心理冲突外在化。许多孩子压抑过久，会抑郁，会强迫，会焦虑，会神经衰弱，但他成功地做了转化，让潜藏心中的压抑找到了一种替代方式，先不管你，仅对孩子而言，其实是有利于他健康成长的。”

李依露面露惊讶：“什么话啊，你说我得这么纵容下去了？”

“那是你的事，说过了，我只纸上谈兵好不好？但我作为朋友告诫你，我不希望你也成为彻底毁掉这个孩子的帮凶。”话虽狠，但贾珂珂不忘给她丢来一个调皮的眼色。

李依露一方面不喜欢贾珂珂站着说话不腰疼颐指气使的口气，一方面又震惊于她分析问题时眼光的独特和犀利，但问题还摆在那里没有解决，且一时不知今后如何是好，只好沉默起来。

李依露和贾珂珂聊天的时候，沈前一个人坐在办公桌前发呆。

上午一上班，科长就带着科里别的同志下乡去了，容得他一个人发呆。他是通过公务员招考过五关斩六将进的政府机关，虽然是一个小科员，而且应该在很长一段时间内依然只能是一个小科员，但这个成功很长时间内让他很自负。

李依露因为要照顾学生的早自习，再加上女人穿衣打扮的各种麻烦，每天早晨起床要比他早许多。梳洗之后，冲一杯麦片做早餐，然后出门，听到防盗门砰的一声响，沈前再半睡半醒赖半个小时床，然后匆匆起床洗漱，时间足就胡乱吃点东西，时间不足就到单位再说，反正到单位后也是大把的时间，什么都来得及。比起李依露的辛苦，他的工资来得太容易了。

昨晚李依露生气，抛下他先行上床睡去，让他心里略有不安。但只是不安，他还没想着即刻通过什么行动来缓解两个人算不得矛盾的矛盾。小夫妻间的小打小闹总是有的，何必搞得那么认真——你一认真，她倒真的认真起来了——他这么安慰自己。

早晨被李依露定的手机闹钟吵醒后，突然浮上心头的那种不安像海绵吸取了夜的汁液，变得饱满沉重起来。通常，他是很受用早晨的这段能比爱人晚起的时光的，李依露为不把他扰醒而蹑手蹑脚发出的各种窸窸窣窣的声音，宛如一曲温馨而昏沉的背景音乐，让他在半梦半醒之间体会到许多安逸与甜蜜。而李依露临出门前那声“我走了，你别迟到了啊”的叮咛，会把这种安逸甜蜜推至顶点。但今天早晨，他却睡不着了，也没有即刻起床，只是稍微睁开了一点眼皮以假寐的方式观察着李依露的举动。他突然担心，李依露会戴那顶假发出去，不由心里打了个寒噤。

还好，没有。她看到李依露拿起那顶假发端详了一阵，又撂到了五斗柜上面，然后拎起那件新买的棉衣，从抽屉里拿出剪刀剪断悬挂着的商标，披衣上身，在穿衣镜前左右各转一圈，出了卧室。

他无比期待，期待她能返到卧室门前和他告别一声，那样，就等于他们已经和解了。但是，没有。随后，防盗门的关门声重重地楔在了他心里。

看来，她真的生气了。沈前突然有些懊悔。

小夫妻在最初的磨合过程中，一个偶然的小事情，在双方经意不经意的浇灌培育下，有时会迎风吐芽，扎地生根，逐渐演变为某种习惯。大概是婚后半年，一次沈前到省城出差，闲暇之余，突然心血来潮，就到商场给李依露买了两身衣服。他对这种事情是完全没经验的，但由于导购员的经验与热情，他参照别的顾客大致比画了李依露的身高与三围，回来后，衣服居然全部合身而且漂亮，让李依露大喜过望。要知道，他是一个刚刚结婚的毛头小子啊。在很长一段时间内，这个事情成为李依露向亲戚、朋友夸赞自己选对老公的一个重要谈资。李依露的喜悦也感染了他，他从中似乎体验到了某种价值，再有外出的时候，他总不忘把给李依露选衣服当成一件大事。不断重复的行为，终于渐成习惯。后来，不管他是否情愿，李依露上街总要拖他去，似乎没有他的参考把关，李依露就买不成衣服。有时他都无法判断这是李依露给他的权利还是桎梏。等他烦的时候，终于狠心拒绝。恰恰是，每逢这种时刻，李依露自己买回的衣服总是不大入得了他的眼光。李依露就埋怨，“我说嘛，没你不行的。”面对这种娇嗔，他唯有苦笑。

他也乐意博爱人高兴，可他的热情需要特定的时刻，需要一番勇气，需要内疚后的痛定思痛和幡然悔悟，与女人对衣服的永久热情相比，总是杯水车薪。而这种杯水车薪有时反而更加强化了他的眼光和作用——他陪她一起买的衣服，在李依露看来总是好的。于是，陪不陪李依露上街，总是让他纠结，他有着所有男人对上街的那种特殊的恐惧，又有着别的男人没有的独属于他们夫妻间的他的虚荣。这样，他们总会在这个问题上发生些矛盾。这种矛盾的直接后果是，后来，他简直厌烦李依露上街。而不管他是否情愿，女人总要上街的，这是专属于女人的男人永难理解的快乐源泉。最后，他把对李依露上街购物的不满转嫁到所购物品上面，这是逐渐转化悄悄发生的，他没有用心察觉罢了。

就像李依露所说的，“你就见不得我自己买东西!”

这个闲暇的没人打扰的上午，他在一杯冒着袅袅热气的茶水面前呆呆地坐着，追根溯源，条分缕析，开始琢磨这些事情，终于从中发现了一些问题的端倪。那件棉衣，穿在李依露身上的确是漂亮的，他为自己的言不由衷而羞愧。

但一想到那顶假发，他还是不由打了个寒噤。他突然又很气愤：那么难看的东西，你李依露怎么会买回来，难道就是因为便宜？

他觉得不是，凭他婚前婚后这三四年对李依露的了解，她没有这么傻。应该是她的审美真出了问题——她应该没有真正认识到那顶假发果真戴到她头上，会有多滑稽、多难看，又会给他带来多大伤害！

伤害。这个词语让他惊异——他百思不得其解，即便难看，难看的是她自己，为什么我却如此介意，如此愤怒，如此不能释怀呢？

他把困惑搁置一边，努力让自己的心回归客观、公允，试着在脑海里再次浮现李依露戴发套的形象，他的心还是针刺般地凛了一下——不行，接受不了。

只有一个解释，她是我的老婆——我容不得我的老婆不完美。

他想好了，今晚回去，他要向李依露承认并道歉，她买的衣服是漂亮的。他昨晚之所以不承认，全由于那顶假发。

而那顶假发，无论如何是不适合她的。不仅仅是不适合，简直是丑陋，丑陋至极！这是原则问题。

在原则问题上，绝不能让步。

虽然自己也是短发，但毕竟是齐整的。看着贾珂珂豁豁牙牙雌雄莫辨的短发，已经很长时间了，李依露还是没能做到司空见惯。突然想起昨天自己买的那顶假发，便对贾珂珂说："买了顶假发，送你吧。"

贾珂珂抬一下眼睛："你怎么不戴？"

"沈前不喜欢。"李依露想都没想脱口而出。

贾珂珂突然瞪大眼睛："他不喜欢你就不戴了，什么逻辑？"

贾珂珂惊讶的眼神，让李依露也惊讶起来："那还咋的?"

"哦，他不喜欢的事情，你就不能做，谁规定的?"

"不需要规定啊。我硬要戴，他肯定会生气，何必呢?"李依露脑海里瞬间幻化出沈前生气时那张颜色加深五官挪位的脸。

"如果他有一天觉得你不穿衣服好看，你就光着身子出来?"

"你变态啊?"又觉得这话不对，改口说："他变态啊?"

"这个说得极端了点。有个真实案例说给你听。我的一个闺蜜，前些日子和我诉说她的苦恼。她和老公日常关系挺好的，老公也很爱她。但唯有做爱的时候，尤其是到了高潮，她老公呼喊的是另一个女人的名字。而且，她老公明白告诉她，这是他前女友的名字，他们早无瓜葛并保证再无瓜葛，为了他这一刹那的快乐，务必请她理解和接受。如果是你，你能接受吗?"

"啊?"如此奇葩，李依露简直目瞪口呆了。

"这和你迎合老公的好恶，在本质上有什么不同吗？我再问你，你为什么要买那顶假发?"

李依露把双手放在肩部掌心向上托了一下："齐肩，偶尔戴一下，搭配衣服。你见过我以前留长发的，大概就那样。"

"你自己觉得好看吗?"

"还行。不过毕竟是假发，略微有点不自然。"

"省去后面那句话，既然你觉得还行，就因为他不喜欢，你就不戴?"

李依露怔了一下，想想说："女为悦己者容嘛。"

"少扯淡。"贾珂珂毫不客气地反驳了她这句话："悦你的只有他一个人?"

李依露突然想到了周少华，心扑通跳了一下，不知道自己果真戴上那顶假发套，他会怎么看。

“就算悦你的就他一个人，你又把自己放到什么位置了？”

贾珂珂一句一个“他”，而且话语咄咄逼人，让李依露很不舒服。她想，你就不会用“你老公”代替“他”，让语气显得委婉一点吗？这样想着，原先略显尴尬但始终保持着的那星笑容彻底消失了。

但贾珂珂才不会和她客气呢：“别觉得话难听。夫妻就这毛病，好像一纸结婚证，就给了对方许多权利似的——女人控制男人抽烟喝酒夜不归宿，男人控制女人温柔贤惠相夫教子。男女双方无非就是通过接受彼此的法统，来博取对方所谓的‘爱’罢了。其实在本质上，这算得一种交换。幸好你家那位还算是个正常的人，如果把你摊给我闺蜜那老公，你又会如何？许多女人，当然也包括男人，会在婚姻中逐渐迷失自己，最后搞得丢盔弃甲、狼狈不堪。”

“你又没结婚，你懂啥啊？”李依露黔驴技穷了，只好弱弱地抛出这么一句。

贾珂珂摇摇头，笑笑，说：“管你！——你们啊，真可怜。”

接着又补充了一句：“告你，他那叫审美控制。”

“审美控制”四个字，像钉子一样敲进了李依露的心里。

她是物理老师，这种定义式的话语，比泡沫式的喋喋不休更有力量，更让人惊心。

应该说，李依露对自己的婚姻大体是比较满意的。但这么一件小事情，让贾珂珂如此上纲上线说出来，那很快就能淡忘或越过的小矛盾突然被无限放大，那些本来熠熠闪光的东西，突然之间就蒙上了厚厚的灰尘。

无疑，贾珂珂许多话都是很有道理的。从学校的事到班里的事再到自己家里的事，贾珂珂不断用自己的专业知识和独特思维刷新着她的认知，帮她触及种种事情的真相。经过一番熏陶，李依露发现，她居然也会用一点贾珂珂的眼光来看待一些事情了。

比如，今天早自习冯少敏捣乱时，顾乐然拍案而起，果真是性情使然，还是夹杂了表现的成分?

顾乐然作为班长，在她看来，算是非常称职的。这种孩子天生是命运的宠儿，不但学习好、性格好，而且有责任心，班长当得像模像样，省她许多心。那次家长会由学生对冯少敏那帮“坏孩子”口诛笔伐，就是她大体交代了意思由顾乐然组织的。但今天早晨的表现，和往常相比，明显激烈和“夸张”了些。

对，就是夸张。虽说这种激烈和夸张是自己喜欢的。

无疑，顾乐然今天早晨如此“凛然”，肯定是因为宁馨妈妈在场，那种小孩子在自己在意的人面前表现出的机心!

很长时间，李依露隐隐约约知道，顾乐然和宁馨在“谈恋爱”，而且算他们班的“始作俑者”。初三的孩子早恋，已不是什么新鲜事，班里目前已有好几对，无论从各种“小报告”，还是自己悉心观察，都一一证实了那些传闻。但因为顾乐然和宁馨都是“好学生”，她便睁一只眼闭一只眼，宽容了所有他们的同类。如果这种事情发生在冯少敏或别的自己不喜欢的孩子身上，她还能做到如此静心和从容吗?不管她是否会采取切实措施干涉，但“坏孩子带坏头”的论断肯定会出现在她脑海里，甚至话语中。

当然，李依露觉得自己也算不得不近情理，不仅对早恋，在许多事情上她还是能够做到宽容的。如果事事认真，只会激起同学们更多的叛逆。比如每次期末考试完毕，通常还有一节自习课才到放学时间。班里几乎全部学生，仿佛已然功成名就一般，纷纷放下书本，再不考虑明天，整个教室洋溢在一片欢闹之中。每逢这种时刻她踏进教室时，学生总是大致分成三堆。一堆在教室后面，每人拿一部手机用蓝牙连接一起玩单机游戏；一堆把几张桌子拼起来玩扑克牌；还有一堆在疯赶那本刚刚发到手里的《寒假作业》或《暑假作业》。不要以为最后一堆是好学生，他们只不过是在家长没来得及把随书附送的答案收缴之前狂抄一通罢了。只有几个平素极其自觉的同学继续复习功课，但明显心不在焉。无论哪一堆的行为，按说她都应该喝止的，但她通常只是笑着说一句“澳门赌场也不过如此啊”，随他们去了。而同学们得到她的默许，玩得更嗨了。

那么，今后她该怎么对待冯少敏，还有他那几个“追随者”呢？

有些问题，靠时间就能解决。半年后，这批学生就该毕业了，一毕业，所有问题自然会迎刃而解，烟消云散，大不了她不再当班主任。可和沈前呢，那是要过一辈子的啊。

在和贾珂珂聊天时，李依露还专门提到校服的问题，无非是冯少敏带头违反纪律的又一个例证。贾珂珂说：“咱们教育的一个最大弊病就是要求学生整齐划一，完全按照学校的规范做老师心目中的好孩子，就像制砖厂用模具生产砖头，出炉后一定得中规中矩，否则便弃而不用。结果呢，无非扼杀了孩子们本来各个不同的天性。那些勉强留存的个性，却恰恰又是学习不好的，就成了你们心目中的坏孩子。岂止教育，放到家庭中又何尝不是，夫妻双方在最初的婚姻磨合中，心照不宣地通过博弈制定家庭规范，以达到家庭中的‘整齐划一’。一待规范形成，谁稍稍越轨，就会引发对方的愤怒和指责。其实何必呢，夫妻不过是搭个伴过日子，何必弄得坐牢似的不自在？”

中午放学时，如心所愿，李依露恰巧在学校门口又遇到了周少华，她把满怀期待的目光投向他。

当时正赶上学生蜂拥而出，为了不影响他的视觉判断，李依露还故意避开几个和她走得很近的学生，找了个略显稀疏的空档站住，朝他投去一个属于他们间的惯常笑容。

周少华也站住，脸上照例洋溢着她所熟悉并喜欢的活力（唯在今天，唯在此刻，她脑海里突然浮现出沈前那张阴沉的脸），并迅速将活力转成笑容绽放于她眼前："上午干嘛不开心？"

"没啥。"她答道。

周少华点点头，说："嗯，没事就好，走了啊。"朝她摆摆手，大步流星朝他家的方向走去，淹没在三三两两结伴而行但望过去却熙熙攘攘的身着校服的学生们当中。

李依露非常失落。这么说，这件衣服果真是不漂亮的了？

她想起贾珂珂的话，心里哼了一声，管你，漂亮不漂亮和你们又有什么关系？只要我觉得漂亮就好了。

她觉得，起码在这种认识上得改变，或者说，回到婚前的自己就好了。没认识沈前与周少华之前，她不是也漂漂亮亮心安理得地穿衣服买衣服吗？

这么一想，她的步伐坚定昂扬了许多。走着走着，刚刚鼓荡起来的信心却越来越虚弱，就像一只气球被扎了一个小小的针眼。路过一个玻璃橱窗，她站定，斜过眼睛把玻璃作为镜子照了照自己的侧身，不放心，又转向玻璃。

她沮丧地发现，这件衣服似乎真的不大漂亮。

她简直不明白了，从贾珂珂那儿出来后，虽然心情不大舒畅，但感觉自己倒是真比以前耳清目明了，可怎么刚过了一会儿，却又跌回过去了呢？

所有不愉快的事情又一股脑儿笼上心头，让她的眉头皱紧。

纸上谈兵——贾珂珂不是这么自己说自己了吗？嗯，纸上谈兵，不切实际！自己的问题自己想，自己的日子自己过，谁会真正有火眼金睛呢？这么一想，似乎又心安理得了。

在门前站了几秒钟，敲门，沈前已经到家。没待沈前说话，李依露叹了口气说："也许你的眼光真是对的，居然没有一个人夸这件衣服漂亮。"

沈前的喉结梗了一下，为了他更大的利益，他终于没有把他准备好的道歉说出来。

2017年3月8日

闯入者

著名导演季未未在他老家A城搞那个大型文学活动的时候，我还是一名大二学生。他用他的特殊影响力，遍邀全国各路文学名流参加，时间长达一周。顶级大咖有八九个之多，知名作家更不在少数。活动预先广泛宣传，弄得人尽皆知。微信里，到处有人转发相关消息。

我蠢蠢欲动，想叫路圆圆一起去那里看看，她用怀疑的目光瞥我五秒钟之久，未置可否。我知道，她又误解我了。每逢我邀她出去，她总认为我别有用心，目的在于她的身体。我固然偶尔会有那点盘算，但这次真的不是。我就是想看看那些大咖。

不去就不去吧，路挺远的，我一个人，正好节省一半路费。这个账不好算，如果她去的话，倒能节省一半房费。我不相信她会和我一人一个房间，那样太不经济了。她不会那么傻，哪怕在一个房间什么也不做。

旷课的事情不必担心，自有路圆圆为我打理。她是系里的学生会主席。

我就是在那个学期才和路圆圆好上的，或者说是她主动和我好上的。如果我有那么一丁点称得上才华的东西的话，大概就是这个吸引了她。我们拉手拥抱接吻，一起去餐厅吃饭，一起看我偶尔在校报或更拿得出手的报纸上发表的诗歌。却没能再进一步，她到底是个保守的女孩。身体冲动的时候，我恨得牙根痒痒；冲动回落的时候，我尊重认可她的保守。

我不像别的同学那样，手头没钱了，就给父母发微信。他们的父母也会急促促地把钱给转来，至多附带一两句小心翼翼不露声色却也忧心忡忡的关于钱的用途的问询，这厢也懒得回答或鬼话连篇。我只花每学期父母打到我手机上的定额，节俭点的话，也基本够用。和路圆圆在一起，她总是与我AA。这种恋爱让人省心，也未必是好事。

高铁太烧钱了，我就坐普快。大半个白天的漫长行程，让我错过了上午的开幕式。看手机里的信息，开幕式就在酒店前铺就的向两端蔓延的红毯子上举行，名家云集，连省里许多有头有脸的领导都参加了，肥胖的季导被簇拥在中间，高深莫测的脸上露出他惯有的迷人微笑。

下了火车赶过去，到了酒店门口，那里正在撤除最后一支麦克风。旁边围了些看稀罕的人，还有藏蓝色的警察、深灰色的保安、西装或套裙的酒店工作人员。

一扭头，看到一张熟悉的面孔，启动脑海里的搜索引擎，认出了他是著名作家叶扬帆，正拿着手机在打电话，面部某些部分的皮肤和肌肉牵扯剧烈，让人看上去好像在冲谁发火。他的名字和头像，平素只能在书上看到。活生生的人突然出现在眼前，我的激动像火一样噌地升腾起来了，同时还飞溅着星星点点哔哔剥剥关于文学的荣誉感。

等他把手机从耳边放下来，我跑过去："叶老师，我能和您合个影么？"

他收敛刚才的表情，让它趋于从容，犹豫了一小下，并不是要甄别我是一个什么样的人，而是人在情境转换时惯常会出现的那种状态。随即，他笑了，点了点头。这种面部表情的轻微变化，让我意识到他刚才打电话的确是有什么小的麻烦事，要不也不会避开别的他熟悉的人在这里。

他的笑容给了我鼓励，我说出了一连串我读过的没读过的他作品的名字。他并没有因此而显得更加开心，也许是司空见惯吧，我赶紧把一个梗在喉头一时说不出的小说名收回去。

虽说从小被灌输有困难找警察，到底还是对他们那种不苟言笑心怀畏惧的，退而求其次，拖过一个保安，把调出相机的手机递给他，请他为我们合影。

我站在叶老师身边，绷直身体，示意保安可以了。保安上下左右调整手机角度，显得很专业的样子，右手手指轻轻点了几下。我担心他没照好，连忙喊多照几张。他大概认为我此举辱没了他的能力，嘴角显现出轻微的不耐烦，但还是没有拂逆我的意思，又点了手机两下。我接过手机，向他道了谢，扭回身子双手夹着手机合掌朝叶老师表示感谢。他点点头，转身往酒店里面去了。

我赶紧翻看手机相册。保安一共给我照了四张，每张都令人满意。我迫不及待地挑出一张我表情最好的，用微信发给了路圆圆。很快，她在那头发了句“哇塞”，然后连发三个竖大拇指的表情。

顾不上她了。我摁灭手机，想进酒店寻找更多的机会。刚迈上台阶，刚才给我照相的保安拦住了我，说不能进。我问为何。他说：“只有‘嘉宾’才可以进，你是嘉宾吗？”我来回巡视一圈，果然发现许多人胸前垂着个制作精美的牌子，牌子下端，隐约见“嘉宾”二字。但刚才叶老师胸前并没有垂着这么个东西，可他不也进去了？我就问保安怎么回事。保安撇一下嘴，对我不屑一顾的样子，没有理会我的问题。我翻看一下照片，果然没有。我很纳闷，我认识叶老师是读过很多他的书、见过他的照片。保安也这样吗？

不进就不进，先找个地方住下再说。结果，不要说这条街，好几条大街的宾馆都住满了人。这个小县城，这几天不知输入了多少人？我突然有了种放学时分大批同学涌进餐厅的感觉，乌泱泱闹哄哄的。

最终把住处找下，离刚才那家最好的酒店有两公里之遥。条件不太好，还贵得要命，一晚二百二。去年我来过这里，比这好得多的酒店不过才二百，看来是乘机提价了。如果在这里待到终了，一千大元就要出去了，可也没有别的选择，走着再说吧。

服务员问标准间还是大床房。我说大床。反正是一个人睡，别把另外那支床给白白浪费了。

胡乱洗了把脸，踢掉把脚闷得很臭的旅游鞋，换上拖鞋，一头栽在松软的床上，打开手机欣赏刚才和叶老师的合影，却发现路圆圆接连发来几条微信，最后一句是："我也想去。"

我怔了一下。

按说，这是求之不得的事情，不知怎的，在那一刻，我却有点犹豫。的确不是担心微信钱包里的钱不够两个人花，根据惯例，她也不会花我的钱，而是别的我一时道不来的原因。直到我意识到当前身下的这支床也过于阔大了，这才回了一句："好呀。"

两个字显得勉强。赶紧加了句："等你！"

那头回复："我这就订票，随后告你何时能到。"

眼下已是下午3点40，我翻出早已收藏的活动日程，看了当日活动。下午3点至5点，在这个县的中心广场，有一个著名作家的演讲。用高德地图搜一下，步行过去，大概得二十分钟时间。既然来了，不能无谓浪费掉这些本来可能有意义的时间。我重又蹬上旅游鞋，把身子扎入下午时分仍旧晃眼的阳光之中。

广场是开放的，拥满了人。在以演讲台为坐标点的核心区域，却用铁围篱围了，只留出几条通道让人过去，通道旁，有着统一服装的工作人员把守。旁边，还晃荡着零星几个着装整齐的警察。我这才想起，按照预告，每一场活动都是需要前一天预先抢票的，票免费，但得预先抢。好在音响很好，我就远远地看着他的模糊身影，听他讲话。

晚上有一场电影，是以这位作家的作品改编的，在离广场不远一个由废弃厂房改造的电影院放映。电影院由季未未亲手设计，据说外表的粗犷简陋和内里的精致豪华正好形成反差。广场、电影院、酒店三点一线，只是离我住的地方稍微远了些。没票进不去，总归是个遗憾，遗憾的不是看不上电影，而是映前作家和观众有个近距离见面。电影，早在电脑上看过。

打开微信公众号，第二天的票也没了，这让我有点沮丧。

路圆圆发微信来，说清晨6点的高铁，7点58分能到。我说我去车站接她。她打了个OK的手势。

晚上，我还是去电影院附近撞运气，结果眼睁睁看着那位作家被人簇拥着走进影院。不可能再像下午那般幸运，逮一个合影机会。

又晃到酒店，人员出出进进，没再发现认识的作家。

晚上，详细翻看了活动日程，发现自己做的准备工作太少了。第二天的票没抢着就算了。第三天第四天的活动却不在A城，而在相聚A城二百公里之遥的B县，那里有一个名胜风景区，濒临黄河，沿山坐落着多处保存完整的明清古建筑群。

第二天早晨，我成功被手机闹钟吵醒，在宾馆附近打了一个摩的去火车站接路圆圆。

那个时点即将到来之前，我才意识到自己来的是火车站，她坐的是高铁。赶忙跑出出站口大厅，又打了个摩的往高铁站那边跑，半途，路圆圆电话就打了过来。但她那边闹哄哄的，根本听不清我的解释。火车站离高铁站距离不近，我赶过去，她已经等了很久。我的解释并不能消除她的愠怒。我就不再解释。

回宾馆打的是出租车，总不能两个人坐摩的，那也不是她的做派。到了宾馆，我扫微信付了车钱，拎着她的双肩包上楼。没有多说话。她跟在后面嘀咕了一声："我知道你一点也不欢迎我来。"我扭头笑笑："怎么会？"笑容有那么一丝僵硬。我知道，她好像说中了我隐约存在却未深究的那点心思。

进了房间，看到那支大床，路圆圆眼中迸射出强烈的惊异。我反倒被她这种表情激发得坏笑起来，轻轻绕到她身后拥住了她，嘴唇放在了她脖子裸露的那片光洁的皮肤上，然后朝耳根迈进。她的头发和皮肤上残存着轻微的火车上混杂了汗与方便面的气味，但依然让我着迷。有那么几秒，我感觉到她也很享受，此刻的她，应该轻轻闭上了眼睛。随即，恍然惊觉似的，她挣脱开我的双臂，说："换房！"

我低声求她："不用了吧，既来之则安之好不好？"带了一点点只有面对她时才有的她能识别出的撒娇语气。

路圆圆说："什么叫既来之则安之？这句话的原意是，既然让我来了，就得让我安心。对，这还是你告诉我的。"

"我没让你不安心啊。这样，我晚上绝对不碰你好不好？"此刻，我脑海里滑过一丝淫邪：我承诺的是晚上，并不是白天。

"那也不行！"随后，她自己出去换房了，意志坚决。

就在路圆圆出去换房间的当儿，顷刻间，神谕一般，我想明白了我为何对她跟随我来这里有那么一点轻微的排斥。其实这种感觉我早就有的，但从来视而不见，忽略不计。生活中的她，就像一条铁轨，永远整饬、笔直。即使拐弯的时候，也保持着某种暗含秩序价值的确定，决不允许旁逸斜出、节外生枝。在我们交往的这段时间里，我有限地了解到她一些成长经历，她的家境是优裕的，父母却是理性的、严苛的，固然这些不影响她在家庭中的养尊处优，却反而更能让她意识到这种严苛暗含的价值。和她不同，我是成绩不好最后才走了艺考，而她却出自对艺术真心的喜欢。本来，她的成绩，上任何一所一本院校都如探囊取物，可她偏偏选择了这里。这种思想的指引下，她自然而然成了学生干部，唯有如此，才能配得上她内心中已经确定的那部分东西。而我，对待生活永远散漫、游离、不着边际、想入非非。

路圆圆不漂亮，也谈不上丑。她圆脑袋、剪发头、五官齐整，那种我们高中时期惯常见到的学习很好的女孩子通常的模样，只不过，她把这种模样顽强地带入大学并继续保持，唯独有些变化的，是她学会了用口红。我总觉得，她思想溢出在行为和表情的那部分凛然的东西，削弱了她本来可以自恃的美，变成了某种僵硬的东西。那部分东西蔚然生长，已成为她性格的一部分。我们交往过程中，她从来不像别的女孩那样，用类似于撒娇的示弱方式以觅得男人的关心垂爱，反而，总是一副居高临下的样子，认为我喜欢她是理所当然，毋庸置疑，就像高中时期学科课代表收作业时的那种不可通融。不得不说，她真还是让我屈从于她这种不知故意营造还是生性如此的效果之下。

来到这里后，短暂际遇给我造成的印象和对随后日子的预判，让我意识到这是一个将会充满尴尬、碰壁、无聊甚至屈辱的旅途。对于这些，我能够接受。她，却未必能够。而且，她最终会把这些可能出现的遭遇的缘由清算到我头上，我还无从分辩。

很快，她回来了，噘着嘴，用蔑视的眼神看着我说："没房了。"

我笑了。在将要越过可能给她造成无耻印象的边界那一刻，我又把笑容收住了。

她不屑地看我一眼："便宜你了！"

我们一起出去转悠。老天垂怜，居然遇到一个熟人，王家成老师，算一个知名作家，是季导邀请的嘉宾。我们曾经邀请他去我们学校做过文学讲座，由于我是组织者之一，当时我们互加了微信。我说了明天外出难以成行的担忧，王老师沉吟一会说："我和组委会争取一下，看能不能让你们跟随团队一起去。"我心情顿刻明亮起来，路圆圆也很高兴。

下午3点，王老师发微信过来，说让我俩第二天早晨到酒店门口等。我看到微信的时候，已经过了两分钟。我内心对这两分钟深表歉意，身子却一下子跳起来。事实上，离开王老师之后，我不断翻看微信，心中忐忑又满怀希望，生怕错过王老师的消息。

心情一旦明朗，一切都变得美好。在广场附近，有一条美食街，我们一路过去，把一切感兴趣的小吃尽收腹中。

临睡前，我们都很紧张，预感随后必定要发生些什么，却也不知如何开始，似乎面前横亘着一座大山，连熟车熟路的亲吻在此刻也显得别有用心。床上本来有一条被子，铺展平整。路圆圆从电视柜里找出另一条，鼻子靠近嗅嗅味道，过到床前，把铺在床上的这条一把揭起，拂到我站定的这一侧。再一抖弄，她手中的被子就成了一个规整的被窝，顺卧于她的那一侧。

她每一个动作都显得用力过大，反而有一种装模作样的嫌疑。

洗漱完毕，她从外衣口袋里掏出一支唇膏，在我略带惊讶与迷惑的目光注视下，对着电视机旁边的镜子重新描红了她的双唇。她这个举动，有着某种委婉的拒绝意味，让我隐隐沮丧。

她坐在床上，弯腰去脱下鞋子，T恤和裤子分离，腰部露出半圆形的一块肌肤，中间一小节脊柱轻微隆起，孤独，温柔，楚楚可怜。粉色的内裤边缘随着解鞋带的动作上下出没，乍隐乍现。所有这些，形成一个极具观感的短暂诱惑。她和衣钻进被窝，上身倚靠在床背上，用遥控打开电视，指着我的脸说："晚上别碰我啊。"我这才吞咽了一下喉结，随她靠在床背上看电视。

她调到电影频道，屏幕里正播放凯拉·奈特莉主演的《安娜·卡列尼娜》。

她看着奈特莉说："这个女人的嘴真大。不过，倒挺美。"

说这句话的时候，她扭头看了我一眼。就像受到某种召唤，我看了一下她的嘴。在宾馆晕黄灯光的背景下，电视屏幕里镜头转换的光影变幻，让她刚刚涂过唇膏的微启的双唇，突然焕发出一种全新的极具魅惑的奇异色泽。我一把将她揽过，把自己的双唇覆在了她的上面。她似乎受了惊吓，条件反射般将嘴闭紧，双手也醒悟过来，开始了并无力量却也决绝的抵挡。我不屈不挠，努力用舌头撬开她的双唇。

这样僵持了一小会儿，突然间，就像妥协了一般，她的唇齿开启了，身子亦变得柔软。我们双唇与舌头的味道，已彼此熟悉。但这次，我们都知道，势必与以前不同了。

手忙脚乱中，我们身子开始往下躺。一种模糊的急迫感攫取了我们的身心，我们缠绕在一起，开始剔除所有阻碍我们的衣物和别的东西，互帮互助，自动自觉。我们成为罪与光的同盟，自己再也不是自己。

第二天早晨我醒来时，路圆圆枕着我的已经麻木却也舍不得从她脖子下抽出来胳膊。她仍在熟睡，面部安详静谧，那些凌厉的东西暂时被什么东西消融了。她身体滑腻，蜷缩在我有生以来第一次获得巨大满足从而松弛的躯体之中。我定定地看着她，由于目光离她脸部太近，在某些瞬间，忽然产生恍惚之感。我不知道她会不会一辈子跟定我，也不知道我到底能不能永远忠诚于她。未来太过遥远，却也不能稀释我此刻的感动。我是惯于感动的，有时甚至带有一些表演给自己看的性质。然而，我知道，此刻不是，绝对不是。

一条被子，从一开始就滑落在地上。

路圆圆突然睁开了眼睛。看到我此刻的模样，她似乎吃了一惊，随后眉头微蹙了一下，随后迅速展开。她羞涩地笑笑。我吻了一下她的额头，轻轻地抽出了胳膊。她背过身去，我也转身，以顺从的姿态从背后拥紧她。她的头发弥漫着一股洗头膏的清香，我深吸一口，怡然地闭上了眼睛。

她喃喃说道："到底让你得逞了。"

这句话既有怨念，又有善意，突然让我生出隐隐的不安和恐惧。我能够做的，就是把她抱得更紧。

我们提前二十分钟赶到酒店门口，那里已经停了一溜前挡风玻璃上贴了序号的中巴，大概有七八辆之多，还有两三辆警车。不断有人从酒店出来，脖子上都挂着那块让我们艳羡的牌牌。我用眼光搜寻着王老师，暗地祈祷他别放我们鸽子。一切顺畅，在他安排下，我们上了四号车。

组委会微信公众号里曾经发过一则预告，标题就是"来这里，你能遇到他们"。这是一个出席活动的作家全阵容，名单里照片、简介、文学成就一应俱全，足有四十个之多。我做贼一般上了车子的时候，看到了几张大概熟悉的面孔，虽然不能完全对上号，但知道里面有两三个大腕，也有几个刚出名风头正劲的作家。他们中的几个，用狐疑的目光瞟了我们一眼。当我意识到，或许是我们长得太嫩了，或者说是我们表现得太嫩了的时候，我故意振作起来，装出一副胸有成竹的坦然模样。我看路圆圆一眼，她倒与往常没什么分别，只是稍稍拘谨一点。但我并没有因此为她骄傲，反倒生出一股无知者无畏的怜悯来。

前面零散空着几个座位，但我没胆量坐在哪位作家身边，何况，如果那样，我和路圆圆就得分开。车子最后，四个座位连成一排，都空着，就好像是专为我们准备的，我牵了一下路圆圆的手，拉她过去。可能碍于众目睽睽，她甩开了我的手。

车队浩浩荡荡，在警车前后护卫下离开县城，驶入高速。一个多小时后，又驶下高速，继续摇摇晃晃往我们不知道终点何在的地方进发。车子开始爬坡，山路倒是平整，可路宽只容两车，大巴几乎占据了整个路面。所幸，沿路没有遇到一辆对面来的车。后来，在那么多拐弯处见了那么多着装严整站得一丝不苟朝车队行注目礼的交警时，我才意识到对面就不可能有车过来。

大巴在一个小型的类似广场的不规则空地停下，一帮西装革履的人在下面迎候，应该是当地的头头脑脑。稍远处，是身着大红大绿鲜艳彩衣依地形布好阵势的表演队伍。他们手中或身前，是包括锣鼓唢呐以及别的古老的我说不出名堂的各式乐器。他们蓄势待发，需要的只是一个口令。

就在车门打开的同时，威风锣鼓轰然响起，我都没注意到是谁启动了这个“按钮”。那种急遽倾泻的热情骤然出现在这片安静的土地上，让我起了一身鸡皮疙瘩。

介绍，握手，寒暄，微笑或大笑。很快，形成了一个以季未未为中心的相对集中的人群。这个人群聚拢了几乎所有的“顶级大咖”。他们在那些头头脑脑的陪同下，一边指指点点，一边往表演队伍那边移动。到一个有着合适距离的位置站定，仍以季未未为中心，自动散成一排，呈半弧状，裹进了那些神情飞扬的表演者。这个弧形外圈，是数量更多的“一般大咖”和“中咖”，他们三两结群，看起来似乎更自由散漫些。

没有“小咖”。能够被邀请来到这里的，都在全国有点名气。我和路圆圆算是绝无仅有的闯入者。

后来我发现，就像我和路圆圆融不进他们之中一样。那些中咖们也融不到大咖集团里面去。从下车处散开之后，他们彼此遇见打招呼，也只是把礼貌的微笑挂在脸上，彬彬有礼，点到为止，绝不再多说一句话。没有一个大咖的脸上，有那种不可一世拒人于千里之外的表情，但屏障和距离却天然形成。每个人都无比明白自己的身份，或者说是等级。壁垒森严。

这反倒让我放宽了心。

一群着装统一举着小旗半漂亮不漂亮的女孩迎上来给我们做导游。整个团队，被她们分作三路，从不同的小巷进发，游玩整个景点，最后还会被带到出发的地点来，这样能够避免游览的拥挤。我和路圆圆随意跟了一路。

这里是一处保持相对完整的明清古村落，依地势走向盘踞在山上。许多房屋足够古朴，足够精美，也足够高大。小巷弯弯曲曲，上上下下，勾连了一栋栋在阳光照耀下愈显浑朴静谧的建筑。从这个门钻进去，从那个门钻出来。从这个砖梯走上去，再从那个砖梯走下来。从这个高台望过去，再从那个低台望上来。过程中，我和路圆圆不失时机，分别拿手机帮对方与许多大咖、中咖合了影。其中一位热心作家，瞧出了我们是情侣，主动拿过我的手机，帮我们和一个大咖合了影。我决定回去好好拜读他的作品，跟路圆圆说了，路圆圆也说回去要读他的作品。

在某些地方，我们会和另外两个团队会合。汇合之后，再分开。然后不知在什么地方，又会汇合。

离开据说是这里最精美最具文物价值的一处房子，下了楼梯拐过来，因为地势的落差，两堵成夹角的高墙出现在眼前。一切呈几何之美的东西，总会给我造成视觉刺激，何况，它还那么雄伟。不由就举起了手机拍照。因为离得太近，要把两堵墙全部纳入镜头殊非易事，只好选取了上半部分。夹角的上端左面，其实是有一条过道的，这条过道连着我们刚才下来的砖梯。突然，一个女人闪过。就在此刻，我摁动了快门。

抬眼，那个女人站定在那个角落，倚靠在砖墙上拿着手机给远方拍照。

她一头黑发，一袭黑衣，上午10点的阳光，聚光灯般慷慨地洒在她微笑着的白皙柔和的面容上，反射出某种奇异光泽，超凡脱俗，洁净出尘。正欲看个究竟，她隐没不见了，留在我视觉幻象中的，只有那一团在短短时间内经过奇异变频和融合后的清辉与荣光。

我点开手机相册，她赫然嵌在照片里。

相对整幅照片，她的形象占据了不能再小却也最为恰当的比例，成为事实上的中心和焦点。在通体昏黄残败的赫赫高墙中，她以点睛之效的衣着和靓颜，让一幅漫不经心的风景照片成了别出心裁的人物照片。

天成之美，让我欣喜。我想等她下来，把这张照片给她。

我眼睛瞟着那边，用距离估摸时间，却没见到她的身影。我这才意识到，她应该属于另一支队伍，朝相反的方向去了。

我有点怅然若失，想自己要不要折回去跟上那支队伍。可路圆圆在身边，我这么做，是不是有点过了。也是在这一刻，我才突然意识到，刚才那一小会时间，我是完全把路圆圆在身边这个事实忘掉了的。还好，路圆圆什么都没发现，她在用眼光和手机相机搜寻着她感兴趣的事物。

甚至，我不能确定，这个女人是不是属于我们今天队伍中的一员。

我用手指把照片上的她拉大，隐约看见她胸前悬挂了我早已熟悉的嘉宾牌以及拴系牌子的蓝色丝带。我放心了，我相信我肯定能够再遇到她。

把她的形象拉到足够大，这才看清她黑色外衣衣领中间被嘉宾牌遮挡了一半的呈V形的一小块黄色，应该是黄色的T恤或薄毛衫。这很重要，是接下来寻找她的更为靠谱的标志。从路圆圆和有限的几个别的女同学那里，我知道，女人换衣服是很频繁的，尤其外衣。

下了山，再进发几十里地，就到了团队的驻扎地。他们所有人，被安排进这里最大的一家客栈。我本来想试一试能不能随他们混进去，路圆圆拉了拉我的衣角，也拉回了我的羞耻心和自尊心，也就打消了浑水摸鱼的打算。好在，沿路都是客栈，我们稍走几步，就选择了一家客栈，民宿那种，不贵，一百二一晚。虽说是土炕，却是后来新修的有卫生设施的房间。

对面，就是黄河。一路之隔。路还不宽。

下午3点，有一场诗歌对话，就在离我们住处不远黄河边事先搭就的台子上。对话人都是著名诗人，他们的作品都曾出现在我们的《大学语文》课本里。

就在客栈里吃午饭，每人一碗面，味道还可以。

午休时分，躺在路圆圆身边，我的心又不安分起来。今天的不安分，迥然别于往日，当然因为昨晚的缘故。我把手小心翼翼伸向路圆圆，路圆圆一把打开：“睡觉，得寸进尺！”我悻悻地撇撇嘴，把身子扭向一边。心仍旧痒痒，难道，她此时就没有与我相同的感觉吗？

那种含混的心心念念的欲望，搅得我一时睡不着觉。有那么一刻，我有用强的打算，但一想路圆圆的秉性做派，迅速打消了这个念头。无聊地打开手机，翻看上午的照片，定格到那张，拉大，再缩小，再拉大。看着那张在照片里模糊却无损姣好的面容，我的心突然奇异般安静下来。

就那样呆呆看了半天，在胡思乱想中，我也迷迷糊糊睡着了。

被闹铃吵醒，两点四十出门，往台子那边走。正午时分，天气有点热。客栈门口，有一个摆摊卖冷饮的，我示意路圆圆等一下。路圆圆过到马路那一头，站在围墙边看黄河。微信付款时，输完密码，等待显示成功的那一刻，我扭头，见两个女人从那家大客栈门口现出身来，其中一个女人胸前的一片炫目黄色，让我周身一震。我匆匆让摊主看了我手机显示付款成功的信息，饮料都没顾上拿，匆匆朝她们身边跑去。摊主手举着两瓶饮料，“喂喂”叫着，引得路圆圆扭回头来。我甩一下下巴，示意路圆圆过去拿饮料，脚下却一点也没放慢。我看到路圆圆发蒙的面容上诧异的目光。

距离她们三五米之遥时，我已经确认是她了。她们看见我那么急促地跑过来，而且脸上的表情明显是冲着她们，也犹疑地放慢了步伐。我在她身边站定，说：“您好，请稍等一下。”

她瞪大了眼睛，不明白我葫芦里卖什么药。旁边的那个女人，用惊奇的目光看着我俩。

那个女人也很漂亮，但我哪里顾得上她的漂亮。

我迅速地打开手机相册，翻到那一帧图片，把手机屏幕伸到她眼前：“您看，这照片是您吗？”

她蹙了一下眉头，不知是疑惑，还是凝神观看的前奏。然后，她笑了，笑得很灿烂：“是。”

她抬起手来，用右手拇指和食指把照片上的她拉大，又说：“是。”她的手保养得很好，几条淡蓝色血管潜隐在光洁的皮肤之下，手指修长，指甲上没有涂任何东西，但亮晶晶的。

我说：“无意中照的。一直在找您。”

然后壮了下胆子：“那我发给您吧？”

“哦，不巧，来的路上把手机丢了。”

我不知她是不是骗我，不想加我微信。即使骗我，她这么说我也无可奈何。

她见我脸上显出的失望，说：“这样，随后你发我邮箱好了。我叫周晓琴，周总理的周，拂晓的晓，琴棋书画的琴，全拼，然后网易‘163.com’。记下了？”

我用力把这几个字记在心里，就像考试时遇见了不会做的题，恰巧有人让我瞄了一眼答案那样。

她又说：“谢谢你。”脸上的灿烂慢慢回落，终于显现出她在那堵高墙上我只睹一眼却已觉得在心里沉潜多年更慑人心魄的沉静笑容。

然后朝我摆摆手：“再见。”

她们走了几步后，我听见她旁边那个女人低声说一句什么，她们同时扭回头来，脸上都绽着笑容。她又朝我摆摆手，把头转回，朝那边走去。

我这才发现，我一直呆怔在那里没动。

我跑到路圆圆身边，她脸上有明显的努力掩饰的不满。把一瓶饮料递到我手里，她皱着眉头狐疑地问：“你去干啥了？”

我说：“没啥。”我不知该如何朝她解释。突然有点懊悔，也许上午就该把这张照片拿给路圆圆看的，那样，寻找这个周晓琴就成了我们两个人的事情。但此刻，我无论如何从头解释，似乎都不能避免心怀鬼胎的嫌疑。

我清一下嗓子说：“真没啥。”

“你认识她们？”

“不认识。”

我看到路圆圆脸上有一丝愠怒。

然后两人无话。

上午路过时，那里还没有围栏。中午被人用反光锥桶、警戒带及一些可活动的铁栅栏围好了。围栏里面有座位，但只允许有嘉宾证的人进去。围栏外面人也很多，看模样是当地的一些老百姓，我和路圆圆就挤在人群中。我拉了一下她的手，她轻轻甩开了。

黄河水流汹涌沉静。阳光炫目，河面上，波光粼粼。围栏里，遮阳伞遍地开花，又成一道风景。活动开始前几分钟，有工作人员示意她们把伞收起，表情严肃，一副不可通融的模样。她们迟疑不决，又怏怏不乐，迷惑而沮丧地仰头看看天空。早做了准备的，把伞收起之后，从坤包里拿出能够折叠的遮阳帽戴在头上，有的还拿出了太阳镜。甚至还有人拿出防晒霜，开始往裸露的皮肤上涂抹，并慷慨地递给邻座的朋友。

我用目光搜索，看见周晓琴坐在第一排几乎中间的位置，陪同她的那个女人却没在她身边。她无伞无帽，面带微笑，兀自从容，只偶尔用纤长的手指理一下被微风吹乱有着明亮色泽的乌发，努力让它们服帖下来。一举一动，又呈现别种风情。

三位诗人在主持人的引领下出现在台子上。看到他们的形象也就够了，至于他们讲些什么，我根本没兴趣，因为台下有周晓琴。

我就那样始终定定地看着她。

路圆圆一会看台上，一会看我。她的脸色越来越糟，我也无从安慰。为了照顾她的情绪，我努力把目光从周晓琴身上移开。

我恍然明白所谓“女神”的真正含义。在她周围，所有的喧嚣都变得沉寂，所有的鲜艳都变得黯然。

然而，目光总是无法抑制地滑向她。我盼望周晓琴突然扭回头来，在人群中看到并认出我，能冲我一笑。但自始至终，我至多看到她最大扭动角度的一个侧面。

该有的掌声适时响起的时候，她的双手也会抬起轻轻拍上几下，十指交错，指头修长，亮晶晶的指甲随动作明灭。

在我们前面，围栏里面，架着几台硕大的摄像机。

其中一台，架在一条铺设的轨道上。一个年轻的胖子，头发凌乱，髭须初现，目光茫然，硕大的屁股和滚圆的肚子分别裹在破旧的牛仔裤和簇新的T恤衫里。他额上汗珠滚滚，就在这烈阳之下，推着这台摄像机从这头跑到那头，再从那头跑到这头，就像磨道里的一头驴子，顺天知命，麻木不仁。

我不知道为何要架那么多台摄像机？这台摄像机为何要如此这般地推来推去，永不停歇？

我终于能够切实地把目光从周晓琴身上移到胖子这里。

突然感慨万端，却又混乱不明。一些词飘过脑海：秩序，本分，僭越，高下尊卑，人以群分物以类聚……

路圆圆始终怏怏不乐。

也许从一开始，她就看出了某些不对头的端倪，而我只是处于最初的沉浸之中。甚至，我都不知道沉浸于什么，又为何沉浸——是那张照片？还是照片里的人？昨晚，我们的关系有了最为实质的进展，而偏偏在这个时间段，我出了问题。

晚上，季导准备了一个大节目，在黄河边放焰火，在黄河里放河灯。焰火也就那么回事，但几万只河灯从河的那一头迤逦而来，确实令人感到梦幻、震惊。

路圆圆没出来，她生气给我看。

我拍了视频发给她，她没理我。

大咖们住的那家客栈，有一个大的天台。开始的时候，他们在天台上晚宴，烧烤的香味从天台上俯冲而下。后来，他们就站在上面俯瞰。我羡慕他们的位置，下午脑海里飘过的那些词，又在心头飘过，如眼前河灯一般，星星点点，绵绵不绝。

顿悟了一些词语的真切含义，比如上流社会，为何要在词语中嵌进一个“上”字。

我不住举头仰视，在楼上影影绰绰的人头中搜寻那个熟悉的面孔，却始终没有发现。

身边，是一群嘈嘈切切叽叽喳喳的村民。他们也感慨，在河边长了这么大，从来没见过如此阵仗。

我往后退了退，与村民们隔开一段距离。

心就怏怏的。自觉无聊，回到了客栈。

路圆圆裹着被子在看电视。还是昨晚那个电影，她回放观看。

我讪讪地说：“外面真好。”

她斜睨我一眼，嘴角嘲讽一撇，说：“你就是沃伦斯基。”她用手指了指电视上那个衣着华丽的漂亮小胡子，男主角。

两个人无话可说，只好相安无事。一张床是既定事实，被子却可以是两条。

第二天上午继续游览，仍然是古村落，大同小异。

与昨天不同的是，今天随行了许多摄影师。这才知道，季导临时决定，要把这次文学活动拍成一部电影。我向路圆圆传递了这个听来的消息，示意她尽量往镜头前凑，说不定未来这部电影中会留下我们的身影。

这个消息终于让她振奋起来。我们装出虔诚的样子，面对着摄像机镜头，聆听大咖们走走停停中随意地指点江山，实质就是往他们身边凑。

更加近距离地领略到大咖们的风范。他们的名字我们都是熟悉的，现在逐一对号就好了。

路圆圆兴致也很高。看到某某，我说，其实作家光头也很好。

看到某某，路圆圆说，其实作家胖点也很好。

看到某某，我说，其实作家聋点也很好。

看到某某，路圆圆说，其实作家丑点也很好。

看到某某，我说，其实作家邋遢点也很好。

看到某某，路圆圆说，其实作家口吃点也很好。

看到携着美丽少妻的某某，我说，其实作家娶个小老婆也很好。

路圆圆拍了我一下脑瓜。不知怎的，我感觉我说这句话时，她心痛了一下。因为这句话后，她就不再陪我开玩笑了，神色也黯淡下来。

周晓琴也在这堆人中间。我照顾路圆圆的情绪，只是在最初遇见的时候朝她微微一笑，她也礼貌地做了回应，然后尽量与她再无交集。

当然，我的目光仍旧始终未从她身上离开，只是我做得很隐蔽，路圆圆发现不了。

中间，路圆圆上卫生间的时候，周晓琴正巧从一条小巷里出来了。我借机迎上去："手机还没找着?"

她嫣然一笑："不可能找着，到了县城再买部新的吧。"

"要不要给你正儿八经照几张照片?"说完这句话，我觉得"正儿八经"这个字用得太不妥当了。

她摇摇头。

然后两个人没再说话，但谁也没有走开。

我希望时间就此停滞，能够一直这样站在她面前。离她那么近，托阳光的福，只要我凝神检视，甚至能看清她洁净面部上细微温顺若隐若现的绒毛，它们熠熠闪光，惹人爱怜。

回想逝去的二十一个年头，曾经也喜欢过几个女生。从春情萌动到渐至成熟，每有爱欲泛滥，渴求却不尽相同：有时想收她们一个纸条，有时想赢得她们关注的目光，有时希冀递东西触碰她们的手指头，有时幻想用手掌轻轻抚过她们的头发……再后来，欲望不再那么纯粹，开始想用自己的唇覆她们的唇，用自己的怀拥她们的身。遇到路圆圆后，终于真正打起了身体的主意。而昨晚，也真正得逞。

此刻，我的欲望急遽回退——我只想，用手指肚去碰碰那些绒毛。

我收回神，壮了一下胆子，说："站在你身边，有种幸福的感觉。"我想说得更为独特、诗意，出了口，却如此普通、烂俗。

然后，心怦怦乱跳。

她笑了，笑得灿烂，宽容。我知道，她没把这句话当孩子话，也没把这句话当玩笑话。

我的心跳顿时缓了下来，也陪着她笑了。

在我笑容还没消退的时候，路圆圆从卫生间出来了，我迅速收敛。也许收敛的速度过猛了，周晓琴从我表情上察觉到了异样。她目光从我脸上移开，随意搜寻了一下，便看到了满脸愠怒的路圆圆，轻易获取了我表情变幻的答案，摇摇头，笑了一下，走向了别处。

路圆圆说："还真是会找机会啊。"我突然意识到，一个女人生气的时候，面相是如何的丑陋。

我没有辩白，我为我刚才的张皇失措而心生惭愧。我想，我为何不能表现得更成熟、更好?

路圆圆说："吃里爬外!"

我没说话。也没生气。

我原本计划跟随大队伍回到A城参加完全部活动，路圆圆却坚持要从这里回学校。我想赌气说要回你回吧，可终究没说出口。

我到底还是牺牲了后面的旅程，跟随她坐火车回去的。在普快和高铁的选择上，我都没怎么犹豫，就随她选择了高铁。我们都想尽快结束这趟旅程。

在火车上，我们并排而坐，虽然关系又略微缓和了点，却仍旧没怎么说话。彼此客气，小心翼翼，彬彬有礼。

扪心自问，我并没觉得我做错了什么，但彼此都知道，我的内心必然发生了什么变化。这种变化对于我们两人的关系而言，微妙而致命。我们谁都不打算把它说出，哪怕用吵架的方式。唯有离开这块在她看来的是非之地，她才可以做回她，我也才可以做我自己。这里是我们恋人关系的最后维系，也是终结。回去后，我们都可以解脱了。

回到学校后，我迫不及待把那张照片通过邮箱发给了周晓琴。邮件里，我写了一则附言，真诚地表示了对她的仰慕，略带暧昧又模棱两可，不易察觉。我把自己的文字功夫发挥到极致，浓缩在短短的几句话中。

但没收到任何回复。

我突然怀疑她告我的是不是163邮箱，是不是我听错或记错了？难道是126？赶紧又往126邮箱发了一遍。依旧没有回复。

我突然后悔写那则附言，是不是我的自作聪明招致了她的厌烦？如果她真是季导的朋友，那么她有可能是演艺圈的人。这种即时的男男女女的好感和爱慕，她们司空见惯。见多了，就免疫了。我的一厢热情，也许只会招来她至多不动声色的怜悯一笑。

何况，当时的我那么寒酸。

路圆圆不再与我联系，我也并不以为可惜。只是，内心有隐隐的愧疚。愧疚不该有那么一晚，无法再偿还她一个清白。

我想起路圆圆说我是沃伦斯基那句话，便买了一套《安娜·卡列尼娜》。我以前只读诗集，根本读不了这些大部头的小说，这次，读完了，也读懂了。我明白了沃伦斯基初见安娜时的那种感觉。也许，路圆圆感觉到的屈辱，就是吉娣的那种屈辱。

两年后，路圆圆选择了考研，像以往任何一次面对她所谓的人生挑战一样，她如愿以偿：好大学，好专业，好导师，如果再加一点好运气，几可喻示她清晰可见的美好的未来。

我直接离开学校，进了一个剧组，从打杂做起。

我不断变换关键词百度周晓琴这个名字，但查到的所有消息都与她无关。我甚至怀疑她是不是季导的一个亲戚，或某位作家的夫人？我扩大搜索范围，终无所获。

难道，她给我的是一个化名？

我在这个剧组忙碌着、表现着，寻找着进身之阶。但每过一段时间回过头看自己，总觉得自己所有的忙碌，都不过像那个推摄像机的大胖子，乏味而茫然。

我的理想，是最终进入季导剧组。我要不惜一切让季导注意到我，然后，我会问，那个周晓琴到底是谁？

后来，我见过路圆圆一次。当时我去学校开一份证明，在图书馆拐角处，她踩着高跟鞋咔咔迎面走来。我们相互看到时，都怔了一下，都停下了脚步。看到彼此嗫嚅的嘴唇，我们知道对方都想说一句什么更为得体的话，可谁也没说出。似乎从下火车回学校那一刻起，我们就达成了一项默契，此生我们不必再说话了。

我们得遵守这个默契。

她瘦了。她头发留长了。她扬长避短，漂亮了。

我心旌摇动了一下，只一下，就抑制了回去。后来才知道，她读完研后，回校任教了。

我告诫自己，要像起初一样，仍旧不以为可惜，就像直至现在，我坚持不认为遇到“周晓琴”后发生的一切，只是青春的错觉与妄想。我不知道自己这样到底在捍卫什么，但我知道只能如此，宁愿如此，坚决如此。

那个在轨道上推摄影机的胖子的臃肿体型和周晓琴苗条优雅的身姿总是在我脑海里交替出现，还有在小旅馆和路圆圆疯狂做爱的那个夜晚，它共同成为我生命的底色。随后我的一切努力和际遇，不过是与这种底色交融呈现的颜色，从来不具备它自身本来的纯粹。我尝试用诗歌把这些记录下来，却只是写下一些看似优美实质衰朽的句子。后来，不管换过多少部手机，那张图片始终保留在相册中。图片到底是虚幻的，那些闯入你镜头中的美，扛不过时间的侵蚀和心境的流转，如果不能用合适的文字把它们记录、保存、固定，无疑是对上天恩赐的一种辜负。于是，我决计放弃诗歌，改写小说。

这就是我写下的第一部小说。

“站在你身边，我有种幸福的感觉。”

——我希望“周晓琴”看到这个小说后，能通过编辑部联系到我，你一定知道我写的是你，因为我只对你说过那么一句话。而且，你笑了。你的笑，温暖了我这么多年，也让我惶惑了这么多年。这句话说出时，我还惭愧自己了无创意，在心头盘了这么多年，如今却越来越认为再没有别的话比它更贴切，更深情，更诗意。

我别无他想，只是想当面告诉你，你在我生命中扮演了一个如何重要的角色。

2020年5月12日

解个手到底用多久 |

姚新珍

厕所建在半坡上，是陆家庄唯一的公厕。

很早的时候，每到下课时分，大批的孩子从校门里涌出来，自动分成两股洪流各据一侧。里面位置有限，如厕的孩子们需要排队，尤其女厕这边。男孩子们不害臊，就在厕所外拨动着小鸡鸡努着劲把尿液往天上呲，阳光下一条条亮晶晶的弧线让女孩子们羞红了脸。这些年再见不到这样的景象了，大家都想了法子把孩子往外送，学校终于彻底成了一座空巢。

孩子成家后，姚新珍两口子和村干部说了说，占据了学校的一间教室。房子紧张，宅基地又迟迟批不下来。起初是权宜之策，住下时间长了，反倒把这儿当成了家，不想离开了。

这是下午七点的时光，天微微黑，但还氤氲着光。老公出去打麻将还没回来，陆大咀在她这儿聊天还没回去。姚新珍突然小腹一阵紧张，扯上一截卫生纸就往门外跑。将近五十岁的人，已经没了女人的矜持，哪怕一个男人坐在自己对面。

跨过马路，姚新珍耳边响起摩托车发动机的轰隆声，她下意识地扭头朝坡上看了看，一辆摩托车疾驰而来。如今的人哪，总是一副急吼吼的样子，骑车子下坡也不知减速，让人走路总得抱几分小心。在心里骂一声，刚要拐进厕所，突然啪嚓一声巨响，再回头，却是两辆摩托车撞在了一起——这么说，坡下也上来一辆？便意让她顾不了许多，姚新珍一头扎进厕所，找准位置，松开裤带便蹲了下去。

厕所外砖里坯砌成，年代久远，可追溯到姚新珍出生之前。土坯这种东西真是奇怪，居然可以经历如此残酷岁月的侵蚀，至多棱角处有些剥落，露出中间掺杂的麦秸。中间的分隔墙则完全是土坯，曾被淘气的男孩子们用棍子掏出一个个小洞。姚新珍小的时候，就在这边领略过那边闪闪烁烁的懵懂又好奇的目光，未必不怀好意，却让她们紧张兮兮。她们堵住，那边捅开，如此三番，乐此不疲。一茬茬的人就做着这样的儿时风月游戏，终于长大。后来她搬进学校成为住家户后，彻底一劳永逸地把这些岁月遗迹都修补好了。新泥旧泥，对比分明。可学校旁再没有叽叽喳喳的孩子们的叫声了。

不光学校，连整个村子都变得寂寥。

人命关天，她记挂外面的事情，可这边却淋淋拉拉总也解不利索，刚准备起身，便意又不期而至，终于浪费了些时间。胡乱兜好裤子，她慌慌张张赶出去，却见马路中央仨人俩车倒地——一个人要挣扎着起来，另外两人悄无声息。她吓得没了主意，突然想起陆大咀还在她家，赶紧跑回去搬救兵。

天更暗了一些。倒地的三个人中，有一个是年轻姑娘，一袭长发辨得分明。陆大咀认出这是村西头陆新春的闺女，赶紧掏出手机报信，却无人接听。姚新珍嚷报警报警报警，陆大咀便拨110。

围观的人越来越多，受伤的人陆续被认了出来。从坡上下来的是黄家村的黄大头，在他们陆家庄村东头的鸡场打工。陆新春的闺女叫陆倩，和她骑一个车子的是村北头陆大壮的儿子陆斐斐，两个小年轻人正在谈对象。

招呼的人多，口口相传，陆新春、陆大壮连同他们的七大姑八大姨很快赶了过来，分别把人拉到了医院。黄大头一条光棍，家在外村，还没有能够救急的人，最后等警察来了通知120拉走了事。

这么一桩说起来简单的事情，姚新珍却遭遇了大半生前所未有的麻烦。从发生事故的第二天起，警察就缠上了她，直直缠了她半年多，而且看样子还要继续，无休无止。

起初警察问她事发当时的情况，她如实作答，就那么个事儿，看清就说看清，没看清就说没看清。

但到了后来，警察的问题越来越细致："你解的是大手还是小手？"

"大手，但稀得像小手，我不是拉肚子吗？"姚新珍也不害臊，如实回答，因为有点烦，便半调侃，半挑衅。

"用了多长时间？"

"不就解个手吗，谁知多长时间，又没看表。农村人，哪能像你们搞块表戴戴！"她嘴上这样说，心里却想的是：解个手用多久和事故屁关系？

但警察仍在问："你到底用了多长时间？"加了个"到底"。

"三五分钟？六七分钟？十来分钟？"姚新珍终于被问烦了，便对警察没好气："喂喂喂，问这干啥，吃饱了撑的？谁说得清呢？"

她烦，警察不烦，仍然是好话说尽，循循善诱。让她回忆，再回忆，厘清细节，做最准确的估摸。

到后来，真是问到细节了。姚新珍就感觉自己像光着屁股面对警察重新拉了一遍稀。幸亏自己一把年纪，要是小姑娘，禁得住你们这么没羞没耻地问吗？她都后悔和警察说真话，说自己几次想起来但没能起来，拉肚子嘛，感觉拉尽了，准备起身，又来了。

“几次，到底几次?”警察穷打猛追，不依不饶。

“真服了你们了!”

终于，姚新珍斩钉截铁地说：“短，我说不清。长，也就是大概十分钟。不是外面撞车了吗，我还忙着呢!”

“你平常解大手一般用多长时间?”

“那能一样吗？我平常干结，就是你们说的便秘，有时半个小时都不止。可那天我拉肚子!”

真是吃饱了撑的，姚新珍撇嘴。

这是警察的盘问，还有老公：“他奶奶的，怎么我一不在那个陆大咀就来?”

毕竟老公好斗些，姚新珍也不怕他。

陆大壮

受伤的三个人，陆斐斐、陆倩、黄大头，起初都被送进同一家医院，县医院。

黄大头小臂轻微骨折，打好石膏，输了一星期液就出院了，只等时间一到拆石膏。陆倩小腿上划了一条口子，虽然流了很多血，却无大碍，也是输了几天液便回去了。陆斐斐在医院住到第二天凌晨，主治大夫便通知他们转院，说伤重，这里治不了。

陆大壮一家子便把陆斐斐带到市医院。市医院的大夫看了县医院的片子，又张罗人拍了新片子，也摇摇头，但还是收下了。

大夫前前后后在陆斐斐身上动了几处刀子，仍没把他从人事不省的状态中拉出来。陆大壮的女人动不动便哭，陆大壮也想流泪，但男人嘛，便忍住了。

第十五天，警察找到医院，给他们下了交通事故认定书。两个骑车人，陆斐斐和黄大头，各负一半责任。陆倩无责任。

问他们有没有意见。陆大壮愣怔了一大会儿，说没意见。

这时，他们在医院已经花了十九万元。其中十二万，是陆大壮两口子这些年的积蓄。剩余七万，是找亲戚朋友东拼西凑借的。

这十二万，原本是准备好给陆斐斐结婚用的钱：彩礼五万，买一辆车子五万，办事两万。如果女方能陪嫁点，车子就买好一些。不陪嫁，就照着五万买，那种档次的车子村子里到处都是，看起来也不错。

农村办事，都这个样子。

不出意外的话，那五万元的彩礼会落到陆新春手里。因为大概有一年了，陆斐斐和陆倩的关系还算稳定。

但陆大壮顶不喜欢陆新春，这个出了名的抠门货。从小学到初中，他们一直是同学。那时条件差，吃不饱，偶尔谁带点干粮到学校，一般情况下小伙伴们会相互分享。可陆新春就不，总是躲着大家自己吃。这一躲就躲了半辈子，以前躲得遮遮掩掩。躲着躲着，成了习性，反倒理直气壮了。村里惯例，男方呈给女方的彩礼，除了当天办事用的花费，通常女方会把剩余的钱给陪回来。大方些的，还会搭上一些——现在人都想通了，孩子结婚嘛，又不是卖闺女！但陆新春早就放了话，他说："我养闺女这么大，容易吗？倒贴？没门！"虽然陆大壮没有亲耳听到陆新春这么说，但他相信这话肯定不虚。一个村子里的人，从小一起长大，撅撅屁股就知道屙什么屎。

陆倩这闺女倒是长得漂亮，高挑，圆润。虽然五官仿爹，但陆新春的贼眉贼眼遗传到她身上，便出落成那种令男孩子们心动的妖眉妖眼。长相没说的，性情呢，也看不出什么不大对劲的地方。既然双方孩子都愿意，认了。

过个把月，陆大壮便计划托个媒人把办事的细节和陆新春具体谈谈，谁想发生了这样的事情。

陆大壮也知道这场事故中陆倩无大碍，只不过当时被吓晕了。他有点犯嘀咕的是，按说都快成亲家了，陆斐斐伤成这样，他们那边不该来个人看看吗？

想到这里他就隐隐地担忧。

倒是女人给他宽心说："人家毕竟是女方嘛，何况也受伤了，我还想等斐斐好一些能抽出身子去人家那儿看看呢。斐斐都这样了，可不能闹意气惹了人家，把婚事给吹了。"

陆大壮说："只怨那货小气。何况，斐斐是和他闺女一起玩时出事的，他闺女就没一点责任？"

女人说："人家坐个车有什么责任，交警都说了无责任。"

"斐斐肯定是送她回家时出的事。咱们家住北头，车却是上坡去西头，不是送她是干什么？"

"话虽这样说，只怨咱孩子骑车不操心。"说着，女人的泪又流了出来。

陆大壮便后悔给儿子买摩托车，还那么贵，那么大。现在的孩子，都把车骑那么老快。自己也年轻过，却从来没有那份张扬。大约十年前，他终于在慢了时代大半拍后咬咬牙，扔掉自行车买了一辆黑七零，每天突突突稳当当地走，车到现在还没有坏。后来儿子大了，他把七零给儿子骑，儿子撇撇嘴，很不屑的样子说："丢不起那人！"他本来打算一步到位等儿子结婚给他买辆小车的，可又怕眼下没车耽搁了儿子谈对象，终于咬咬牙花了一万多块按儿子的要求买了一辆大野狼。车确实是威风，却威风得出了事。

摩托车现在还被警察扣着，面目全非。

陆大壮有点小迷信，他觉得任何一辆车，都有保不保人之说。他的黑七零就保人，骑车十年了，从没出过事。买上大野狼后，他还和女人嘀咕过：看着好，也不知保不保人？谁想一语成谶。

第二十七天，陆斐斐终于在医院醒了过来。醒来后意识却仍旧含混。

第三十一天的时候，陆斐斐彻底醒了过来。在大家的帮助下，陆斐斐把事情的经过回想了一遍，结果他说了一句话，把全家人惊呆了。

陆斐斐说，出事时是陆倩骑的车。

连盼

陆倩骑的车。当孙立刚把这个消息告诉连盼时，连盼也惊呆了。她突然意识到，也许他们犯了同一个错，先入为主。

一对青年男女同骑一辆摩托车，一般人都会不假思索地认为是男骑女坐。何况，问笔录时那女孩也说了，是男孩骑车送自己回家。

问另一方当事人黄大头，黄大头说车祸发生得猝不及防，天色又暗，没看清。接着又说："这还需问吗？"

"还有，那么大一辆摩托车，是女孩玩的东西吗？"

当时男孩还昏迷在医院里，而事故认定的期限又到了，他们就根据女孩的陈述做了认定。谁想，问题出来了。

按说连盼作为分管领导，有些事情不需她亲力亲为的。但事关重大，她还是亲自和孙立刚到医院跑了一趟了解情况。

她心里兜着，如果真是男孩说的情况，他们算是搞了一个错案。事情说大不大，说小不小——案子是孙立刚他们搞的，却是她拍的板。

也算不得拍板，只是听取了例行公事的汇报，脑子没有特别地转动，就同意了他们的意见。每天要没完没了地听各种交通事故汇报，有时便麻木。甚至算不得麻木，假如，这个事情重头来过，也许仍是当前这么一个结果。

男孩躺在病床上，面目清秀却呆滞。清秀是底子，呆滞是变故给他覆上的膜，那种大睡刚醒的模样。

头发被剃光，样子便无辜。

如果有疼痛，他的表情也许会生动些。但他没有，自胸部以下没了知觉。肉体没有，心灵也没有。刚醒过来没几天，心灵的疼痛还没有被唤醒。

连盼也是当母亲的人，她的心倒先痛了一下。

来之前，连盼览阅了女孩的笔录。几乎所有细节，陆斐斐与陆倩陈述得一样。陆斐斐说，他和陆倩在赵家庄村一个叫赵鹏飞的同学家玩，快到晚饭时点了，两人决定回家。当时一起在赵鹏飞家玩的，还有一个女孩，是赵鹏飞的女朋友，叫黄圆圆，黄家村的。本来赵鹏飞要亲自送黄圆圆，但他们回去时路过黄家村，便捎上了黄圆圆，三个人同骑一辆摩托车。

连盼见过摩托车的照片，那么大一辆车，坐三个人绰绰有余。

陆大壮补充说，赵家庄、黄家、陆家庄三个村子由远而近，三点一线。

赵鹏飞、黄圆圆的笔录都问过，他们也是这样回答的。赵鹏飞和黄圆圆都说，出门时，是陆斐斐骑的车，陆倩坐中间，黄圆圆坐后面——至于谁坐中间，谁坐后面没有多大关系，主要是搞清谁在骑车。当然，如果是陆斐斐骑车，自然陆倩会坐中间——难道她会允许别的女孩夹在自己和男友中间？

黄圆圆说，到了黄家村口，她下车走回去，没让陆斐斐再往村里送。家离村口没多远，几步路。

黄圆圆证明，这时仍是陆斐斐骑的车，陆倩一只手搂着陆斐斐的腰，另一只手和她挥动说再见。说过再见，她便扭头往家走。

陆斐斐却在这里插进来一个他们都不掌握的情节。他说，到了黄家村口，突然想起自己借过黄逸飞二十元钱，当即决定到黄逸飞家把钱还给人家。去了黄逸飞家，大门却锁着，便折了回来。又到村口，也就是黄圆圆下车的地方，陆倩提出自己要骑车，他便把车交给她。傍晚了，笔直的柏油马路空荡荡的，陆倩车速很快，摩托车排气筒的声音大得让人兴奋，但他没有劝拦。他熟悉她的做派也享受这种感觉，结果到了村半坡公厕那个地方出了事。

“黄逸飞是谁？”

“也是我们一个同学。”

“陆倩会骑摩托车吗？”

“会，我教会的。她以前就会骑那种踏板车，但觉得不过瘾，硬要学这种有档的车。我们俩在一起的时候，经常是她骑我坐。不信你们可以调查，村里人都见过她骑车。”

还有一些疑点，但连盼没问出口。问了也是白问，搞事故调查这么多年，经验让她知道，随便一个回答便让你的问话没有任何意义，因为你不能以一般抹杀特殊。比如，当时陆斐斐怎么会突然想起还黄逸飞二十元钱？二十元钱值当专门去还一次吗，不是天快黑了急着回家吗？等等。

但陆斐斐却提供了一个连盼看来有价值的情况。黄圆圆下车前，接了一个电话，她说了句“就快到了”，然后便下车走了。

孙立刚

按照连盼的吩咐，孙立刚又到黄家村跑了一趟。

连盼升任副大队长后，事故科长的位置还空着。大家都说这次科长的位置必定是孙立刚的，孙立刚也认为必定是自己的。本来，如果论资排辈，科长的位置早就该是他的，但上次人事调整，连盼从别的部门过来“挤”了他，让他好几年很不爽。更不爽的是，连盼是个女人。

据说人事调整很近了，这种节骨眼上，可不能因为一个案子把事情搞砸。

村外的麦地里，绿油油的麦苗散发着清香。孙立刚张大鼻孔贪婪地吸了几下，想农村就是这点好。

也仅有这点好，其他是不能和城市比的。就说破案，城市里到处是监控，案发时的情况一目了然。可他们大队辖区，除了县城，这么多乡村道路，一个监控也没有。

孙立刚农村长大，后来警校毕业分配做了警察。大半辈子过去了，虽然连个科长也没捞着，但在村里人看来，他算是一个有本事的人，因为他们那个穷乡僻壤，能出去工作的人就不多。他一直是业务骨干，有时候因为搞案子，偶尔还能上上电视新闻，假模假样地说几句话。这些画面恰巧被村里人看到了，口口相传，他便显得更有本事了。回乡看望父母，总能领略到乡亲们那种热情又艳羡的目光。每逢这种时候，他就感叹自己官做得太小了。

黄圆圆说："那天下车前，我确实接到一个电话，我妈打的，问我什么时候回家。我说就快到了，便扣了电话——这对你们重要吗？"

这对你们重要吗？孙立刚总是听到这样的疑问，听得多了，他便不加解释。

当然非常重要。这个电话，能帮他们卡死一些时间节点。

查询了一下，这个电话打在6点45分。

在黄圆圆的带领下，孙立刚去了黄逸飞家一趟。

黄逸飞说，他和陆斐斐是初中同学，但这些年很少来往。借他二十块钱的事是有过，但他说过别还了，所以也算不得借。

"是这么回事，大概有一年多了，一次在镇子里，我和一个同学，陆斐斐和另外一个同学，两拨四个人碰巧遇在一起。我们听说陆斐斐和陆倩谈上对象了，就让陆斐斐请客。陆倩我们都知道，就比我们低一届，很漂亮的。这么漂亮的姑娘，不得请客啊。当时天热，决定吃凉粉。四碗，二十块。吃完了买单，陆斐斐才发现自己根本没带钱。我说，嗨，亏大了。只好代他结了账，成了我请客。陆斐斐说下次见面一定还上。我说值当吗，二十块钱。后来我还开了句玩笑，说闹洞房时，让我亲一下新媳妇就行，陆斐斐擂了我一拳。"

黄圆圆笑，孙立刚也笑。

以前他们去调查案子时，无论大人小孩，一见他们就紧张得不行，话都说不利索。但现在的小年轻完全没有这种顾虑，不仅在事情上侃侃而谈，连玩笑都敢开。他专门瞟了黄圆圆一下，也未见如他认为的那样听了那种带色的玩笑会羞红脸，司空见惯似的。便感慨，现在的小年轻，真是开放。

孙立刚问："事故那天你在家吗？"

"在啊。那天我记得清清的。两个村子没多远，晚上八九点钟，就有消息传过来，说陆家庄村出了车祸，陆斐斐撞车了。还有那谁，对，光棍黄大头，不就是我们村的吗？”

“那天你爸妈在不在？”

孙立刚这样问，一是验证黄逸飞是否说了假话，二是验证陆斐斐说他家“锁着大门”的说法。

“都在啊，不光我爸妈在，还有我爷爷。消息传过来时，我爷爷还对我说：‘飞啊，你以后骑车可得慢点。’”

陆斐斐的爷爷就蹲在不远处晒太阳。一问，果然如此。

这么说，陆斐斐说了假话？

黄圆圆住在村口，但黄逸飞却住在村的另一头，这个村子还很大。从黄圆圆家过来，他们大约走了十分钟。这十分钟的路程，让孙立刚灵光一闪，脑海里现出一个思路，先抛开黄逸飞家是否有人，只需把时间卡死便可验证陆斐斐话的真伪。

陆大咀的电话清单早就调取过。他的第一个电话是打给陆新春的，7点2分。第二个电话打给110，7点4分。也就是说，7点2分的时候，事故就已发生。从黄圆圆下车的6点45分到7点2分，中间共有十七分钟的时间。

在这短短的十七分钟内，陆斐斐是否来得及去黄逸飞家一趟并赶到事故现场？

这需要做侦查试验，当然也不复杂。

返程路上，孙立刚问黄圆圆：“你往回家走时，看到陆斐斐他们骑着车子进村了吗？”

黄圆圆瞪大眼睛，迷茫又无辜地摇摇头。

孙立刚认为，如果陆斐斐骑车往村里走，这时黄圆圆未必已经回到了家，就一条路，她应该能够看到他们的。

“你为什么不让他们把你送到家门口?”

黄圆圆嘟一下嘴说:“那个陆倩顶爱吃醋的。我不想让陆斐斐显得对我太过殷勤了，主动下了车留一小截路让自己走。我们都是同班同学嘛，得避嫌。陆倩比我们低一届。”

“哦，陆斐斐平素人怎么样?”

“什么意思?”

孙立刚犹疑了一下:“比如是否老实什么的?”

黄圆圆皱一下眉头:“也没见他鬼过我们什么啊。”

陆大壮

第四十五天的时候，大夫通知他们可以出院了，再住也是往医院白扔钱，不如回家养着。

陆大壮这才开始正视一个事实，儿子永远瘫痪在床了。尽管大夫叮嘱说:“你们要坚持给他翻身、按摩、锻炼，也许会有奇迹发生。”

回到家，陆大壮终于能抽出身去和警察理论。

警察说:“你儿子说是陆倩骑的车，但陆倩说是你儿子骑的车。一比一证据，原先的认定一时还推翻不了。我们会进一步调查，有结论后告你。”

“可你们当时出结论也太草率了!”陆大壮很生气警察和他这么说。

“我们给你结论时也说了，如果有异议可申请复核，可你当时不也同意吗?”

“儿子都那样了，我们顾得上这些事情吗?”

警察笑笑。

陆大壮知道警察笑什么。因为自己当时根本没想到会有别种可能。

转念间，他仍感觉生气：“我们可以有失误，但你们不能啊——我们是平民老百姓，你们是什么？”

又过了许多天，警察告诉他：“没有证据可以表明当时不是你儿子骑的车。”

“我儿子都那样了，还会骗你们不成？！”陆大壮对警察的不负责任极其愤怒。

“我们只重证据。”

“我儿子的话算不算证据？”

“算，只是其一。陆倩的也算，还是一比一，谁也推翻不了谁。”

后来，陆大壮真希望儿子醒过来后没有说过那句话，这句话闹得他左右为难。命运摊给他这件事情，起初他认了。当年他父亲活着的时候，一句话经常挂在嘴边：人啊，三截五截活不到头。他这几十年，倒是对这句话没有多深感受。家里突然摊上这件事，让他意识到了命运的残酷，也让他对父亲的这句话有了刻骨的体会。

如果儿子说的是真的，不说其他，在赔偿上就有大的差别。他们在医院已经花了二十四万，按原先事故双方各一半的责任划分，黄大头得赔他们十二万，那十二万他们自己承担。倘若真是陆倩骑的车，那么儿子在这场事故中则完全无责任，自己则不需要承担那十二万，而是黄大头和陆倩各承担十二万。

这是医疗费，只是赔偿费用的一部分，还有伤残费。他们了解了，如果儿子一辈子站不起来，那几乎构成最高的伤残等级，仅这项据说就有五六十万呢。还有什么营养费、陪侍费等等。

女人说：“那不还一样吗。就算是陆倩骑的车，可陆倩是谁，你能让人家赔咱？”

陆大壮说：“儿子都这样了，你以为人家还会嫁给咱？如果人家真有那心，这么长时间了怎么会不来瞧一眼?”

女人叹口气，“也是。”

“看来儿子说得没错，那闺女就是心虚。”

“咱儿子啥时说过假话?”

女人的这句话，他没有反驳，毕竟自己儿子嘛。陆大壮突然想起，儿子刚睁开眼那一天，曾问过“他们陆倩怎么样了，来过吗”等等的话。他还想儿子算是有情义的，自己都这样了还记挂陆倩。

此时，他却突然产生怀疑，是否儿子因为生气陆倩不来看他才故意说是陆倩骑的车?

难道是报复?陆大壮一激灵，不敢再深想了。

自己的儿子自己了解。陆斐斐很小的时候，一次陆大壮去地里看庄稼，路过村口，却见陆斐斐在往土里埋着什么。陆斐斐见了他很紧张，捂着那个小坑不让他翻看。他发了脾气，才总算用手刨开了那刚用虚土掩好的坑，原来是一只文具盒。陆斐斐这才流着委屈的泪和他说，班里某某某欺负他了，他便偷出那人的文具盒给埋到这个地方。

后来，他又几次发现儿子常用这种阴柔的手段来满足自己的报复心。

他摇摇头，既不敢和女人把这层疑问说出来，更不敢去询问儿子。

于是只好叹口气。

不知从哪天起，陆大壮心里总是会压上块石头。起初，陆大壮叹口气就能把这块石头抖落掉。但自从儿子说了那句话，石头突然变大了，大得他无计可施，就只能那么压着，压得他垂头丧气，灰头土脸。

当然，长吁短叹还是免不了的，不是没别的法子吗?叹口气总是好受些。

女人还能流泪。

即使叹气流泪也得藏藏掖掖，儿子的心理负担已经够重了。藏藏掖掖也不容易，农村的房子阔大却没有单元分割。无论白天晚上，他们都需要陪床。一声一响，一举一动，一目了然。在医院的时候，由于病房里不止他们一家，他们的声音能恰到好处地融入别的声音之中，起码没那么明显。而在这空旷的房子里，什么掩护都没了，一切昭然若揭。

连盼

孙立刚把参与这个案件的几个民警叫到一块开了个案情分析会，连盼也参加了。

孙立刚首先做了自我批评。他说：“到底是谁骑车的事实虽然没有坐实，但这个事情本身说明我们在处理案件中考虑不周，考虑不细。当然，首先是我的责任，我作为事故科的负责人，把关不严，导致草率做了认定。”

说这句话时，孙立刚瞄了连盼一眼。连盼感觉这句话有一部分针对自己，特别是“把关不严”四个字更是指向鲜明，但她没动声色。

孙立刚是老事故民警，年龄大连盼几岁，事故处理的资历更是比她老得多。连盼是后来从其他部门调到事故科任科长的，两个人搭班子期间，搭得磕磕绊绊。但很快连盼便被提拔了，因为班子里要配一个女同志，只有她合适。

然后孙立刚批评民警小李：“我常向你们讲规范，可咱们的案卷中老出现不规范的问题。比如小李，姚新珍的笔录是你问的吧？为什么要用‘解手’这两个字，她怎么说你就怎么写？要换成规范用语，比如‘大便’‘小便’，或者干脆用‘上厕所’也行。”

连盼皱了一下眉头。

孙立刚意犹未尽，接着说这个话题："我这么说不是空穴来风，曾经就出过笑话。当年我在刑警队工作时，我们的一位同志问一份强奸案件的笔录，说到男人那家伙，本来该用'阴茎'两个字，他偏偏用'阳具'，材料问好，挨了领导好一顿剋，最后推倒重来。"

说到这里，孙立刚先不自禁地笑起来，其他人或被逗笑，或附和他笑起来。只有内勤小张还是个女孩，羞得低下了头。

连盼倒没有像小张那样反应明显，但仍旧觉得孙立刚举这个例子有点过分，不管怎么说自己也是个女同志，还是他们的领导。虽说这也是能够上得了台面的话，但此情此景被他拿来在大庭广众下言说总是显得猥琐粗鄙，似乎是成心的。有几个人在笑的过程中就把目光投向她，似乎在看她的反应。

连盼清一下嗓子，打断正欲开口的孙立刚。她也不像往常一样对着科里人叫他孙科长，而是直接说道："立刚说得没错，大家要注意一下这个问题。但'解手'两个字，我认为还是可用的。因为'解手'本身就是个书面语，在咱们中国广大范围内通用。这里有个典故，大家知道山西洪洞大槐树吧，那是明朝移民的集散地，当年朝廷在移民过程中，官兵将大家的手反绑在一起，遇到内急上厕所时才将手解开，这就是'解手'的由来。明清的一些话本小说里经常用这两个字。"

她看到孙立刚神色中露出不屑的样子，仍旧为自己当众驳了他而快意。

连盼接着说："我觉得咱们现在得明确一个问题，虽然现在没有足够证据证明到底是谁骑的车，但这个问题关系重大，因为涉及当事人的赔偿问题。我问过医生了，那个男孩子可能永远瘫痪在床，这对一个人是很残忍的。如果身体遭了罪，案子再蒙了冤，那这个世界不是没天理了？现在这个男孩子负的是同等责任，如果能证明人家无责任，这可能关系到几十万元差别的赔偿，而这几十万元对一个家庭特别是农村家庭来说意义是巨大的。想想，如果这个孩子是你们自己的孩子或你们的亲戚，你们会怎样？所以，咱们要扎下身子把这个事情搞清楚。会前，立刚和我说了下步的侦查要点，这些我都认可。关键是，咱们要有不遮掩不护短的勇气，通过认真细致的工作把事情的真相挖掘出来。真是咱们认定错了，我承担责任。”

孙立刚打断了她的话，而且打断得有点不客气。他说：“我觉得咱们领导这话有倾向性，好像咱们的案子已经铁定搞错了。从我初步调查来看，很可能是男孩子所言不实，或者说一家子没真话，就为了多得点赔偿。还有，咱们认定的另一个责任人是个光棍，就在事故发生地的那个村子打工，不挣多少钱，可谓赔偿能力不足。也许男孩子一家已经想到这种情况，所以编故事编情节再拖上一家。当然，这只是我的推断。我的意思，是谁的责任就是谁的责任。谁家的钱也是钱。有一家多得，就得有一家多出，几十万元，对谁家也不容易。关键大家要客观，要相信证据。”

连盼感觉自己是完全出于同情心和责任感才说的刚才那段话，但孙立刚的说法，好像她存心有偏向那个男孩子和她有什么说不清的关系似的。她愈加不快，于是略微安排了下步的侦查事项，找了个借口，先离开了。

孙立刚

孙立刚带着小李又跑了黄家村一趟，这次是量距离。尽管他真心不希望最后的侦查改变最初的认定，但工作还是认真细致一丝不苟的。

把陆斐斐停车黄圆圆下车的地点作为原点，从原点到黄圆圆家，距离320米；到黄逸飞家，距离1680米。到事故发生地，3460米。

按照陆斐斐的说法，他们从原点到黄逸飞家，再返回原点到事故发生地，他们总共走了6820米的路程。一般人的骑车速度，最快时速也就是每小时60公里。

孙立刚当下用手机上的计算器算了一下，如果他们骑车的时速是30迈，需要13分36秒；40迈，需要10分12秒分钟；50迈，需要8分12秒分钟；60迈，需要6分48秒。

这还要抛去“陆斐斐和陆倩商量去黄逸飞家”的时间、“到黄逸飞家敲门发现不在”的时间、“陆斐斐和陆倩在村口换骑车辆”的时间。即使再快，加起来总得要一两分钟吧。

关键是，从事故发生到报警，还有个姚新珍解手用的时间。

对了，还有姚新珍跑回家叫陆大咀然后两个人再跑出来的时间，这也需要至少一两分钟。

除去这两个一两分钟，中间至多只有14分钟的时间。

就以最快速度算，他们从原点到达事故现场后，仅剩下7分钟时间。

所以，姚新珍解手到底用了多长时间，对验证陆斐斐是否说谎至关重要。

于是，他开始不厌其烦地询问姚新珍上厕所到底用了多长时间。他自己问了觉得还不放心，还委派小李他们几个分别去问。

直到姚新珍说了那句“长，也就是大概十分钟”，孙立刚才把这个事情告一段落。

孙立刚基本判断陆斐斐所言不实：如果真像姚新珍说的她上厕所用了10分钟，即使他们一直以60迈的速度行进难以完成这些事情。他认为，在当时天已微黑的情况下，一般人骑摩托车的速度至多40迈。

他专门找了一辆摩托车试了一下，40迈的速度已经很快了——如果这个速度，可能性更小，除非姚新珍解手只用了三四分钟时间。

何况听姚新珍的描述，那么曲折繁复的拉肚子总不至于三四分钟就能结束吧。

还有，从另一桩事情验证：黄圆圆下车后回家也需要大概两分钟时间。如果陆斐斐真去了黄逸飞家，黄圆圆应该在回家途中能看到的，进村就一条路嘛。但黄圆圆没看到。

嗯，这个陆斐斐果然说了假话，孙立刚自己点点头。

他又见了陆斐斐一面。这次单刀直入，说："黄逸飞那天明明在家，你怎么说锁着大门?"

陆斐斐说就是锁着大门。

孙立刚让他把黄逸飞家的位置说一下，结果根本没说对。

哼，这小子果然说的假话。

其间，他又几次见陆倩，陆倩始终咬定一直是陆斐斐骑的车。

陆大壮

像所有站在政府大楼门口上访的人一样，陆大壮面孔上呈现出那种由愤怒、焦虑、无助、期盼以及一点点恐惧杂糅而成的神色。后来次数多了，这种神色中又加入了厌倦与绝望。

有时，他也举一块牌子，上面写着"徇私枉法"等一些刺激人眼球的字眼以期引起别人的注意。但似乎所有人都行色匆匆，根本就没人在意他。

工作人员也接待过他几次，无一例外的结果是，把最初给他办案的人叫过来。彼此都成熟人了，于是他真实的愤怒到后来似乎变成了表演。而办案人员也成了例行公事，好话歹话说尽，终于把他劝回去，并再次答应给他把案子再好好查查。

也确实会有警察再来村子里转一遭，见几个相关人，然后告诉他们，确实查不清。

后来有一次，那个管事的警察来，盘问了陆斐斐半天。从盘问的话语来看，那警察只差明白地告诉他们：陆斐斐说了假话。

这次谈话却激怒了陆斐斐。警察走后，他说："爸，你把我抬到政府门口。"

陆大壮不忍心，说："算了吧。"

陆斐斐说："你们不抬我去，我咬掉自己的舌头。"

陆大壮的心里咯噔了一下。

每次从县里回来，陆大壮疲惫又厌倦的目光总能把陆斐斐眼睛里那一点点期盼的小火苗扑灭。后来，陆大壮对女人和儿子说："算了吧，咱们认了。"反倒是陆斐斐不同意，他说："你们必须为我讨个说法。"

躺在床上的陆斐斐越来越胖，越来越胖。起初陆大壮一个人就能帮他翻身，后来，没有女人帮忙，他根本无法把儿子给翻过来。

翻过来，还要帮他全身上下做按摩，松弛肌肉。饶是这样，陆斐斐的屁股下面还是起了褥疮。

儿子已经够惨了，他不想把儿子的惨展示给路人看。

陆斐斐执意要去。他要用自己的身体作筹码，帮助陆大壮给他欲见的和欲求的人施加一些压力。

于是租了一辆面包车，并叫了几个走得近的亲戚帮忙把陆斐斐抬上车子，一并往县城走。

陆斐斐暴晒在阳光下，果然吸引了许多路人。人围得越来越多，陆大壮便从头到尾一遍遍地诉说。终于，信访局长露面了。

局长和颜悦色，说：“双方主事的各来两个人。”

交警那厢去的是连盼和孙立刚。他这厢去的是他们两口子。

局长听了陆大壮的陈述，点点头，说：“咱们是法治社会，一切事情都要依法进行，好不好？”

陆大壮也点点头。

“这么说你同意我这个观点？”

“观点我当然同意。可他们交警队……”

“好好好，”局长挥起一只手，打断他的话，“有你说的机会，你先说，同意不同意我的观点？”

陆大壮再次点点头。

“这么说你是同意了？”

“同意了。”

“你申诉的是什么事情？”

“交通事故，我儿子瘫痪在床了，但他们却做出了错误的事故认定。”

“刚才你说了，同意我的观点，也就是咱们干什么事都要依法进行，对不对？那么我问你，假如他们真像你说的做出了错误认定，那么这件事该由谁来管他们？”

“我这不是来找你们政府来了吗？”

“政府有好多部门，我问你具体该有哪一家管？”

陆大壮摇摇头：“我们小老百姓哪知道这些。”

局长的头转向连盼和孙立刚：“你们说，假如你们的认定错了，该由谁来管你们？”

孙立刚看连盼一眼，连盼示意他回答。孙立刚说：“上级公安部门或交通管理部门。”

局长说，“好！”然后把眼睛转向陆大壮，“上级公安部门是县公安局，上级交通管理部门是市交警支队。你找过这两家单位吗？”

陆大壮说：“我去过，不抵事，他们还是把这帮人叫来让继续查。”

局长说：“这怎么叫不抵事呢？让他们继续查就是一个态度。”

“问题是他们始终查不清。”

“好，我再问你，结案的期限到了没？”

陆大壮不清楚。

“还有，上面让他们继续查，他们查了没有？”

陆大壮皱一下眉头：“查倒是查了，可一直查不清。”

局长说：“查案总需要一些时间，你得给他们时间。”

陆大壮说：“问题是他们一开始搞把案子搞错了，明明是另一个人骑的车，非说是我儿子骑的车……”

“好好好，”局长再次挥手打断他的话，“我不想听具体案件，我们信访局，只是一个接待、协调机构，只负责为你的冤屈在法律的范围内指一条明路。你说他们把案子搞错了，你有证据吗？”

“我儿子的话就是证据。”

局长再次把目光转向连盼和孙立刚。

孙立刚赶紧接上话：“现在是一比一证据，又没有其他见证人。”

局长点点头：“我清楚了。”然后把目光转回去：“还是刚才那句话，你得给他们时间。”

“可已经过去有半年了。”

“许多案子，可能需要一年、两年，或者更多的时间。你们要有耐心，而且，要相信党，相信政府！总会查清的。”

陆大壮正欲分辩，局长摆摆手把他的话压到嗓子里：“还有，如果他们真有徇私枉法的行为，你可以向纪检监察部门举报，我为你们撑腰。”

……

最后，局长严肃地和连盼和孙立刚说：“你们要把群众的事情当成大事，赶紧增派力量继续查办，早日给人家一个答复。”

“对，还有，帮助人家把病人给送回去。”

连盼

孙立刚把侦查结果连同推断说给连盼听，以此证明陆斐斐说了假话。

连盼听了觉得很好笑，她反驳了孙立刚一句：“如果真是那女孩骑的车，而且速度就是60迈呢。”

“不可能！一个女孩哪能骑那么快？我试过了，40迈的速度已经很快了，风在耳边嗖嗖的。”孙立刚专门加了形容词，以此来加重自己话的可信性。他回想一下，确实风在耳边嗖嗖的。

“你不能以己度人，你多大年纪，小女孩多大年纪？何况那男孩也说了，女孩有时骑车子比他都要快。”

“男孩一筐子假话，哪能信他？”孙立刚不屑。

“既然你已经对男孩的品质做了判断，还做那些侦查实验做什么？”

“就是进一步证明他素爱说假话。”

连盼摇摇头苦笑一下：“你这是‘有罪推定。’”

“我确实搞实验了，拿的是数据说话。”

“你的思路没错，数据也没错。可全部数据的前提是假设。你搞过刑侦，比我更清楚，搞案子要排除一切可能性。就如你说的，如果女孩真是60迈的速度，而姚新珍上厕所只用了5分钟，时间不就绰绰有余了吗？”

她本想把证据的唯一性和排他性理论端出来，但想想还是算了。按理说，他应该比她懂。

孙立刚突然很急躁。他皱皱眉头说：“姚新珍都说了，她上厕所用了大概有十分钟时间。”

“她真是这么说的吗？何况，什么是大概？谁能在没表的情况下凭空估算出自己上厕所到底用了多长时间？问题是恰恰这个时间对你的推断起着关键性作用。如果真是10分钟，你的推断也许是站得住脚的——可毕竟是估算。”

“好好好，这些都不算数。有一点你给解释一下，他说他去过黄逸飞家，为什么连家的位置都搞不清楚？”

这倒把连盼问住了。

连盼认为孙立刚刚才的表现，可谓是捧着道理的不可理喻。当然她也清楚，他的一切努力，只为验证他们做出的不是一起错误认定。应该说，他们是一条线上的蚂蚱，一荣俱荣，一损俱损。可不知怎么了，她确实有点同情那个男孩子。

她自己也多次到事故现场和当事人途经路线进行走访，包括访问姚新珍，真的很不幸，沿途再没有其他见证人，所以到底是谁骑的车，真是一个谜。

可这个世上的许多事情，相对于当事人而言的所有外人来说，永远是一个谜，除非两个人都说实话——而这种可能几乎不可能发生。

他们的调查，也于事无补。

还有，那天信访局长的每一句话都讲得很有道理，听起来也很有道理。但所有道理，只是竖起了一面屏障，这面屏障，把所有如陆大壮一样的人堵在了他们的期望之外，还让他们无话可说。

但有一点她得搞清楚，那就是孙立刚说陆斐斐居然没说对黄逸飞家的位置。

于是她也跑到村子里见了陆斐斐一面，陆斐斐很不耐烦。

陆斐斐坚持说黄逸飞家那天就是锁着大门。

她让他再把黄逸飞家的位置说一下。陆斐斐瞪着她看了半天，最终还是说了。之后，把脸扭到一边，再不吭声。

她当即到黄家村按照陆斐斐说的地址找到那一家，结果是一处旧院子，大门紧锁。和邻居打听一下，却是黄逸飞家的旧院子，搬走已经快两年了。

而且，从黄圆圆下车的地方到这里，走路只需要不到5分钟的路程。

这么说，陆斐斐说的未必是假话。

她把这个事情和孙立刚通报一下。孙立刚倒没料到会有这种情况，他鼻子哼一声说："没准是那小子编的，如果他说去的新家，不就露馅了？"

连盼摇摇头，苦笑一下。

姚新珍

直到有一天，陆大壮的女人和陆新春的女人撕扯到一起的时候，整个案情的细节才在你来我往的骂声中公之于众。姚新珍这才想通了警察为什么要对她那么不依不饶地追问。

陆大壮的女人骂陆新春一家颠倒黑白、不仁不义。陆新春的女人骂陆大壮一家挑三豁四、居心叵测。

陆大壮的女人说幸亏没娶了你那闺女，真娶了也要把我们一家祸害死。陆新春的女人说你倒想得美，你那短命鬼躺在床上都在想着怎么算计人。

从她们不屈不挠振振有词的说头里，村里人也无法判断到底是谁骑的车，于是就问最初发现事故的姚新珍。

每个人都问："你就没看清他们谁骑的车？"

姚新珍说："别说看清谁骑的车，我根本就没看见从坡下面还上来一辆车——我不当时急着上茅厕嘛。"

大家都怀疑姚新珍耍鬼——也可以理解，都是村里人，惹了哪家也不合适。

连她老公也怀疑，但说出的话是另一股味道："就你真看见也不能说，惹了哪家，都是几辈子的仇怨。"

姚新珍说："你瞎咧咧什么，我这辈子骗过你吗？"

老公一副诡异又不屑的样子："骗不骗谁知道，那你说那天陆大咀来咱家干什么？你们就真的……没那个啥？"

姚新珍只好甩了脸子堵他的嘴。

老公嘟哝道，有本事和警察甩脸去。

终于有一次，姚新珍又吃坏了肚子。这次她真的带了一块表，像裁判员一样掐自己拉肚子的时间。但这次不一样，拉过一通后，肚子却偃旗息鼓了。还好，毕竟这一通的时间卡清了，但她怎么也记不起出事故那天，自己到底拉了有几通。

再后来，姚新珍犯了一种病，总是解不利手就要急急地从厕所跑出来。她总觉得厕所外面有什么事情在等着她，让她一刻也不能待下去。

2016年2月12日

小说是怎样炼成的

张　暄

小说是加减之法，先减后加。减法，是对素材的考量。花花世界，光怪陆离，灵魂幽眇，莫可名状，一内一外，交相辉映。目之所及，念之所向，我们但凡欲作停留，就要学会抽丝剥茧，把覆盖其身的画皮一层层剥掉，减至不能再减，看还能剩下点什么。剩下的东西，也就是剥去果肉后的那个核，足够大，足够重要，足够与外人道，我们便可称它为主题。主题确定，加法开始。所谓加法，就是虚构。通过调动生命中所有的经历和感悟，找出它们与这个核的联结，移花接木，偷天换日，重新孵化、培育这个核，让它成长为更具意义的另一个故事。

是的，故事。说到底，小说还是讲故事。所以，把故事写出来、写完整至关重要。预设主题的真相，或者说作品的真相，只有在叙述中才会不知不觉浮现出来，此时，作品才摆脱作者进入正轨——故事虽然是被作者操纵的，但也有其自身的发展演变规律。而情节的自我繁衍，也颇令人惊奇。过程中，主题的改弦易辙是常有的事情，其中蕴含了脱胎换骨的可能，这也是写作的神奇之处。

这个故事，要有所承载，它本身就是一个世界并蕴含某种精神——唯大事才值得小说。文学的功用之一，是引申读者的思考。你要通过你的故事，提出一些问题，然后调动读者的思想情绪，让他对人生、世界、灵魂做一番检视，自己寻找答案。如果你足够自信，对世事人心有所鉴裁，定要提供答案，也须做得高明，让答案隐晦、飘忽、多义、朦胧，一览无余最无趣味。

小说和故事的最大区别，无非是讲述方式的不同。故事，有头有尾，从头到尾，它的重心在于事件本身的离奇，以及结果。而小说却要把故事拆开、揉碎，通过反复掂量，让故事各个环节的轻重主次了然于心，再重新结构，让它更加合理匀称，服务并引领主题。甚至，可以抛弃所有冗余，只撷取虬龙片甲，呈现某个片段、瞬间。完整性被打破，却孕育了新的可能，这意味着开放。但它仍需具备故事的一般属性，情节要合情合理，有条有理，叙述要精彩、平衡。

至于语言，既是基本功，又是终极目标。写下一个句子，再写下一个句子，哪一句都不能马虎。句子要准确，还要美——最值得称赞的句子是有深刻洞见，其次才是语言优美。事实上，具有深刻洞见的句子，通常有着独特的词语组合方式，其语言自然优美。

“夫文章，天下之公器，安敢私焉？”如果你随心所欲，自说自话，不知所云，置读者于罔顾，那你写日记好了。写完，还要塞进自己的抽屉。

说到底，小说是经验的产物，虚构依据经验并创造经验。所以，所有周遭过往，都会成为我们的创作源泉。若能真正洞悉这种宿命，我们便能做到不惊、不怖、不畏。这也许是写作之于写作者最大的福报。